Ma meilleure ennemie

DANS LA MÊME SÉRIE

1. *Gossip Girl*
2. *Vous m'adorez, ne dites pas le contraire*
3. *Je veux tout, tout de suite*
4. *Tout le monde en parle*
5. *C'est pour ça qu'on l'aime*
6. *C'est toi que je veux*
7. *Je suis parfaite, et alors ?*
8. *Ma meilleure ennemie*

gossip girl

Ma meilleure ennemie

Roman de

Cecily von Ziegesar

Fleuve Noir

Titre original :
Nothing Can Keep Us Together

Traduit de l'américain par
Marianne Thirioux-Roumy

ISBN : 978-2-265-08534-3

Entre deux maux, je choisis toujours celui que je n'ai jamais essayé.

Mae West

gossipgirl.net

thèmes ◄précédent suivant► envoyer une question répondre

Avertissement : tous les noms de lieux, personnes et événements ont été modifiés ou abrégés afin de protéger les innocents. En l'occurrence, moi.

Salut à tous !

Le mois de juin n'est pas loin, et New York City ressemble à une bougie Diptyque qui se consume : chaude et malodorante, belle et brillante. Il fait nuit si tard que l'on ne voit plus la différence entre la nuit et le jour. Mais bon, on s'en moque. À cette époque de l'année, nos parents désertent pratiquement notre territoire – alias l'Upper East Side. Ils sont bien trop occupés par leurs matchs de polo ou de tennis, leurs garden-parties et leurs parties de golf dans nos maisons de campagne à Ridgefield, Connecticut ; Bridgehampton, Long Island ; Newport, Rhode Island ou Mount Desert Isle, Maine ; de fait, ils nous laissent régner sur la ville. Mais nous n'avons jamais *cessé* de le faire. Nos noms figurent en tête de la liste VIP de tous les restaurants, clubs ou hôtels les plus sélects de Manhattan depuis notre naissance. Nous nous déplaçons en groupe et nous trouvons là où ça se passe, dans les quartiers chic comme dans le centre de New York, à l'est comme à l'ouest. L'île entière *nous* appartient, comme toujours, mais qui dit juin, dit cérémonie de remise des diplômes ; et pour nous, terminales, sonne l'heure des adieux. Mais ne sombrons pas dans le mélo ou la déprime : le moment est venu de nous faire un nom. Si nos diplômes nous apportent ce que nous désirons, nous ne tarderons pas à conduire nos propres *voitures*. À notre tour d'être encore plus tapageurs, plus odieux et plus beaux que jamais – tut tut ! Et étant donné qu'il n'y a personne dans les parages pour désapprouver notre comportement – mais bon, on s'en fiche ! – il est temps de nous conduire supermal !

Cinq raisons de faire encore plus la fête qu'auparavant :

1) Réviser pour les tout derniers examens est clairement gonflant.

2) C'est presque l'été !

3) Nous le méritons !

4) La clim est tellement à fond qu'il nous faut bien trouver *un* moyen de nous réchauffer – vous voyez ce que je veux dire ?

5) C'est notre dernière opportunité. Pour la plupart, nous ne serons pas là cet été, et ensuite, direction l'université. *CQFD*.

Avant que vous ne pétiez un plomb et ne fassiez quelque chose que vous risqueriez de regretter, il vous faut décider si votre petit copain et vous-même êtes suffisamment fidèles pour entretenir une relation longue distance cet été, puis une fois à la fac. Imaginez-vous entourée de beaux gosses tout bronzés, en short de surf Billabong et aux pieds nus pleins de sable, qui vous proposent une virée dans leur cabriolet d'époque. Imaginez les fils à papa du campus, simplement vêtus de leurs mignons boxer-shorts J. Crew à pois blancs et vert menthe pour aller prendre leur douche dans votre résidence universitaire mixte. Honnêtement, saurez-vous résister ? Pourquoi ne pas vous épargner dès à présent la douleur d'une rupture atroce et attendue en cassant illico ? Ensuite, faites-vous plaisir et vivez une aventure sans lendemain avec cet abruti timide et adorable avec lequel vous preniez des cours de danse de salon en cinquième et qui, désormais, n'est plus aussi abruti. Vous n'avez absolument rien à perdre. Et tant que vous y êtes, pourquoi ne pas faire au minimum *semblant* d'être gentille avec la fille aux cheveux filasse et aux dents en avant que vous avez oublié d'inviter à votre anniversaire en quatrième et à toutes vos autres fêtes depuis ? Ainsi, elle pourrait montrer du doigt votre photo dans l'annuaire de l'université et frimer auprès de tous ses nouveaux potes de Mount Hollyhock ou de n'importe quelle autre fac de merde où elle entrera l'an prochain : « Vous voyez la nana cool, là ? C'était l'une de mes meilleures amies ! » Mais attention, n'essayez jamais de raviver d'anciennes histoires d'amour ou de vieilles amitiés mortes.

Je ne sais pas, vous, mais moi je me trouve en proie à une grosse crise de mode. Les filles des écoles privées prennent extrêmement au sérieux, pour la plupart, leur cérémonie de remise des diplômes. Elles doivent porter de longues robes blanches, des gants blancs et des chaussures blanches. Comme à un mariage, sauf que l'on nous libère au lieu de nous passer la corde au cou – youpi ! Toutefois, Oscar ou pas Oscar, telle est la question. Oscar de la Renta, bien sûr. Si vous craquez pour ce créateur, vous avez de fortes chances de porter la même robe que six autres filles de votre classe, même si vous savez que vous serez bien plus belles qu'elles. Et le truc sympa dans le total look blanc, c'est que vous pourrez toujours teindre votre robe et la remettre. Ouais, bon d'accord, comme si vous aviez *envie* de reporter cette tenue un jour !

Tant que j'ai toute votre attention, prenons des nouvelles de quelques-uns de nos chouchous...

LE COUPLE DÉPAREILLÉ

Selon la rumeur, les relations qu'entretiennent les deux colocataires diamétralement opposées d'un appartement de Williamsburg ne se cantonneraient pas uniquement à une simple colocation pratique, mais seraient bien plus – comment dire ? – *romantiques*. **O** semble en effet porter pas de mal de noir ces jours-ci et ses chaussures deviennent de plus en plus grosses. Et que fichait donc cette barrette Tiffany en argent dans les cheveux supercourts de **V**, l'autre jour ? Vous les imaginez, se câliner sur le canapé, se coiffer et échanger des Manolos contre des Doc Martens ?...

Qui a encore besoin des garçons ?!

EN PARLANT DE GARÇONS...

Si **O** les a totalement laissés tomber – normal, non, après le dernier tour de force de **N** ? – **V**, en revanche, semble de plus en plus apprécier la compagnie du sexe opposé. Elle et **A**, le demi-frère végétalien au crâne rasé de **O**, s'ébattent sans entrave et partiellement vêtus dans des cafés et sur les bancs des parcs dans tout Williamsburg. Rien de tel que quelques démonstrations d'affection en public pour allumer le feu de **V** !

Quant à **N**, on pourrait le croire aux anges après s'être fait la bombe blonde la plus désirable de New York – juste sous le nez de **O**, dans la baignoire de la cabine de piscine, au cours de la fête des terminales à Southampton, rien que ça. Mais non. L'avez-vous vu récemment ? Yeux rouges, poches débordant de mouchoirs sales, gueule de six pieds de long en permanence. À l'évidence, notre golden boy a vraiment les boules. Ou peut-être s'est-il chopé une MST à cause de l'une de ces pétasses françaises avec qui, d'après la rumeur, il couche ? Vous voyez ? Ça ne sert à rien d'être gourmande. Mais cela ne nous a jamais arrêtées.

VOS E-MAILS

Q: Chère GG,
J'entre à Vassar l'an prochain et je suis amoureuse d'un garçon depuis que j'ai, genre, trois ans. Je viens d'apprendre que lui aussi entrait à Vassar ! Je suis trop contente, mais j'ai peur que, à force de passer trop de temps à tout faire pour qu'il m'adresse la parole, je ne me rende même pas compte que je suis à la fac, tu comprends ?
— cou2foudr

R: Chère cou2foudr,
Excuse-moi d'être aussi directe, mais j'ai l'impression que tu passes déjà pas mal de temps à tout faire pour que ce type t'adresse la parole. Attends d'être à Vassar – il y aura toute une tripotée de nouveaux garçons adorables que tu n'as jamais vus, dont certains pourraient même se révéler dignes d'amour. Et vu que la majorité des résidences universitaires sont mixtes, tu seras *obligée* de leur adresser la parole !
— GG

ON A VU :

O et **V**, acheter du basilic en pot sur un marché des producteurs à **Willamsburg**. Et si les rumeurs sur leur homosexualité étaient fondées ?! **C,** entrer dans un salon de coiffure de **Greenwich Village** pour se faire raser le crâne et en ressortir avec les cheveux plus longs qu'avant ainsi que des mèches platine. C'est clair, il ne tiendra même pas un mois à l'école militaire. **N**, debout sur le toit du Met, contempler tristement **Central Park**. On dirait que notre défoncé de playboy préféré traverse une méchante crise d'ennui. **D**, jeter un coup d'œil à des Buicks toutes bousillées sur un parking minable de **Harlem**. Comme s'il savait ne serait-ce que changer de vitesse… **J**, passer des SSAT – les tests de l'examen d'entrée au pensionnat – en solo samedi dans le bureau de la directrice de Constance Billard. Elle est bien résolue à y entrer, et son école, encore plus résolue à se débarrasser d'elle !

TOUT CE QUE L'ON VOUS DEMANDE, C'EST D'ÊTRE REÇUES

Mon conseil : ne loupez pas une vente privée de Zac Posen ou une présentation itinérante de Stella McCartney pour assister à l'une de ces sessions débiles de bachotage pré-exam final, portant sur « tout ce que nous avons appris », auxquelles les profs vous recommandent de participer après les cours. Servez-vous plutôt un verre de pinot grigio[1] bien frais, et feuilletez vite fait vos cahiers. Tout ce que l'on vous demande, c'est d'être reçues, et croyez-moi, vous êtes bien plus intelligentes que vous ne le pensez. Bonne chance, mes chéries. J'ai hâte de vous voir à la cérémonie de remise des diplômes !

Vous m'adorez, ne dites pas le contraire,

gossip girl

1. Vin blanc sec d'Afrique du Sud. *(N.d.T.)*

où vont toutes les filles

— Comptes-tu l'essayer ? demanda timidement Alison Baker, une terminale qui n'était curieusement pas entièrement formée, à Olivia Waldorf.

Celle-ci poussa le cintre en argent sur le portant vers Alison. Une tunique en lin blanc, dure comme du carton, d'un certain créateur scandinave ? *Non merci*.

— Prends-la, répondit-elle, grand seigneur.

Alison, maigre comme un clou, avait des cheveux châtains fins qui lui arrivaient à la taille et un trou entre les dents de devant. Tous les jours, elle portait une chemise blanche en oxford à col boutonné et le genre de chaussures lacées bleu marine qu'exigeait Constance Billard au jardin d'enfants, mais qui furent progressivement supprimées de l'uniforme au CP. Une fois, en CM1, Alison avait fait pipi dans sa culotte à la bibliothèque car elle refusait d'aller aux toilettes tant qu'elle n'avait pas fini *Anne, la Maison aux pignons verts*[1], et elle avait dû passer le reste de la journée en collants de laine Hanna Anderson à torsades jaune moutarde trop petits pour elle, provenant des objets trouvés, et sans culotte.

1. Classique de la littérature jeunesse de Lucy Maud Montgomery (1908). *(N.d.T.)*

Scratch, scratch.

En sixième, elle avait, sans succès, invité Olivia dans sa maison de campagne d'Osterville, au cap Cod, deux week-ends de suite avant de finir par abandonner. Elle avait ensuite entrepris de répandre une vilaine rumeur : le père d'Olivia refusait qu'elle sorte les week-ends car sa fille et lui entretenaient une relation incestueuse et c'était leur seul moment en tête à tête.

Le papa d'Olivia, *gay de chez gay*? Idiote, vous avez dit idiote?

— Cette robe serait fantastique sur toi. Mes épaules sont bien trop étroites pour cette tenue, mentit Olivia.

Alison passa la robe-tunique par-dessus sa chemise en oxford et fit tomber son uniforme de Constance Billard. La robe flottait sur sa silhouette de brindille comme un sac à patates trempé. Avec ses cheveux châtain terne et sa raie au milieu raplapla, elle ressemblait à la fille possédée par un démon dans *L'Exorciste*, le film d'horreur dégueu.

— À ton avis, elle est trop grande? demanda-t-elle à Olivia.

Même cette dernière n'avait pas le cœur à lui faire croire que la robe lui allait bien.

— Peut-être, répondit-elle, trop préoccupée par le tas de robes corsets Diane von Furstenberg en jersey de soie moulantes et aux couleurs vives pour continuer à se soucier d'elle.

— Hé, j'allais l'essayer!

Isabel Coates arracha précipitamment des mains de Rain Hoffstetter une robe Stella McCartney blanche et vaporeuse et la tint devant sa silhouette de grande bringue sans taille. Elle se laissait pousser la frange et des pinces retenaient ses cheveux bruns, lisses et brillants sur son front à sept endroits différents, dans une espèce de désordre délibéré qui paraissait à la fois semi-cool et semi-arriéré.

— Ouh ouh ! C'est un 36 ! Tu ne fais pas un 36, *c'est clair* ! répliqua Rain en s'emparant de l'ourlet de la robe et en menaçant de l'arracher des mains de son amie. Je suis plus petite que toi, insista-t-elle d'un ton déterminé, même si, comme Isabel, Rain tenait plus d'un 40 que d'un 36.

— Je ne comprends pas pourquoi une pauvre robe vous rend aussi connes, les filles ! lança Olivia en bâillant et en se dirigeant vers un portant de pulls Nicole Fahri en coton Sea Island lilas et rose, incrustés de perles et au décolleté en cœur. Elle est blanc *cassé* et regardez... (Elle désigna d'un doigt manucuré nacré le cintre rembourré de satin blanc sur lequel pendillait la robe.) La ceinture qui va avec est *rose*. Nos tenues pour la remise des diplômes doivent être complètement *blanches*.

Même si la robe était trop petite de deux tailles, Isabel s'y raccrochait comme si sa vie en dépendait.

— Bien. Peut-être que je ne la mettrai pas pour la remise des diplômes, mais pour une autre soirée, genre.

Comme si elle était invitée à des fêtes secrètes dont Olivia n'était pas au courant.

Aujourd'hui était le premier jour de la présentation itinérante de Browns, le grand magasin de mode londonien, dans la salle de bal du St Claire Hotel ; et ces terminales de Constance Billard avaient toutes zappé l'heure en salle de repos des terminales pour y assister. Quoi de mieux pour trouver la robe testée en Angleterre mais jamais vendue à New York – la tenue parfaite, tant convoitée et unique pour la cérémonie de remise des diplômes ? Le seul problème, c'était qu'elle devait être entièrement blanche, et la majorité des créateurs répugnaient à concevoir des tenues de cette couleur pour ne pas évoquer d'images antisexy de baptêmes et de Little Bo Peep[1].

Sans parler de robes de mariage.

— Dommage que celle-ci ait une traîne, observa Kati Farkas d'un ton songeur en soulevant un modèle blanc comme neige en satin aux manches bouffantes conçu par Alexander McQueen, qui ressemblait à la robe que portait la Belle au bois dormant lorsqu'elle s'est endormie pour cent ans.

— *Beuh*, renifla Isabel. La traîne, c'est vraiment pas le seul truc qui craint.

La présentation itinérante consistait en cinquante-huit portants de tenues – y compris des robes de bal, de cocktail, de mariées et de demoiselles d'honneur, des jupes, des blouses, des cardigans et des corsaires, deux portants de chapeaux, et même un bourré de diadèmes, de voiles et de foulards. Les vêtements étaient sublimes et confectionnés de façon exquise, mais les filles les malmenaient quelque peu. Ils étaient éparpillés partout sur le tapis bordeaux, et la salle de bal habituellement glamour et agrémentée de dorures tenait davantage du placard de plain-pied d'une fashionista de l'Upper East Side résidant à Manhattan, prise dans une frénésie alcoolisée d'essais de tenues avant une soirée de bienfaisance.

La foule de filles à la recherche de robes pour la cérémonie de remise des diplômes se tut un instant lorsqu'une grande blonde aux immenses yeux bleu foncé poussa la porte de la salle de bal et tendit à l'agent de sécurité son fourre-tout Calla Lily de Louis Vuitton

1.Héroïne d'une comptine pour enfants, Little Bo Peep est une bergère toute de blanc et de bleu vêtue, qui a perdu ses moutons. *(N.d.T.)*

en cuir blanc et vert. Derrière elle se tenait un garçon bronzé aux cheveux châtain doré ondulés et aux yeux verts brillants.

— Je parie qu'ils sont en retard parce qu'ils ont dû d'abord prendre une chambre, gloussa Rain en donnant un coup de coude dans les côtes de Nicki Button.

Le week-end dernier, Nicki et Rain s'étaient fait faire des permanentes japonaises pour se lisser les cheveux et leur chevelure châtain foncé était anormalement raide et brillante, comme si des spécialistes du musée de cire de Madame Tussaud à Londres les avaient fixés avec de la colle.

— Regarde ! Olivia fait carrément comme si elle ne les avait pas vus entrer. Oh là là, Serena se dirige droit sur elle ! murmura Laura Salmon d'un ton virulent.

Les bras chargés de robes, les autres suivirent du regard Serena van der Woodsen qui flottait vers un portant de chapeaux de paille élégants-mais-tout-de-même-un-peu-cruches à soixante centimètres d'Olivia pour les essayer.

— Sympa, commenta Nate Archibald sans enthousiasme, depuis le mur contre lequel il était vautré, l'air plus maussade et replié sur lui-même qu'à l'accoutumée.

C'était le genre d'événement où, au lieu de faire la queue pendant des heures devant deux cabines d'essayage privées, les filles se déshabillaient entre les portants pour enfiler les vêtements. Mais Nate était le garçon le plus désirable de l'Upper East Side. Il suffisait qu'il claque ses doigts de défoncé pour que les nanas se mettent toutes nues, et c'était toujours lui qui se faisait mater, pas elles. Peu étonnant, donc, que ce spectacle le laisse de glace. Et comme il gardait les yeux rivés sur ses tennis Stan Smith édition limitée, il était évident qu'il feignait de pas avoir vu qu'Olivia – la fille avec qui il était supposé passer le reste de sa vie, mais qu'il avait bien baisée pas plus tard que la semaine dernière en sortant avec Serena, le jour de séchage des cours des terminales – le trucidait du regard à une petite vingtaine de mètres.

Après avoir surpris Nate et Serena, Olivia s'était juré de ne pas péter un plomb quand elle les verrait, de ne pas attraper l'objet lourd et contondant le plus proche et de ne pas le leur balancer à la figure en hurlant : « Espèces de connards de traîtres en manque ! » Mais malgré tout, elle était plus qu'un tout petit peu énervée en voyant comme ils allaient bien ensemble. Les mèches naturelles dans les cheveux de Nate étaient de la même teinte or clair que ceux de Serena, et tous deux arboraient une bonne mine hâlée, comme s'ils avaient passé des heures à s'embrasser et à faire bronzette à Sheep Meadow. Serena portait l'un des polos bleu marine râpés à manches courtes de Nate, au col délavé et à l'ourlet effiloché, et l'éclat de son gloss Vincent Longo rose clair faisait quelque peu étinceler les joues du jeune homme à la lueur vive de la salle de bal.

Ce qui aurait pu être mignon dans d'autres circonstances, mais qui ne l'était *pas du tout* à ce moment-là.

Toutefois, quelque chose clochait dans leur couple. Nate paraissait maigre et déprimé, et Serena, plus distraite et dans les nuages que d'habitude. Olivia se convainquit qu'ils étaient loin d'être heureux, tous les deux. Nate était probablement toujours trop raide pour prêter à Serena l'attention qu'elle réclamait dans son genre passive-aggressive bien à elle. Et celle-ci oubliait sûrement tout le temps de l'appeler. Il feignait ne pas apprécier qu'on le harcèle au téléphone, mais, secrètement, il en avait besoin, comme les enfants ont systématiquement besoin qu'on leur rappelle qu'ils sont le centre de l'univers. Dans un sourire secret et suffisant, Olivia retourna au portant de robes Ghost qu'elle passait en revue, espérant sans conviction trouver quelque chose d'original et d'irrésistible pour la cérémonie de remise des diplômes de Constance Billard qui aurait lieu dans deux petites semaines.

Parfaitement. À quoi bon gâcher de l'énergie à les haïr alors qu'elle avait des préoccupations bien plus importantes, du style, acheter une robe ?

Serena ôta le chapeau qu'elle portait pour en essayer un autre en soie noire, agrémenté de minuscules fausses perles et d'un voile en maille noire ajourée tombant juste au-dessus des yeux. Elle pinça ses lèvres brillantes devant le miroir et décida qu'elle ressemblait à Madonna dans *Evita* ou à l'épouse-trophée d'un gangster. Voilà l'une des choses qu'elle aimait tant dans la comédie. Elle pouvait regarder le public avec ses grands yeux bleus, battre de ses cils épais derrière un voile et, brusquement, elle devenait un personnage tragique en grand manque de câlins, ou, au minimum, d'un cocktail bien fort.

Le chapeau en question était extrêmement dramatique, humeur dans laquelle elle se trouvait ces derniers temps. Pas dramatique dans le sens déprimé, ni dans le sens follement heureuse, mais dramatique dans le sens je-ne-suis-pas-moi-même. Elle coula un regard furtif à Olivia, profondément occupée à examiner un portant de robes, faisant carrément comme si Serena n'était pas là. Cette dernière troqua le chapeau noir contre un épais bandeau hideux en velours pourpre, orné de faux fruits et de fausses feuilles. Si Olivia regardait dans sa direction, Serena savait qu'elle ferait pipi dans sa culotte tellement elle rigolerait. Mais elle s'obstinait à lui tourner le dos. Elle soupira. Voilà une semaine, elles étaient redevenues les meilleures amies au monde. Et maintenant, ça. Elle et Nate sortaient ensemble, et Olivia ne leur adressait plus la parole.

Baisouiller dans la salle de bains à la fête d'Isabel avait été un accident et, si Olivia ne les avait pas surpris, ils en seraient sûrement restés là. Mais c'eût été tout simplement cruel de baisouiller devant elle sans essayer par la suite d'y donner un sens. Bien que Nate et elle n'en eussent jamais réellement discuté, tous deux se souciaient bien trop d'Olivia pour ne pas rester ensemble sans qu'elle croie qu'il s'agissait d'un petit coup rapide et chaud bouillant entre deux êtres sublimes et égocentriques incapables de se retenir.

Ce dont il s'agissait, évidemment.

De plus, ce n'était pas dur de sortir ensemble. Ils étaient tous les deux magnifiques, ils s'aimaient – depuis toujours – et l'appartement de grand standing de Serena sur la 5e Avenue ne se trouvait qu'à quelques pâtés de maisons de l'hôtel particulier de Nate, entre Park et Lexington. De surcroît, ils se contentaient simplement d'une aventure, rien de plus, parce que a) ils se connaissaient depuis le jardin d'enfants ; de fait, il n'y avait rien de bien neuf à découvrir, et b) bien que Serena eût été ravie, elle, de le faire, ils ne pouvaient pas aller jusqu'au bout car Nate semblait avoir un petit problème ces derniers temps…

Oh ? Et quel genre de « problème », au juste ?

— Hé, Serena ! cria Isabel depuis le portant Stella McCartney. Il paraît que M. Beckam t'a nominée oratrice des terminales ?

Serena reposa le bandeau à fruits pourpre sur le portant.

— Vraiment ? répondit-elle, sincèrement surprise.

M. Beckam était le prof de cinéma de Constance Billard. Elle avait cessé de suivre ses cours en troisième et n'avait pas fréquenté Constance Billard les deux années suivantes. Elle était allée à Hanover Academy, dans le New Hampshire – jusqu'à ce qu'elle loupe les premières semaines de terminale et qu'ils ne l'acceptent pas pour l'année. Pourquoi donc M. Beckam la nominerait-il oratrice des terminales ?

Bonne question.

— Alors, vas-tu le faire ? insista Isabel.

Serena tâcha de s'imaginer debout sur l'estrade de Brick Church sur Park Avenue, s'adressant à sa classe, vêtue de leurs robes blanches immaculées et de gants blancs. « *Oh, vous irez loin ! Notre avenir est si brillant que nous devrons porter des lunettes,* etc. » Si jouer la comédie ou les top models ne la dérangeait pas, les discours inspirés n'étaient pas son truc, en revanche. L'une de ses camarades de classe serait sûrement plus performante.

— Peut-être, répondit-elle évasivement.

Salope, songea Olivia, les oreilles endolories à force de les laisser traîner. Depuis même l'infâme incident dans la baignoire à la fête d'Isabel, elle n'avait qu'une obsession et restait farouchement déterminée à ignorer le comportement stupide et blessant de Serena et Nate, à faire celle qui n'en avait rien à foutre et à terminer l'année scolaire en étant la fille que tout le monde admirait le plus.

Non pas qu'elle ne fût pas déjà la fille que tout le monde admirait le plus. Elle avait toujours eu les meilleures fringues, les meilleurs sacs, les meilleurs ongles, les cheveux les plus cool et, de loin, les meilleures chaussures. Mais cette fois, elle voulait qu'on l'admire pour son courage, son indépendance et son intelligence. Et être oratrice lors de la cérémonie de remise des diplômes faisait clairement partie du lot. En ce moment même, Vanessa Abrams, sa colocataire inattendue, toute de noir vêtue et au crâne rasé, se trouvait à Constance et la nommait oratrice des terminales. Mais comme toujours, il avait fallu que cette salope de sournoise de Serena la copie, bordel de merde !

Le hic, c'était que personne n'avait réellement fait campagne pour être oratrice. Et en général, il n'y avait même pas de vote, parce qu'en général une seule personne était nominée. Devenir oratrice faisait partie de ces événements qui *arrivaient*, tout bêtement – une autre tradition mystérieuse de Constance Billard que personne ne comprenait pleinement. Les choses deviendraient forcément un peu plus intéressantes maintenant que les deux filles allaient être nominées.

Surtout ces deux-là.

Serena comprit sur-le-champ qu'Olivia croyait qu'elle voulait être oratrice, ce qui n'était pas du tout le cas. Mais comment pourrait-elle se défendre alors que celle-ci refusait même de la regarder ? Incapable de résister, elle désigna la robe Morgane Le Fay gothique et blanche que tenait Olivia.

— Oh là là, elle serait géniale sur Vanessa. Elle est bien pour elle, non ? demanda-t-elle dans un sourire radieux.

Alors comme ça tu imagines que tu peux me parler comme si de rien n'était ? songea Olivia. *Raté.* Incapable de trouver une repartie concise, elle haussa les épaules et apporta la robe à la caisse de fortune installée sur une table de banquet près de la porte, la paya avec l'une de ses trois cartes platine que réglait Ralph, le comptable de sa mère.

Ça ne va pas être simple, songea Serena en poussant un soupir théâtral.

— Je ne suis pas d'humeur à acheter quoi que ce soit, de toute façon, ajouta-t-elle à voix haute en cherchant Nate du regard.

Se battre avec Olivia était toujours tellement épuisant. Surtout lorsque l'on était follement amoureuse de Nate Archibald, entre autres sujets de discorde.

Ou du moins, l'on feignait de l'être.

il est paumé

Devant l'hôtel, Nate fumait une cigarette roulée à la main, un mélange d'herbe et de tabac, avec l'agent de sécurité de la présentation itinérante. Le soleil inondait la 5e Avenue et la 61e Rue, et les tonnes de touristes européens et les nuages des gaz d'échappement des bus donnaient davantage l'impression d'être fin août que la dernière semaine de mai.

— Magnifique journée, observa le vigile, dont le badge en plastique doré proclamait DARWIN.

Immense et chauve, il devait sûrement travailler au noir en tant que videur dans une boîte de nuit. Il ferma les yeux bien fort pour se protéger du soleil vif de fin de matinée.

— L'été n'est pas loin, ajouta-t-il.

Nate colla fermement ses doigts sur ses paupières closes pour empêcher les larmes de ruisseler sur ses joues. Il pourrait l'imputer au soleil ou au fait de s'être laissé entraîner de force dans une présentation itinérante avec une fille, mais en vérité, il pleurait beaucoup ces derniers temps. C'était la fin de leur année de terminale et il sortait avec Serena, la fille qu'il aimait depuis toujours – si l'on veut. Comme s'il goûtait enfin à la viande qu'il avait regardée en vitrine toutes ces années. Il désirait la savourer, mais tous les autres mangeaient si vite qu'il n'avait pas le temps. Et il ressentait par ailleurs ce sentiment persistant de ne pas avoir commandé le bon morceau de viande.

Attendez, il ne veut pas plutôt dire « la bonne fille » ?

— Devrais-je avoir peur que l'une de tes amies soit en train de voler quelque chose ? s'enquit Darwin.

Il sortit un téléphone portable bleu argenté de la poche de son pantalon et fit défiler quelques textos sur l'écran avant de ranger l'appareil dans sa poche. Il n'avait pas l'air trop inquiet. Mais bon, pourquoi un homme aux biceps aussi gros devrait-il se laisser intimider par quelques adolescentes retorses ?

On savait qu'Olivia avait volé à l'étalage, mais pas devant ses amies. Nate ignorait si Serena s'adonnait à ce genre de chose, mais elle avait tendance à être vilaine. Elle le ferait par pur ennui. Il haussa les épaules.

— Probablement.

Juste alors, le portier ouvrit la porte de l'hôtel et Olivia descendit les marches recouvertes d'un tapis rouge, effleurant Nate, son menton pointu sexy en l'air et un sac de courses blanc duquel dépassait du papier de soie blanc se balançant d'avant en arrière dans sa main.

— Elle est *mignonne*, siffla Darwin.

— Hum hum, grogna Nate, comme s'il voyait la jeune fille pour la première fois.

Ses cheveux foncés soyeux avaient repoussé en une coupe au carré courte, sexy et très française, qui allait parfaitement avec ses traits fins et son petit corps de bombe. Oh que oui, elle était mignonne.

Et elle ne lui appartenait plus.

— Tu veux que je l'arrête ? Que je jette un coup d'œil à ses sacs ? proposa le vigile.

Nate tira sur son joint et se demanda comment Olivia réagirait si jamais Darwin l'interpellait. À cette idée, il sourit avec nostalgie, et alors qu'il l'observait disparaître dans la rue bondée, de nouvelles larmes se mirent à ruisseler sur ses joues. Vache, bornée, égoïste et névrosée, Olivia incarnait la chieuse type, mais en dépit de toutes les fois où il avait tout fait foirer, elle s'était toujours réconciliée avec lui. Cela commençait généralement par un regard de côté ou un coup de téléphone furieux, puis il débarquait chez elle, ils s'embrassaient et se rabibochaient. Mais pour l'heure, Olivia ne lui envoyait pas le genre de message : « Si-tu-es-vraiment-sympa-avec-moi-je-vais-réfléchir ». À l'évidence, il avait tout fait merder une bonne fois pour toutes. De plus, il sortait désormais avec Serena, la fille dont tout le monde rêvait.

Tout le monde y compris lui ?

Le portier rouvrit la porte et Serena sortit gracieusement de l'hôtel, arborant une visière de tennis Les Best en lin vert menthe. Avec ses cheveux doré clair qui tombaient en cascade sous la visière, ses longues jambes bronzées et athlétiques-bien-qu'elle-ne-fît-pas-de-sport-sauf-en-cours-de-gym, et son sourire radieux, elle ressemblait à une publicité pour le genre de tenue de tennis haute couture bien trop splendide pour transpirer dedans.

— Taxi pour retourner en cours ? demanda-t-elle à Nate en le gratifiant d'un clin d'œil entendu.

Elle était peut-être trop fatiguée pour marcher, mais pas pour faire des trucs à l'arrière d'un taxi.

Qui serait trop fatigué pour cela ?

Puis elle avisa ses larmes.

— Pauvre bébé, roucoula-t-elle en tapotant les joues du jeune homme avec son pouce.

Ses crises de larmes avaient commencé voilà quelques jours, et, au début, elles l'avaient inquiétée. Pourquoi donc un beau gosse, tombeur et défoncé comme Nate *pleurait*-il ? Puis, petit à petit, elle s'était mise à trouver cela sexy et extrêmement touchant. Qui savait que Nate avait un côté aussi mignon, aussi fleur bleue ?

Darwin avança d'un pas. Il n'allait pas laisser cette bombe blonde filer aussi vite que la brune.

— Avez-vous le ticket de la casquette, mademoiselle ?

Serena toucha la visière en lin comme si elle avait oublié qu'elle la portait. Elle mordit ses lèvres voluptueusement charnues et Chap-Stickisées à la cerise.

— Oups ! fit-elle. (Ses yeux bleu foncé étincelèrent, défiant Darwin de l'arrêter.) Je suis amie avec le créateur.

Le vigile se fendit d'un grand sourire. Encore un qu'elle ensorcelait !

— Ah, c'est bon, répondit-il, embarrassé. Je crois que je voulais juste trouver un prétexte pour vous aborder.

Nate réalisa brusquement qu'il aurait dû être jaloux. Il prit la main sèche et chaude de Serena dans la sienne, humide et inondée de larmes.

— Viens, l'urgea-t-il, tâchant d'avoir l'air viril et assuré en dépit du chevrotement dans sa voix.

— Qu'est-ce que j'aime quand tu te bats pour moi ! murmura Serena.

Elle posa la tête sur son épaule et embrassa son oreille droite. Il passa un bras autour de sa taille, encouragé par la courbe prononcée de sa hanche. Ils descendirent les marches d'un pas léger, résistant au besoin ardent de s'arracher leurs vêtements juste devant les centaines de touristes, bananes autour de la taille, qui prenaient d'assaut le magasin Brooks Brothers le plus important de la chaîne juste en face. Qu'ils sortent ensemble avait beau être un accident, ils demeuraient toutefois deux êtres magnifiques et irrésistiblement baisables – pourquoi ne pas sauter sur toutes les occasions du monde de prendre un petit extra ?

Exactement.

— Sacré veinard, siffla Darwin en repartant à l'intérieur draguer Rain ou Kati ou n'importe quelle autre élève mignonne de Constance recélant le plus de trucs dans son sac.

Nate réprima une nouvelle crise de larmes. Il était admis à Yale. La plus belle fille de l'univers, qu'il connaissait depuis toujours, le suppliait pratiquement de le faire dans un taxi sur le chemin de l'école. Il *avait* une chance folle.

Alors pourquoi ne parvenait-il pas à réfréner ses larmes ?

le premier mot d'amour de v de la journée

À : vabrams@constancebillard.edu
De : aaron.rose@bronxdale.du
Objet : idée du jour

D'accord, je sais que je viens de t'embrasser pour te dire au revoir il y a une heure, mais j'ai eu une idée géniale en allant en cours – la vache, le trajet en métro est carrément trop long ! Enfin bref, et si on en finissait avec nos derniers exams et zappait la cérémonie de remise des diplômes parce que a) ça va être gonflant, b) nos parents n'en auront rien à foutre, et c) tu as dit toi-même que tu n'étais pas vraiment le genre de meuf à porter une robe blanche. On pourrait se barrer en Saab, aller au Grand Canyon, regarder le coucher de soleil, manger des champignons sauvages cent pour cent bio, et danser nus avec les coyotes sous les étoiles. Je veux passer l'été à explorer le pays et à te tenir dans mes bras au glorieux clair de lune. Zut, la cloche sonne. Enfin bref, réfléchis-y. Tu es ma nana.

Je t'aime,
A

d est monsieur popularité

— Donc, il semble qu'à l'unanimité, Daniel Humphrey, vous soyez notre orateur, annonça M. Cohen, le professeur titulaire de Riverside Prep.

Il dirigeait également le département d'histoire et insistait pour que les garçons l'appellent Larry.

— Euh ? fit Dan en levant les yeux du poème qu'il griffonnait sur son carnet relié de cuir noir qui ne le quittait jamais.

Le poème s'intitulait « Mon autoroute » et parlait de l'incroyable voyage qu'il allait entreprendre. Vu que rien ne le retenait à New York, il avait décidé de partir plus tôt pour Evergreen College, université dans laquelle il entrerait en automne. Il avait déjà postulé pour un job d'été par le biais du site Internet de l'agence pour l'emploi de la fac. Et juste après la remise des diplômes, il irait en voiture jusqu'à Olympia, Washington. Encore fallait-il qu'il eût un véhicule – ou passé son permis.

Oups.

Dan avait décidé de prendre exemple sur Jack Kerouac quand il écrivait *Sur la route*. Lors de son voyage pour l'ouest, il baisouillerait avec les filles les plus canon qu'il croiserait dans chaque ville, essayerait de la nouvelle cuisine et de nouvelles boissons exotiques, comme du peyotl et de la tequila à 93°, et ferait des détours pour goûter aux bizarres attractions locales, genre des grottes avec des stalactites de trente mètres de long et des rochers en sang, ou une vache avec des quintuplés. Il avait déjà été publié dans le *New Yorker* à l'âge impressionnant de dix-sept ans et fait une brève apparition en tant que leader des Raves, le groupe de rock en vogue. Mais lorsqu'il arriverait dans l'État de Washington, après avoir carrément traversé tout le pays, il serait fraîchement diplômé de l'Université de la vie.

Sauter les filles, égrener le blé,
Mégaphones de rodéo, longicornes en Stetson, un cyclone du Kansas,
Une fille du Nebraska laisse son rouge à lèvres sur le tableau de bord,
Elle sale mon bœuf, remue ma soupe aux gombos, crache mon noyau.

Oh-oh. On dirait qu'il a été une rock-star un jour de trop.

— La classe a voté pour vous et vous seul, expliqua Larry. Vous devriez vous sentir extrêmement honoré.

Dan resta perplexe. Il repoussa sa chaise, croisa ses Puma bleues et sales l'une sur l'autre et fourra les mains dans les poches de son pantalon en velours côtelé kaki râpé.

— Mais je n'ai même pas proposé ma candidature ! lâcha-t-il étourdiment.

Ou comment bien faire comprendre que vous n'avez pas d'amis.

Des petits ricanements se firent entendre dans toute la salle.

— C'est parce que t'es, genre, une célébrité, man, et nous voulons que tu nous représentes, expliqua Chuck Bass d'une voix faussement défoncée.

Sweetie, le singe des neiges de Chuck, dormait pelotonné en boule blanche duveteuse sur les genoux de son maître et arborait son petit T-shirt préféré couleur cantaloup, orné d'un *S* rose vif sur le dos. Tout le monde, même les professeurs, s'était tellement habitué à l'animal que personne ne bronchait, mais Sweetie filait toujours la chair de poule à Dan.

— Nous nous sommes dit que ce serait plus facile pour toi, étant donné que tu écris tout le temps, poursuivit Chuck, sarcastique.

Autres ricanements.

Dan bascula sa chaise en arrière.

— Attends, mettons les choses au clair. Tu m'as nominé ?

Chuck releva d'un coup le col de sa chemise Lacoste pourpre vif à manches courtes.

— C'est comme l'a dit Larry. À l'unanimité.

Les mains de Dan se mirent à transpirer. Être orateur des terminales était un honneur, mais il avait le sentiment d'avoir obtenu ce titre à défaut d'autres candidats. Il n'était sûrement pas le type le plus populaire de sa classe. Il avait passé toute son année de terminale à essayer de devenir célèbre ou à traîner avec Vanessa, son ex-meilleure copine et petite copine, à Williamsburg, Brooklyn. Il supposait que les autres mecs de sa classe seraient bien trop occupés à faire la fête ou à essayer de ne pas se planter à leurs derniers exams pour prendre la peine d'écrire un discours pour la remise des diplômes.

— Contentez-vous de faire léger. Et souvenez-vous, tout le monde veut tenir ce diplôme dans ses mains, alors faites court, également, le conseilla Larry en tirant sur son pauvre bouc blond sale, comme la caricature de l'adolescent type qu'il n'était absolument pas.

— D'accord, répondit Dan, dubitatif.

Visiblement il n'avait pas le choix.

Chuck le tapa sur l'épaule.

— Hé, devine quoi ? Ta gouinasse de petite copine ? Il paraît qu'elle sera bientôt célibataire. Sa « moitié » déménage, carrément.

Qui : Olivia ou Aaron ? Dan ne savait même plus avec qui Vanessa vivait. Tout ce qu'il savait, c'est que ce n'était pas lui. Ses mains inondées de sueur se mirent à trembler dans un mélange de confusion et de bonheur. Peut-être avait-elle rompu avec Aaron ? Mais ils semblaient tellement amoureux ! Ils arboraient même des coiffures assorties. Il griffonna une série de *x* en haut de la page sur laquelle il écrivait. Vanessa a cassé avec Aaron ?!

— Donc, j'imagine que vous acceptez cette nomination, insista Larry en tapant son stylo sur son bureau en bois, de façon énervante. Tous ceux qui sont pour disent : « Ouais ! »

« *Mec* ! » répondirent tous les garçons à l'unisson, perpétuant la tradition moyennement drôle qui avait commencé le premier jour de leur année de terminale. Dan blêmit lorsqu'ils se mirent à pousser des cris de triomphe dans une manifestation d'enthousiasme feint totalement inutile. « Allez, Dan ! »

À la minute où la sonnerie retentit, il appela Vanessa pour lui confier combien il était désolé pour elle.

Ouais, bien.

— Ça s'appelle de la désinformation, fulmina Vanessa. D'où les gens sortent-ils cette merde ? Et au fait, comment vas-tu ? demanda-t-elle, l'air quelque peu ravie d'avoir de ses nouvelles.

— Je viens d'être nommé orateur, avoua Dan, comme s'il avait mené campagne des semaines durant.

En son for intérieur, il mourrait si Vanessa et Aaron sortaient toujours ensemble, mais il n'allait pas le lui faire savoir.

— Orateur ? Qu'est-ce que c'est que ce bordel ? lança-t-elle. Attends, c'est une bonne chose ?

— J'imagine.

— Écoute, j'ai labo photo là, mais tu veux passer plus tard, genre ?

Dan colla son portable à l'oreille jusqu'à ce qu'il ait mal. Un groupe de secondes faillit lui faire dégringoler les marches dans leur course pour aller déjeuner. Brusquement, il réalisa combien il avait été seul. Était-ce possible que Vanessa et lui puissent redevenir amis, juste comme ça, sur un simple coup de fil ?

Et s'ils pouvaient redevenir amis, il restait toujours la chance qu'ils puissent être plus.

— Aaron sera-t-il là ? demanda-t-il prudemment en errant dans le couloir du quatrième étage en direction du cours d'anglais.

Un élastique tout pelucheux se trouvait dans sa poche. Il attacha ses cheveux châtain clair en bataille en queue-de-cheval courte puis les détacha et jeta l'élastique par terre. Rufus, son père, était M. Le-Fana-de-la-Queue-de-Cheval, pas lui.

— Aaron doit répéter avec son groupe, lui confia Vanessa avec désinvolture. Mais tu pourrais venir même s'il était là.

Hé, un truc à trois ?

Dan avait l'impression qu'une fenêtre s'ouvrait en grand et qu'une brise fraîche balayait son visage.

— Je suis censé assister à ce stupide bachotage de cours avancés d'histoire pour notre exam la semaine prochaine, mais bon, je pourrais toujours le sécher.

Le singe de Chuck Bass trottina devant lui dans le couloir, un sachet de Smart Puffs à moitié mangé dans la gueule. Chuck était trop occupé à appliquer de la pommade Aveda sur ses cheveux tout juste méchés devant le miroir en pied qu'il avait installé dans son casier pour s'en rendre compte.

— OK, je suis en labo photo. Comme d'habitude, toutes les autres ont séché, sauf moi. Elles sont probablement dans une vente privée à la con, un truc du genre. Pour acheter leur robe de mariage blanche débile, enfin leur toge pour la remise des diplômes, tu vois ce que je veux dire. *Bordel* ! s'exclama Vanessa comme si elle venait de trébucher sur quelque chose, il fait noir ici !

L'oreille de Dan transpirait à présent.

— J'aimerais bien être avec toi, lâcha-t-il étourdiment, incapable de s'en empêcher.

— Moi aussi, répondit-elle avec empressement. Sérieux.

Attendez, *flirtait*-elle avec lui ?

— Je vais peut-être passer plus tard, alors, hasarda-t-il. Papa et Jenny ne sont pas là de toute façon. Je ne suis pas obligé de rentrer à la maison à une heure précise.

Pas possible ?!

— Cool, fit Vanessa, l'air distrait. Écoute, je vais faire un truc débile si je ne raccroche pas, genre boire du fixateur au lieu de mon thé. On se voit plus tard, OK ?

Il avait hâte.

— Ouais, OK.

Il raccrocha. En bas du couloir, Sweetie faisait pipi sur le sol de marbre devant la porte des bureaux du département d'histoire. Dan lui adressa un grand sourire.

Gentil garçon.

s a rendu les écoles où l'on fait la fête totalement inutiles

« Écoute, tu n'as qu'à aller boire un café et lire des poèmes à voix basse dans ta tête, d'accord, papa ? » Jenny Humphrey implora-t-elle Rufus, son père si peu coopératif.

Ils se tenaient devant les portes coquettes en fer forgé de Hanover Academy, juste à la sortie de la charmante petite ville pittoresque de Hanover dans le New Hampshire. Après son apparition à moitié nue sur Internet et dans les pages de divers magazines de mode, et après avoir fricoté avec des rock-stars en âge post-universitaire dans leur suite du Plaza Hotel, Jenny s'était vu donner un ultimatum par Mme McLean, la directrice de Constance Billard. Elle devait cesser de faire les gros titres et terminer son année de troisième à Constance en se comportant comme l'écolière bien sage qu'elle était censée être ; sinon il lui faudrait trouver une autre école pour la rentrée. Prenant cela comme un défi, l'adolescente avait fini par passer un week-end entier avec les Raves dans l'hôtel particulier du guitariste sur Bedford Street. Elle avait même enregistré une chanson avec eux ! Le lundi suivant, Mme McLean et tous les New-Yorkais l'avaient appris dans la rubrique potins.

Dis adieu à Constance Billard et bonjour au… *pensionnat* !

Le lundi suivant, Jenny n'était pas allée en classe pour jeter un œil à Hanover, le pensionnat de ses rêves, bien connu pour son côté fou et sauvage. C'était l'établissement que l'extraordinaire fêtarde, Serena van der Woodsen, avait fréquenté pendant deux ans avant de se faire virer en octobre dernier, et Jenny imaginait que personne ne l'avait jamais remplacée. Eh bien, coucou *la* voilà ! Elle allait pousser Hanover au paroxysme de l'infamie, et si, pour une raison quelconque – et difficilement imaginable – cette école ne la séduisait pas ou, pire, ne l'acceptait pas, elle visiterait également Croton School. Croton ne se trouvait qu'à une heure et demie de la ville, à Croton Falls, New York, et selon tous les guides d'écoles privées qu'elle avait lus, cet établissement était presque aussi dément que Hanover.

— Je pourrais aussi aller me faire couper les cheveux, répondit Rufus, l'air gai.

Ses cheveux poivre et sel rêches étaient attachés en queue-de-cheval hirsute par un lien torsadé aux couleurs de l'arc-en-ciel, provenant d'un sachet de bagels aux graines de lin du Whole Foods près de leur immeuble de l'Upper West Side. Pour aller avec sa coiffure tendance, Rufus portait une chemisette à carreaux rouges et blancs style western fermée par des boutons-pression, un short Carhartt en toile marron lourde, et des sabots Birkenstock en daim beige éraflés avec des chaussettes de laine noire.

Rien de tel que la campagne pour faire ressortir votre sens de la mode.

— Oh, très bien, répondit Jenny.

Elle tâcha de ne pas trop s'emballer. La dernière fois que son père s'était fait couper les cheveux – du style pour son treizième anniversaire – il s'était rendu dans un salon de l'Upper East Side fréquenté par des drag-queens et s'était retrouvé avec une frange parsemée de mèches pourpres.

— Donc je vais juste faire ma visite et je te retrouve là où on a dit, en ville, ajouta-t-elle en faisant référence au café-librairie devant lequel ils étaient passés en traversant Hanover.

Le campus se trouvait à deux kilomètres à pied le long d'un joli chemin bordé d'arbres. Cette distance entre Rufus et elle la rassurait, au cas où il déciderait d'instiguer un mouvement politique ou autre chose de tout aussi dément par pure angoisse de voir sa fille quitter New York.

— Tu as pigé ! s'écria Rufus en déposant un baiser sur sa joue avec sa bouche grisonnante avant de descendre le chemin avec une désinvolture exagérée. Ne fais rien que je ne ferais pas ! cria-t-il derrière lui.

Comme s'il existait quoi que ce soit qu'il ne ferait pas.

Jenny tira sur la jolie blouse vert jade aux manches froncées qu'elle avait achetée chez Scoop à Soho samedi dernier. De style japonais, elle arborait de petites libellules au pochoir partout. Elle l'avait bien boutonnée jusqu'au col, mais maintenant que son père était parti, elle défit les deux boutons du haut, révélant ses plus surprenants atouts : son 90 D.

Aucune raison pour que les garçons de Hanover ne sachent pas ce qui les attend.

Elle sortit son plan plastifié du campus de son faux Calla Lily de Louis Vuitton acheté-dans-la-rue-juste-devant-chez-Bloomingdale's-mais-qui-ressemblait-comme-deux-gouttes-d'eau-à-celui-de-Serena. Les vieux bâtiments en brique de l'école recouverts de lierre semblaient tout droit sortis d'un catalogue Abercrombie & Fitch, mais Jenny fut déçue de ne voir aucun garçon sublime, à moitié nu et tacheté par le soleil, jouer au frisbee sur les pelouses. Riley, le dortoir des filles où elle devait rencontrer son hôte, se trouvait de l'autre côté du parking, perché au sommet d'un monticule herbeux. C'était une splendide journée estivale et l'air sentait l'herbe fraîchement coupée.

— Je me plais déjà ici, murmura-t-elle, frissonnant d'excitation.

Toute sa vie allait changer. Plus d'uniformes. Plus de pétasses sectaires qui passent des heures à psychoter pour savoir pourquoi telle fille a opté pour du gloss mauve et non du rose. Plus de réputation uniquement basée sur son excellente calligraphie, son scandale Internet surmédiatisé, ou ses prétendues séances photos pornographiques. Plus de rumeurs, plus de scandale.

Eh bien, peut-être était-ce pousser un peu trop loin. Ça ne faisait pas de mal, un petit scandale. Simplement, dans un pensionnat comme Hanover, la barre du scandale serait placée beaucoup plus haut.

Fiona Castagloni, l'hôte de Jenny, l'attendait devant la porte de Riley. Elle ressemblait à une mère au foyer de banlieue de quarante-cinq ans : petite et grassouillette, en chemise J. Crew en oxford à rayures corail et blanc, rentrée dans un bermuda L.L. Bean couleur pierre. Ses chaussettes blanches arboraient un pli bien net à la cheville et ses Reebok blanches de chez blanches paraissaient flambant neuves.

— Jennifer? fit-elle avec empressement, sa queue-de-cheval auburn superfrisée et serrée rebondissant entre ses omoplates. Dépêchons-nous ! Je t'emmène en salle d'étude, nous avons déjà cinq minutes de retard !

Fiona tirait un sac à dos Lands'End vert citron qui devait contenir tous les livres qu'elle possédait. Jenny la regarda en cillant. Lorsqu'elle avait envisagé de visiter Hanover, elle s'était imaginé traîner dans un dortoir avec des blondes maigres et chic, boire des cocktails à base de vodka et de jus de citron vert, et flirter avec des garçons la pipe au bec, leurs cravates d'école pendillant négligemment sur leurs torses nus et bronzés.

— Si tu as beaucoup de boulot, je pourrais, genre, t'attendre ici, proposa-t-elle.

— Oh, vraiment ? cria Fiona, immensément soulagée. Tu vois, c'est les examens de dernière année la semaine prochaine et j'ai quarante-sept verbes irréguliers espagnols à réviser et trente preuves à trouver en géométrie.

Jenny jeta un coup d'œil à travers la porte ouverte. Dans le foyer aux lustres en cristal, quelques filles flânaient sur des fauteuils en cuir, lisaient des magazines et écoutaient leurs minis iPods. Elle reconnut un top Marc Jacobs aux motifs de roses rouges et blanches sur l'une d'elles. Et une autre exhibait la paire de ballerines or Belle de Sigerson Morrison qu'elle avait convoitées tout le printemps, mais pour lesquelles elle n'avait jamais pu suffisamment économiser. Elles ressemblaient tout à fait au type de nanas avec lesquelles elle aurait voulu être amie. Il ne manquait que les garçons avec les pipes et la vodka.

— Je vais rester là, annonça-t-elle à Fiona d'un ton ferme.

— OK, répondit son hôte en épaulant son affreux sac à dos vert. Je reviendrai te chercher dans une heure dix. Nous prendrons des bagels au café et je te montrerai ma chambre.

Waouh, ça va être la fête.

Jenny était déjà sûre qu'elle ne reverrait plus Fiona car celle-ci serait tellement prise par ses verbes irréguliers ou autre qu'elle oublierait qu'elle l'avait laissée avec les filles les plus cool et les moins sages de Hanover. Elle sortit un tube de gloss Stroppy de Chanel de son sac et s'en appliqua. Puis elle entra dans la salle de repos. « Salut ! » lança-t-elle d'un ton timide. « Je suis Jennifer. Je viens de New York. Je vais à Constance Billard, vous savez, où allait Serena van der Woodsen ? »

Elle savait que c'était nul de mentionner tout de suite le nom de Serena, mais elle voulait que ces filles sachent qu'elle était cool, qu'elle était comme elles.

Une élève aux cheveux noirs et courts et aux ongles des pieds magnifiquement vernis de Vamp de Chanel jeta un coup d'œil dans sa direction avant de détourner rapidement le regard. À part elle, personne ne semblait l'avoir entendue. Les boiseries du foyer diffusaient un éclat ambre et le tapis oriental sous les pieds de Jenny était en parfait état. Elle avait l'impression de se trouver dans la tanière d'un vieux manoir, pas à l'école.

— Alors il paraît que ça peut être la folie à Hanover, parfois. Du moins, c'est ce que m'a raconté Serena, gazouilla Jenny, toujours plantée à la porte comme une idiote.

Elle tenait à ce que les choses soient claires : elle ne *connaissait* pas uniquement Serena ; elles étaient potes.

— Chut ! murmura une magnifique blonde aux jambes si longues et si bronzées qu'elles semblaient fausses. Tu vas nous attirer des problèmes !

Pardon ? Depuis quand les filles de Hanover avaient-elles peur de s'attirer des problèmes ?

— Désolée, marmonna Jenny, miteuse.

Elle s'assit sur un fauteuil en cuir vide, grimaçant en entendant le bruit de pet qu'il produisit lorsque ses jambes nues se frottèrent dessus. Elle déposa bien sagement son faux sac Louis Vuitton sur ses genoux, regrettant de ne pas avoir au moins pensé à apporter un livre. Du coin de l'œil, elle surprit la fille aux cheveux bruns et courts la mater de nouveau. Jenny sortit un vieux ticket de Duane Reade[1] de la poche latérale de son sac puis chercha le gros stylo Hello Kitty qu'elle possédait depuis la cinquième.

« *Qu'est-ce qui se passe ? Je pensais que, à Hanover, c'était censé être l'éclate totale ?* » griffonna-t-elle au dos du ticket. Puis elle le plia et le jeta audacieusement sur les genoux de la fille aux cheveux courts. Moins d'une minute plus tard, le ticket lui revint, gribouillé au crayon bleu. « *Eh bien, en gros, ce petit épisode avec ton amie Serena – qui était ma voisine ici à Riley – enfin, quand elle était là ! – a tout gâché. Après s'être débarrassés d'elle, ils ont institué le code de discipline qui, en gros, dit que si tu balances tes potes, tu obtiens des privilèges. On est tellement encouragés à dénoncer nos amis, que plus personne ne fait plus rien qui vaille le coup d'être cafardé. Cette école est totalement morte, tranquille et* CHIANTE*!!! Mais je suis en terminale donc je ne serai bientôt plus là –* CHOUETTE *!* »

Jenny leva les yeux du petit mot et scruta plus attentivement les autres. L'une de celles qui écoutaient leur iPod marmonnait dans sa barbe, et Jenny comprit qu'elle n'écoutait pas les derniers tubes téléchargés, mais apprenait par cœur des conjugaisons en espagnol. Une petite Asiatique aux nattes épaisses qui, d'après

1. Célèbre chaîne de drugstores/pharmacies à New York. *(N.d.T.)*

Jenny, lisait un magazine de mode était en réalité totalement captivée par *Science Digest.*

Oh-oh.

« *Je ne serai probablement pas admise de toute façon* » écrivit-elle avant de renvoyer le mot à la fille et de se lever. Comme les candidatures pour le pensionnat étaient censées être bouclées à l'automne, le temps jouait contre elle, où qu'elle décidât d'aller et quel que soit l'établissement qui l'acceptât. Mais il existait sûrement d'autres écoles loin d'être aussi strictes que l'était clairement devenue Hanover.

Elle sortit du foyer et se fraya un chemin jusqu'aux portes de l'école, regrettant d'avoir congédié son père aussi vite. En redescendant le sentier en direction de la ville, elle tomba sur un garçon blond coiffé d'une casquette de base-ball Ralph Lauren rouge et vêtu d'un T-shirt en V blanc et d'un pantalon J. Crew en lin turquoise ample. Il fumait une Marlboro en rentrant doucement vers le campus en traînant les pieds. Il était hyperadorable.

Jenny lui adressa un sourire timide alors qu'il s'approchait, tâchant de trouver le courage de lui demander si Hanover était réellement aussi nulle que le lui avait laissé entendre la brune aux cheveux courts à Riley.

— Tu ne vas pas me balancer, n'est-ce pas ? demanda le garçon en dardant un regard noir sur elle, avec plus d'hostilité que personne ne le méritait.

— N-non, bafouilla-t-elle.

Ils étaient tous complètement paranos à Hanover ou quoi ?

— Bien, répondit-il d'un ton méprisant en continuant à l'assassiner du regard et en s'en allant.

Lorsqu'elle arriva au café, son père, derrière le bar, préparait en vitesse un *chai latte* au lait de soja, alors qu'un jour Dan et lui-même avaient passé une heure à lui faire la morale comme quoi le *chai* n'était qu'une merde inventée par le Starbucks et que le café instantané Folgers demeurait la seule boisson chaude au monde digne de ce nom.

— L'air est si agréable ici que j'envisageais justement de déménager. Ils m'ont même proposé un job dans ce café, gazouilla-t-il en la gratifiant d'un sourire rayonnant. Dan partira à Evergreen à l'automne de toute façon. Nous sous-louerons notre appart – nous nous ferons une fortune !

— Désolée, papa, mais je ne crois pas, soupira Jenny. Enfin, je ne crois pas vouloir entrer à Hanover.

Rufus apporta le gobelet en papier du liquide chaud et mousseux de l'autre côté du bar et le tendit à sa fille.

— Tu veux dire que tu as l'intention de rester à la maison avec moi ? s'enquit-il en arquant ses sourcils poivre et sel, plein d'espoir.

Elle renifla la boisson, grimaça et la lui rendit.

— Non, je vais continuer à chercher. Croton est sur la route, de toute façon.

Rufus adressa un clin d'œil à la femme frisottée et forte des hanches vêtue d'une robe de chanvre qui sortait de la cuisine, un plateau de scones au sarrasin dans les mains. Il soupira.

— Tu es sûre ?

D'après les souvenirs de Jenny, le guide des écoles privées qu'elle avait lu de A à Z dans le coin près de la fenêtre à l'étage de la librairie Barnes & Nobles de Broadway avait placé Croton Academy à Croton Falls en deuxième position des écoles où l'on faisait la fête, juste après Hanover. Croton était censé être bondé de gosses qui s'étaient fait virer de leur école privée new-yorkaise pour mauvais comportement. De toute évidence, le manuel n'avait pas été récemment mis à jour, s'il continuait à placer Hanover en tête, mais peut-être que ce qu'il disait sur Croton était vrai.

— Viens, on y va, lança Jenny en tirant sur la poche du short Carhartt de son père, tout excitée à l'idée d'aller visiter Croton.

L'établissement paraissait bien plus cool que Hanover. Et espérons qu'il ne possédait pas de code disciplinaire.

Professeur Pierre Papademetriou
Département d'anglais, Evergreen State College
2700 Evergreen Parkway NW
Olympia, WA 98505

Daniel Humphrey
815 West Avenue, Apt 8D
New York, NY 10024

Cher monsieur Daniel Humphrey,

j'ai lu votre demande dans la rubrique « Recherche de stages d'été rémunérés » sur le site d'offres d'emplois de la faculté. Je suis poète et professeur de biologie à l'université et je cherche un stagiaire d'été. Vous serez logé chez moi. J'ai deux chiens et un fils. Mon épouse est partie en Grèce. Mon fils est pêcheur. Les chiens vivent dehors. Vous travaillerez avec moi sur mon livre très intéressant. Je vous ferai de la bonne cuisine grecque ! Dites-moi quand vous comptez arriver et j'installerai un hamac dans le grenier. Je dois aller donner à manger aux chiens. Ils adorent ma moussaka !

Veuillez me répondre rapidement,
Pierre

d et v ont un sentiment de déjà-vu... encore et encore

— Waouh ! Ton appart est vraiment très... *lavande*, observa Dan lorsque Vanessa le fit entrer.

Quand il y habitait, les murs du petit appartement quelconque étaient ordinaires, blancs et écaillés, et des draps noirs de Halloween pendillaient aux fenêtres à la place de rideaux. À présent, les murs étaient peints d'un délicat lavande clair, agrémentés d'une bordure vert céleri, et des rideaux de chintz noir et blanc étaient suspendus à de vraies tringles aux fenêtres. Il y avait des chaises et une jolie table danoise en bois moderne dans le séjour, et un canapé gris, cool et tendance. On aurait dit qu'un vrai décorateur avait aménagé les lieux.

Vanessa rougit, ce qui était étrange de sa part. Depuis quand rougissait-elle ?

— Olivia l'a plus ou moins embelli. Tu aimes ?

Dan transpirait à cause du trajet en métro et parce qu'il avait couru depuis l'arrêt de la ligne L, treize rues plus loin. Le cœur battant la chamade, il passa un doigt poisseux sur le mur fraîchement repeint.

— C'est différent, j'imagine, répondit-il nerveusement.

Vanessa le matait ouvertement, à sa façon bien à elle

nullement décontenancée, ce qui le fit transpirer de plus belle.

Lorsque Vanessa était rentrée chez elle de l'école, une petite boîte blanche l'attendait sur le comptoir de la cuisine. Elle l'avait ouverte pour découvrir une bague en argent représentant deux mains tenant des cœurs soudés. À l'intérieur, l'anneau arborait l'inscription : « POUR TOUJOURS ET À JAMAIS, AFFECTUEUSEMENT, A ». À l'exception d'un bref flirt avec un piercing à la lèvre, la jeune fille portait rarement des bijoux et ce genre de bague d'amour/amitié était tellement ringarde qu'elle la faisait rire. Elle n'avait absolument pas envisagé de la mettre, quel que soit celui qui la lui avait offerte. Elle avait rangé le truc dans la boîte qu'elle avait fourrée dans le tiroir à argenterie. Peut-être Aaron lui avait-il acheté cette bague pour plaisanter, mais, dans ce cas-là, pourquoi prendre la peine de la faire graver ? Même lorsqu'ils sortaient ensemble, Dan ne lui aurait jamais fait de cadeau aussi tarte. En y repensant, il ne lui avait jamais demandé de camper sous les étoiles avec lui, non plus. Vanessa était le genre de fille « eau courante et chasse d'eau dans les toilettes ». Elle détestait le soleil et dormir à la belle étoile, avec son lot d'araignées, de fourmis, d'abeilles et de moustiques qui lui donnaient la chair de poule. Naturellement, Aaron pensait bien faire. C'était le geste qui comptait et tout et tout. Mais elle et lui devraient parler – ce qu'ils n'avaient pas vraiment fait depuis qu'ils sortaient ensemble. Il avait beau l'inonder de mots d'amour, lui offrir des cadeaux et dormir tout le temps chez elle, leur relation avait jusque-là été purement sexuelle.

Mais elle s'en moquait bien. Le stress des examens de dernière année, de la remise des diplômes et de la nouvelle page qu'elle allait tourner dans sa vie la faisait secrètement flipper. Elle n'était tout simplement pas elle-même. Ou peut-être que vivre dans un appartement aux murs lavande avec une fille qui possédait cent dix-sept paires de chaussures, dont trente-quatre paires de Manolo Blahnik, l'avait transformée en quelqu'un d'autre. Autrefois grande solitaire, Vanessa ne supportait plus la solitude et avait découvert que la meilleure façon de ne pas penser à l'avenir était de boire un peu de vodka puis de batifoler.

Elle vient juste de le découvrir ?

— Tu es tout pâle, lança-t-elle à Dan.

Puis elle avança d'un pas vers lui, passa les bras autour de son cou et l'embrassa sur la joue. Elle ferma les yeux bien fort et respira son odeur mignonne de renfermé.

— Pâle mais très beau, ajouta-t-elle.

Vanessa portait un pull noir sans manches à côtes et pas de soutien-gorge. Elle venait de se raser le crâne, mais avait laissé pousser d'un centimètre les cheveux autour de son visage, ce qui adoucissait son haut front blanc et ses grands yeux noisette. Et elle avait laissé tomber le piercing à la lèvre.

Ce qui était une bonne chose.

Elle portait également une minijupe noire taille basse à volants qu'elle n'aurait jamais eu l'idée de mettre avant qu'Olivia Waldorf n'aménage chez elle. Mais elle l'avait assortie à des chaussettes à losanges blanc et noir lui arrivant aux genoux et à ses sempiternelles Doc Martens, signifiant clairement que, en dépit de l'influence de sa colocataire, elle n'allait pas acheter de sitôt une paire de stilettos Manolo Blahnik en peau de serpent, même s'ils sortaient en noir.

Le galbe lisse de ses bras pâles, la courbe moqueuse de ses lèvres rouges et l'éclat rebelle dans ses grands yeux noisette poussèrent Dan à se demander comment il avait fait pour fonctionner sans elle. Il résista à l'envie urgente de sortir son carnet relié de cuir pour y griffonner un poème. À la place, il extirpa une Camel de son paquet et la fourra entre ses lèvres sans l'allumer.

— Alors, tu veux que l'on aille se balader ? Prendre un café, genre ? demanda-t-il en s'efforçant d'avoir l'air vaguement normal.

Vanessa haussa les épaules sans s'éloigner de lui.

— J'ai comme un gros sentiment de déjà-vu, confessa-t-elle dans un sourire perplexe.

N'était-ce pas ainsi qu'ils étaient ressortis ensemble la dernière fois ? Il était passé la voir et ils s'étaient pratiquement arraché leurs vêtements.

— Moi aussi, avoua-t-il, espérant secrètement que l'histoire se répéterait.

— Olivia et moi venons de découvrir une porte qui donne sur le toit de l'immeuble. Tout ce temps, je croyais qu'elle était cadenassée, mais le verrou est complètement bousillé. C'est trop cool, là-haut – tu veux y jeter un œil ?

Alors comme ça, Vanessa était aussi devenue adepte de la bronzette ?

— Bien sûr, acquiesça-t-il.

À sa grande surprise, elle prit un litre d'Absolut et une bouteille de tonic dans le frigo, les fourra dans un sac en papier avec deux verres Scoubidou qu'elle remplit de glace.

— J'ai plus ou moins pris goût à ce truc, lui confia-t-elle dans un sourire malicieux.

Dan la fixa, stupéfait, le corps tremblant de jouissance anticipée : elle n'avait jamais tenu l'alcool ; lui non plus.

Il la suivit hors de l'appartement, dans le couloir sale

en ciment puis dans l'escalier dégueulasse de l'immeuble, peint en noir et empestant la térébenthine. Deux étages plus haut, Vanessa poussa une porte en métal noir, affichant l'inscription « INTERDICTION D'ENTRER », et sortit dans la lumière chaude et vive du toit. Brusquement, la ville les entoura, et le Williamsburg Bridge parut suffisamment près pour qu'ils puissent le toucher. Sur la droite, l'East River était calme et vitreuse lorsqu'un voilier dépassa gracieusement une barge transportant une cargaison de Porta Johns[1], faisant lofer ses voiles blanches dans l'air épais de l'après-midi. À leur gauche se trouvait la sucrerie, dont les cheminées crachaient de grands tourbillons de fumée qui s'ajoutaient au smog. De l'autre côté du pont, Manhattan se dressait, imposante et pleine de promesses. Né à Manhattan, Dan ne parvenait pas à se défaire du sentiment que lorsqu'il se trouvait à Brooklyn, il se produisait quelque chose d'excitant de l'autre côté de l'eau et il passait à côté.

— Par ici ! cria Vanessa par-dessus le grondement du trafic intermunicipal. (Elle se faufila sous une poutre de métal qui soutenait le château d'eau géant dominant le toit.) Ici, nous sommes complètement à l'abri de la pluie. Et tu vois, la condensation du château d'eau conserve même un peu d'air frais.

Dan s'approcha et passa sous le château d'eau. Un futon noir était ouvert par terre, avec un assortiment de coussins en fausse fourrure noire. Manifestement, Vanessa possédait son petit nid d'amour perso en plein air.

— Aaron et toi devez passer pas mal de temps ici, remarqua-t-il, mal à l'aise.

Elle s'assit sur le futon et versa de la vodka dans les verres Scoubidou en plastique.

1. Toilettes portables. *(N.d.T.)*

— En fait, j'ai promis à Olivia de ne pas le squatter tout le temps. Nous l'avons seulement découvert samedi, et comme hier il pleuvait, Aaron n'est jamais monté.

Ce qui signifiait qu'Aaron et elle ne l'avaient jamais fait ici. Dan se sentit un peu moins mal à l'idée de s'asseoir sur le futon. Vanessa lui tendit une vodka-tonic.

— Désolée, pas de citron vert.

Il s'assit et alluma une cigarette. Un hélicoptère vrombissait bruyamment alentour. Il devait le reconnaître : cet endroit était hypercool.

— Alors, orateur pour la remise des diplômes, hein ? Je pensais même zapper la cérémonie, déclara Vanessa en trinquant avec lui avant de boire une longue gorgée. À nous !

Dan la regarda en plissant les yeux en buvant, serrant le verre en plastique avec sa main qui tenait la cigarette, le visage pâle face au soleil. Il y avait quelque chose de différent chez elle, cette fois. Quelque chose de paresseux, de dangereux, de sexy.

Cobra enroulé sur du ciment chaud, se mit à écrire furieusement son esprit, parce qu'il ne pouvait pas s'en empêcher.

Vanessa se fendit d'un grand sourire et lui rendit son regard intense avec un gloussement gêné.

— Je ne sais pas pourquoi je fais ça, mais… commença-t-elle.

Puis elle reposa son verre, se pencha lentement vers lui et fourra sa langue dans sa gorge.

Waouh !

Dan écarquilla ses yeux noisette rêveurs. Il se demanda si Vanessa avait bu toute la journée et l'avait quelque part confondu avec Aaron. Ou peut-être Aaron et lui s'étaient-ils fait prendre dans une espèce d'épreuve d'échange-de-corps-dans-le-continuum-espace-temps-de-la-faille-spatio-temporelle-apocalyptique, tout droit sortie du genre de mauvaises BD qu'il lisait quand il avait neuf ans, et, qu'en réalité, il *était* Aaron. Quoi qu'il en soit, embrasser de nouveau Vanessa représentait l'extase absolue – et l'agonie absolue de songer ne serait-ce qu'à s'éloigner d'elle. Mais au bout de quelques minutes, il se força à le faire.

— Hum, puis-je te demander – que fabriquons-nous au juste ?

La jeune fille attrapa le bord de son T-shirt Stussy rouge délavé et le releva, jetant un coup d'œil furtif à son estomac pâle et plat.

— Parfois tu ne te dis pas simplement : « Et après ? » rétorqua-t-elle, comme si cela fournissait une réponse.

Dan garda le silence. Vanessa semblait vivre une espèce de période expérimentale, et il n'allait pas se mettre en travers, d'autant plus que cela semblait impliquer vouloir lui enlever son T-shirt. Et son pantalon. Même ses chaussettes paraissaient entraver son besoin de s'exprimer. Et pour ne pas qu'elle se sente à l'écart, il l'aida à se déshabiller à son tour. Peu après, ils se retrouvèrent à genoux sur le futon, sous le château d'eau, nus.

C'est ce qui s'appelle du déjà-vu !

chassez manhattan, il revient au gal-o

— Auriez-vous quelque chose qui ne soit pas… *brillant*? demanda Olivia Waldorf en passant le doigt sur les robes installées sur le portant circulaire au fond de Isnt' She Lovely. C'était une minuscule boutique de robes de mariées et de tenues pour les occasions spéciales, située à Williamsburg, à un pâté de maisons de l'appartement qu'elle partageait avec Vanessa. Elle passait devant le magasin tous les jours en allant et en revenant du café où un service de limousines venait la chercher le matin pour la déposer en cours, après qu'elle s'est acheté un grand *latte* avec une dose d'espresso. Aujourd'hui, elle flânait à l'intérieur, estimant que ce pourrait être cool de se procurer une tenue pour la cérémonie de remise des diplômes dans un endroit tellement paumé que, logiquement, aucune terminale de Constance Billard ne pourrait porter la même. Le problème était le suivant : comme aucune étiquette de créateur ne vantait leur mérite, elle ne savait pas si les toilettes étaient laides dans un genre cool, ou laides tout court.

— Celle-ci est très demandée pour les confirmations, expliqua la vendeuse parfumée à outrance avec un accent anglais très prononcé.

Elle tint une robe bain de soleil d'un blanc étincelant, incrustée de strass fantaisie et au corsage en polyester dentelle, avec une jupe plissée tellement raide et brillante qu'on aurait dit qu'elle avait été laminée.

Olivia jeta un coup d'œil dans l'un des miroirs de part et d'autre de la boutique et foudroya du regard la brune hautaine en jupe d'uniforme courte en crépon de coton bleu clair et blanc de Constance Billard et polo rose clair au col blanc qui la regardait, brusquement furieuse contre elle-même. De qui se foutait-elle, à faire comme si elle n'avait pas besoin d'une robe faite sur mesure par Chanel ou Oscar de la Renta ? Elle épaula son sac à main Fendi rose et glissa ses lunettes de soleil Parsol en écaille de tortue sur son nez, tentée d'acheter la robe hideuse que la vendeuse venait de lui montrer et de la rapporter chez elle à Vanessa, pour rire, et de lui faire croire qu'elle la mettrait le jour J. Mais l'idée de dépenser de l'argent pour quelque chose d'aussi hideux, même pour plaisanter, décupla davantage sa colère. Quand sa vie était-elle devenue aussi *basique* ?

Peut-être lorsqu'elle avait décidé de plaquer Manhattan pour devenir une jeune fille branchée de Brooklyn ?

En temps normal, Olivia ne pouvait pas sortir d'un magasin sans avoir acheté au moins un article, mais, en temps normal, les boutiques qu'elle fréquentait étaient achalandées d'incontournables. D'après elle, Isn't She Lovely aurait dû s'appeler Isn't She Ugly[1].

De l'autre côté de Broadway jonché de détritus, en face de l'immeuble gris de Vanessa, en ruine, à cinq étages et sans ascenseur, un groupe de gens était agglutiné, nez en l'air et bouche bée.

Humm, et pourquoi donc ?

1. *Ugly* : laid. (N.d.T.)

Oublieuse et absolument pas curieuse de ce qui pouvait intéresser les autochtones, Olivia traversa la rue à toute allure, grimpa sur la terrasse surélevée en ciment en ruine, et ouvrit la porte taguée de l'immeuble. Elle retint son souffle en gravissant les marches jusqu'à l'appartement de Vanessa, au deuxième étage. Le bâtiment se trouvait pratiquement sur une sucrerie et l'air était aussi sucré et épais qu'une tranche de pain perdu au sirop – mélangé à une légère odeur de pipi de chat.

Miam.

— Idiote, marmonna-t-elle à voix haute tout en essayant de retenir son souffle.

Comme elle mourait d'envie de retrouver l'entrée immaculée en marbre couleur mastic de l'immeuble luxueux à portier aux gants blancs et service complet de la 72e Rue où elle habitait jusqu'alors ! Et comme le grand mouvement de la cape en laine vert chasseur du portier lui manquait, quand il ouvrait la portière de son taxi et lui prenait ses sacs en la protégeant de la pluie avec son immense parapluie noir ! Comme elle était nostalgique du bourdonnement de l'ascenseur bordeaux rembourré de velours quand il l'emportait à toute allure dans son appartement de grand standing !

La porte peinte en noir de l'appartement était ouverte, éparpillant de petits copeaux de vieille peinture noire sur le sol en ciment sale du couloir. « Chérie, je suis là ! » cria Olivia avec hésitation en entrant dans le logement qu'elle avait volontiers redécoré dans des tons lavande, gris perle et céleri voilà quelques semaines. Le petit F 1 bas de plafond était beaucoup plus joli que lorsqu'elle avait aménagé, surtout sans ses ignobles draps noirs aux fenêtres. Vanessa et elle étaient même devenues potes – sincèrement. Et c'était marrant de vivre dans un endroit qui n'avait rien à voir avec celui où elle avait grandi. Franchement. Mais elle ressentait tout de même le mal du pays. Après tout, Isn't She Lovely remplaçait piètrement Barneys.

« Oh *ouais*, oh *ouais*, oh *oui* ! » résonna une voix de garçon, enrouée d'extase, dans l'escalier du fond puis dans l'appartement.

Euh.

Les lèvres d'Olivia se retroussèrent en grimace. Vanessa et Aaron remettaient encore ça, sur le toit. Comme s'ils n'avaient pas passé la nuit entière à gémir et à hurler comme des chiens fous. L'estomac retourné, la jeune fille se servit un verre d'eau du filtre Brita qu'elle avait acheté car elle ne faisait pas confiance à l'eau de Brooklyn. Depuis sa rupture avec Nate, elle ne s'était pas fait vomir une seule fois – c'eût été le signe ultime de faiblesse et elle n'était plus faible – mais l'image de Vanessa et Aaron, leurs crânes rasés et leurs corps pâles en train de s'ébattre sur le toit en plein jour ressemblait trop à l'image de Serena et Nate en train de s'ébattre dans la baignoire d'Isabel Coates. Cela suffisait à lui donner envie de dégobiller violemment le *smoothie* à la mangue qu'elle avait bu voilà trois heures.

Avalant son verre d'eau d'un coup, elle agrippa le plan de travail blanc en Formica craquelé pour retrouver son équilibre. Sur le vieux fourneau électrique se trouvait une casserole d'eau aigrie où flottaient deux hot dogs froids au tofu, gris-rose à l'intérieur – les restes du petit déjeuner, dîner, ou déjeuner dégueulasse de son demi-frère Aaron. Ça, combiné aux affreuses robes de la boutique d'en face, à l'entrée qui pue, à la baisouille et aux gémissements sur le toit censé être réservé aux vodka-tonics qu'elle prendrait avec Vanessa au crépuscule pendant qu'elles planifieraient de saboter le plan de Serena de devenir oratrice des terminales, Olivia en avait eu pour son grade. Elle fouilla dans son sac Fendi et sortit son téléphone portable, appuyant frénétiquement sur les touches.

— Olivia chérie ? Que me vaut ce plaisir, chica ? répondit Chuck Bass d'une voix sonore, l'air encore plus gay que d'habitude. Ne me dis pas que tu es secrètement amoureuse de moi depuis toutes ces années et que maintenant que nous allons être diplômés, tu oses enfin me le dire ?

— Pas vraiment, répondit-elle d'un ton cassant. Tu es le seul que je connaisse qui a une voiture.

— Une Jag décapotable gris perle n'est pas qu'une simple voiture, c'est une tanière d'amour mobile, expliqua-t-il en klaxonnant en bruit de fond. Il se trouve que je suis justement dans la « voiture » en ce moment.

— N'importe quoi !

Olivia ouvrit à la va-vite la porte en contre-plaqué aux charnières branlantes du placard exigu du salon empestant la naphtaline et en sortit ses deux sacs marins Louis Vuitton en cuir marron assortis estampés d'or. Ils étaient encore partiellement pleins, vu que Vanessa n'avait pas assez de place dans ses placards pour loger la garde-robe infinie d'Olivia. Il ne lui restait plus qu'à plier les robes suspendues à la tringle du placard et à remplir un sac de courses, ou quatre ou cinq, avec les trente-six paires de chaussures qu'elle avait apportées, et elle serait prête.

— Peux-tu venir me chercher ?

— Bien sûr, mon ange, répondit Chuck, adoptant un faux ton paternel. Tu n'es pas dans les problèmes jusqu'au cou, n'est-ce pas ?

Olivia grimaça en avisant un piège à cafards tout au

fond du placard, où une blatte à moitié morte battait des pattes arrière.

— Je suis à Williamsburg, gémit-elle, comme si on la retenait en otage dans un quelconque sous-sol.

— Et Manhattan *a besoin* de toi, entonna Chuck. *Nous avons tous besoin de toi !*

Olivia gloussa. Quel bonheur de ne plus feindre de devenir l'une de ces jeunes filles branchées qui portaient des chaussettes à rayures aux genoux, des kilts vintage, des lunettes de dingue, qui se nourrissaient exclusivement d'humus et fréquentaient des galeries d'art après les cours au lieu d'aller chez Barney's. Elle attrapa sa robe portefeuille Diane von Furstenberg à pois rouges et noirs préférée sur son cintre et l'enfila, ôta sa jupe Habitual en jean noir et son T-shirt C&C California gris foncé chiant. Manhattan avait besoin d'elle. Naturellement.

— Je serai là dans cinq minutes, mon chou, j'arrive juste sur le pont, l'assura Chuck, le moteur de la Jag vrombissant en bruit de fond. Au fait, où est-ce que je t'emmène ? Chez toi ?

Olivia n'y avait pas réfléchi. Ou plutôt si, mais chez elle ne constituait pas son premier choix. Sa mère ne jouissait plus de toutes ses facultés mentales depuis qu'elle avait épousé Cyrus Rose à l'automne et avait accouché de sa petite fille au printemps. Cyrus était lourd, suant, odieux et préférait se balader dans la maison vêtu d'un peignoir en soie vert lâchement noué et rien d'autre. Bébé Yale, sa petite sœur, était adorable la plupart du temps, mais elle avait piqué sa chambre, l'expédiant dans la vieille piaule d'Aaron, où Kitty Minky, le chat d'Olivia, avait tendance à faire pipi depuis, en réaction à l'odeur de Mookie, le boxer d'Aaron. À propos, où se trouvait Mookie ?

Habituellement, il accompagnait son demi-frère lorsque celui-ci dormait chez Vanessa au lieu de pieuter dans la chambre de Tyler, le petit frère d'Olivia, ou de comater sur le canapé de cuir dans la bibliothèque de leur appartement somptueux après avoir descendu trop de bières bio.

Si vous voyez ce que je veux dire...

— Peut-être que maintenant que je suis admise à Yale, ça ne me dérangera pas d'être à la maiso... commença Olivia avant d'être touchée par l'inspiration et qu'une nouvelle idée fabuleuse ne s'ébauche dans sa tête.

Après que son père a eu quitté leur appartement luxueux et avant de déménager en France avec son amant français gay – Jacques ou Jean-Claude, enfin un prénom à la con de ce genre – il avait squatté quelques mois au Yale Club. Il était situé juste en face de Grand Central Station, mais, contrairement à la vieille gare, le Yale Club n'avait jamais été réellement rénové et dégageait toujours des vibrations Old New York pauvrement élégantes. C'était le genre d'endroit que Serena, l'ancienne meilleure amie d'Olivia, adorerait, alors que cette dernière aurait en temps normal préféré une suite plus somptueusement élégante au Carlyle ou dans un autre grand hôtel de la ville. Mais elle avait déjà séjourné dans une suite du Plaza, où on l'avait simplement traitée comme une autre cliente nantie. Au Yale Club, elle serait « la fille de Harold Waldorf », ce qui revenait presque à être un membre de la famille royale.

Presque.

— En fait, je vais aménager au Yale Club – du moins, jusqu'à ce que je trouve ce que je ferai cet été, annonça-t-elle au téléphone, souriant à ses ongles rose corail parfaitement manucurés, comme si cela été le projet de sa vie.

— Pas possible ?

La jeune fille leva les yeux de ses sacs de courses Barneys noirs débordant de chaussures. Vanessa se tenait sur le pas de la porte, les mains sur ses hanches rondes et pâles, vêtue d'un marcel et d'une culotte Hanes en coton noirs. Ce garçon échevelé que, selon Olivia, Vanessa avait plaqué pour de bon, était derrière elle, portant uniquement un caleçon Fruit of the Looms gris, le reste de ses vêtements trop-souvent-portés-pour-être-propres en boule sous son bras. Sa gorge arborait un immense bleu pourpré juste en dessous de sa pomme d'Adam.

Hé, un suçon !

— C'est celui où il y a des graffitis partout sur la porte. Je serai en bas dans cinq minutes, ordonna Olivia à Chuck avant de couper la communication.

Elle mit ses mains sur les hanches, tâchant de trouver une façon sympa d'annoncer à Vanessa qu'elle déménageait. C'était amusant d'être amie avec la fille au crâne rasé que tout le monde dans sa classe trouvait si bizarre, et Olivia aimait sincèrement Vanessa pour son approche non conne de la vie et pour son sens de l'humour noir et sarcastique. Mais à mesure que la cérémonie de remise des diplômes approchait, Vanessa devenait légèrement hystérique, lui demandait de lui vernir les ongles des pieds presque tous les soirs, et l'avait même poussée à essayer ce stupide kit de brushing et de mèches sur elle. Dieu merci, cela ne fut que temporaire. À l'évidence, sa coloc avait un besoin maladif de compagnie, et si tromper son demi-frère Aaron avec cet échevelé de Dan lui faisait plaisir, alors honnêtement, Olivia n'en avait rien à foutre. Personnellement, les hommes, elle avait déjà donné, merci. Dans quelques minutes, Vanessa aurait de nouveau l'appartement à elle toute seule, elle pourrait même organiser une véritable orgie si elle voulait.

— Quelqu'un va venir me chercher, répondit-elle en guise d'explication.

Vanessa venait d'être prise sur le vif en train de tromper le demi-frère d'Olivia avec Dan, censé être de l'histoire ancienne. La plupart des gens, à sa place, auraient été légèrement penauds dans une telle situation. Pas Vanessa. Elle regardait Olivia en clignant ses grands yeux noisette d'un air accusateur.

— Tu t'en vas ? Pourquoi donc ? Je te fais chier ? (Elle inclina sa tête rasée et se corrigea.) Enfin, plus que d'habitude ?

Surnommer Olivia et Vanessa le couple dépareillé était un euphémisme. Olivia avait été élevée par une équipe de bonnes d'enfant avant de fréquenter la garderie de Park Avenue Presbyterian, tout comme les autres enfants des meilleures familles de l'Upper East Side. Vanessa avait été élevée par ses parents hippies et artistes dans le Vermont puis avait suivi des cours à domicile jusqu'à l'âge de dix ans. À quinze ans, elle avait déménagé à Williamsburg pour vivre avec sa grande sœur Ruby, et avait passé les deux premiers étés à faire deux petits boulots au Kinko, le magasin de reprographie du coin, pour gagner suffisamment d'argent afin d'acheter sa première caméra vidéo numérique. Olivia avait passé ses étés à jouer au tennis dans la propriété de son père de Newport, Rhode Island, ou à aider Serena à piquer des bouteilles de Stoli dans le placard à alcool de la maison de campagne de la jeune fille à Ridgefield, Connecticut. Olivia prenait exemple sur Audrey Hepburn, et sa couleur préférée était le rose vif. Vanessa prenait exemple sur personne, hormis peut-être Ingmar Bergman, le grand réalisateur suédois avant-gardiste, et ne portait que du noir. Elles n'auraient pu être plus différentes.

— Non, fit Olivia en haussant les épaules, un petit sourire s'ébauchant sur son visage sexy. Pourquoi t'en voudrais-je ?

Vanessa entra dans la cuisine à pas de loup, retira l'un des mini hot dogs au tofu imbibés d'eau qu'Aaron avait laissés dans la casserole sur le feu et en avala la moitié d'un en une bouchée. Depuis qu'elle sortait avec Aaron, elle y avait pris goût.

— Vous en voulez ? proposa-t-elle à Olivia et Dan en l'agitant à leur intention comme un doigt mâchouillé.

Merci, sans façon.

— Je suis repu, marmonna Dan en tripotant maladroitement son pantalon froissé.

Olivia chassa de la main le mini hot dog au tofu, le Dan à moitié nu et son suçon dégueu, l'appartement-miteux-en-dépit-de-sa-nouvelle-couche-de-peinture, et Williamsburg dans son intégralité.

— Ce n'est pas moi, voilà tout, tenta-t-elle d'expliquer.

Vanessa hocha lentement la tête. Depuis qu'Olivia avait surpris Serena et Nate en train de fricoter dans la baignoire de la maison en bord de plage d'Isabel Coates, elle se comportait quelque peu comme une hystérique.

— Es-tu sûre que le Yale Club va t'accepter ? On ne peut pas dire que tu sois déjà une ancienne élève.

Oliva fourra une tripotée de pantalons de jogging Juicy Couture rubis dans son sac marin déjà insoulevable. Le sujet de Yale avait toujours été épineux pour elle, mais c'était avant qu'elle ne soit admise.

— Mon père est membre. On m'acceptera, sinon il leur bottera le cul.

Vanessa continuait à l'observer. Olivia entendit le tic-tac de l'horloge électrique sur le vieux fourneau.

— Oh, j'ai failli oublier.

Elle attrapa le sac de courses Browns de Londres qu'elle avait traîné depuis l'école.

Comme si elle avait effectué tout le trajet à pied.

— Je t'ai trouvé une robe pour la cérémonie de remise des diplômes. Elle était trop parfaite et je me suis dit que tu ne saurais pas où acheter quelque chose qui ne soit pas noir. J'ai même les chaussures idéales que tu pourras porter avec.

Vanessa tira du sac le paquet enveloppé de papier de soie blanc et en fit tomber la robe. Même si elle était blanche, elle était géniale. Du style « quand Morticia Adams rencontre la fiancée de Frankenstein ». Évidemment elle n'avait pas le cœur à lui avouer qu'Aaron lui avait proposé de quitter la ville avant même la fameuse cérémonie.

Et dire que nous pensions qu'elle avait laissé tomber cette idée.

Vanessa se leva sur un pied et s'écorcha le dos du mollet avec les ongles vernis de noir de son autre pied, tenant toujours la robe. La cérémonie de remise des diplômes et ce qui l'attendait par la suite, la faisaient déjà flipper, et maintenant ça.

— Merde, c'est triste. (Elle prit Olivia dans ses bras.) Tu vas me manquer.

Olivia lui rendit son étreinte.

— Regarde, nous faisons pratiquement la même taille, murmura-t-elle doucement, serrant affectueusement le corps terreux à moitié nu de son amie. C'est clair, on sera à côté quand on fera la queue pour aller récupérer nos diplômes.

Vanessa sourit et essuya une larme vagabonde. Elle désigna du doigt l'une des innombrables paires de stilettos Manolo éparpillés sur le sol en bois poussiéreux.

— Pas si tu les portes.

— Tu peux toujours m'en emprunter une paire, proposa gentiment Olivia.

Les deux filles rirent, et, en un instant, tout fut pardonné. Même la baisouille bruyante avec Aaron la nuit dernière et la baisouille comme ça en passant avec Dan sur le toit dans ce qui était supposé leur endroit rien qu'à elles. Si c'était ce dont elle avait besoin pour mettre un terme à son stress pré-remise des diplômes, alors soit.

— Je vais prendre une douche, annonça Dan alors qu'aucune des filles ne lui prêtait attention.

Vanessa ramassa la jupe en jean noir qu'Olivia avait jetée par terre et l'enfila par les fesses sans même essayer de la boutonner. Puis elle balança sur son épaule les poignées d'un de ses sacs Louis Vuitton et deux des sacs Barneys remplis de chaussures.

— Allez, je vais t'aider à descendre tout ça.

Chuck l'attendait au coin, au volant de sa Jag décapotable argent – un cadeau de bac en avance. La voiture détonnait complètement avec le quartier craignos et délabré. Il ouvrit le coffre d'un coup sec et les filles y déposèrent les sacs d'Olivia.

— Je t'ai laissé des trucs dans le placard, déclara Olivia en étreignant rapidement sa copine. À demain en anglais.

Vanessa lui rendit son étreinte.

— À demain, face de garce, répondit-elle affectueusement.

Olivia observa la porte taguée se refermer d'un coup derrière sa coloc quand elle entra. Puis elle ouvrit la portière passager de la Jag.

— Il paraît que dans les années quarante, tous les anciens élèves entretenaient des prostituées au Yale Club, lui annonça Chuck lorsqu'elle chercha la ceinture de sécurité. Et elles n'avaient même pas de toilettes pour dames. (Il déboîta et glissa la main sur le genou nu d'Olivia.) Je savais que ça ne durerait pas. Tu es une fille à hommes, pas une fille à filles.

Olivia repoussa sa main et roula ses yeux bleus d'ennui. Chuck avait toujours été un enfoiré et le serait toujours, et on le tolérait uniquement parce qu'Olivia, lui et leurs semblables étaient tous nés au Lenox Hill Hospital sur la 77e et Park et avaient fréquenté la même garderie. Ils avaient pris des cours de danse ensemble, et étaient partis en vacances ensemble à Saint-Bart avec leur famille. Leurs parents siégeaient au conseil d'administration du Metropolitan Museum et du Metropolitan Opera, et ils parlaient tous la même langue tacite. Mais contrairement à ses autres cohortes de l'Upper East Side, Chuck n'avait été reçu dans aucune des universités privées où il avait déposé sa candidature. Ses parents l'envoyaient donc dans une école militaire lambda dans le Nord du New Jersey. Facile, donc, de comprendre pourquoi il critiquait tant le Yale Club : il était un tout petit peu jaloux.

Non, pas possible ?

Le dernier CD de Justin Timberlake passait sur la stéréo Blaupunkt de la voiture et Olivia le mit le plus fort possible. Chuck reposa sa main sur son genou quand ils approchèrent du Williamsburg Bridge. Elle la remit sur le levier de vitesses. Chuck l'avait-il prise pour une pétasse sans moralité comme Serena, qui baiserait avec le premier venu simplement parce qu'il était beau gosse et elle, vaguement en manque ?

— Conduis, lui ordonna-t-elle. Conduis, c'est tout.

Elle croisa bien sagement les mains sur ses genoux. Elle n'était pas comme ça.

Ah bon ?

Avertissement : tous les noms de lieux, personnes et événements ont été modifiés ou abrégés afin de protéger les innocents. En l'occurrence, moi.

Salut à tous !

SAIS PAS GRAND-CHOSE SUR PAS GRAND-CHOSE À PART SUR LE S-E-X-E

Les derniers exams auront lieu la semaine prochaine et tout le monde s'en fiche, apparemment. Au lieu de rester chez nous à apprendre par cœur des dates pour le cours avancé d'histoire américaine ou des verbes irréguliers pour le cours de français, tout le monde reste chez soi, commande de la bouffe chinoise et va au lit... avec un ami. Nous sommes tellement prévisibles, nous autres ! Mais quel meilleur moyen de nous débarrasser du stress pré-exam et pré-remise des diplômes ?

QUELQU'UN A-T-IL PARLÉ DE CADEAUX ?

La remise des diplômes – la cérémonie, en fait – c'est franchement pour nos parents. Les cadeaux que nous recevrons à cette occasion font que ça vaut carrément le coup d'y assister. Devinons ce que nos petits chouchous vont demander à papa maman...

O : elle prétend en avoir assez des hommes, mais en réalité ce qu'elle veut, c'est un nouveau mec bien gaulé. Un qui ne la tromperait pas avec sa meilleure amie dans une baignoire à une fête.

V : un calendrier pour chaque garçon afin qu'elle ne se mélange pas les pinceaux.

N : une provision de Kleenex à vie, avec une jolie boîte à Kleenex Ralph Lauren à carreaux bleus.

D : une Hyundai pourrie, un permis de conduire… oh et une vie.

S : un hobby autre que piquer le petit copain de sa meilleure copine. Qu'est-il arrivé à sa carrière de mannequin/actrice, au fait ?

J : attendez, elle ne va pas entrer à la fac. Mais il lui faut tout de même une école pour l'an prochain.

Quelque chose que nous voulons tous : une seule fête énoooorme, fantabuleuse, où tout le monde ira. Pas le genre de truc « tu n'as jamais le temps de finir ton verre parce que tu dois aller de soirée en soirée ». Trouvons simplement le lieu de rendez-vous idéal, invitons tout le monde, éclatons-nous comme des fous et restons-y.

VOS E-MAILS :

Q: Chère GG,
Mon petit frère est en troisième à st jude's et il a entendu dire que **N** allait voir un psy. Soi-disant, il doit régresser à l'état de bébé pour que son psy découvre pourquoi il se défonce comme ça et pourquoi il pleure tout le temps.
— 1formé

R: Cher(e) 1formé
Désolée de te demander cela, mais cette technique de régression fait-elle que **N** mouille aussi son pantalon ? Beuh. Le pauvre !
— GG

ON A VU :

N, embrasser sagement **S** sur la joue devant son immeuble, à l'angle de la 82e et de la Cinquième. Ses parents le regardaient-ils ou est-il, genre, le seul garçon de l'univers qui peut lui résister, alors qu'elle est censée être sa petite copine ? Peut-être son pantalon était-il trempé et il devait rentrer chez lui se changer de toute urgence ? **O** et **C,** écouter de la musique à fond dans les embouteillages du **Williamsburg Bridge**. Il avait passé son bras sur ses épaules et elle caressait son singe. En *voilà* une histoire qui pourrait marcher ! **V**, vaporiser du déodorisant dans son nid d'amour sur le toit et réarranger les coussins en fourrure. Avec tant de mecs à lever, ça doit être difficile de faire en sorte que tout soit bien rangé et que ça sente bon. Et était-ce un slip kangourou que nous l'avons vu jeter du toit dans la rue ? **J**, dans une quincaillerie du **New Hampshire**, tenter de convaincre son père d'acheter une brouette à **D** comme cadeau de bac pour rigoler au lieu d'une voiture. Pense pas qu'il appréciera la blague. **K** et **I**, essayer toutes les paires de ballerines blanches que fabrique **Ferragomo**. Quelqu'un va-t-il dire à ces filles qu'acheter des chaussures assorties, c'est vulgaire ? Eh bien oui, je viens de le faire !

N'oubliez pas, la cérémonie de remise des diplômes, c'est clairement pour papa maman. Alors pourquoi ne pas mettre cette robe **Laura Ashley** à fanfreluches avec l'énorme nœud blanc sur les fesses que votre mère vous garde depuis que vous avez dix ans avant de récupérer votre récompense ? *B-M-W*, ça s'écrit comment déjà, tout le monde ?

Veuillez pardonner ma gourmandise,

Vous m'adorez, ne dites pas le contraire,

gossip girl

s montre comment être vilaine et gentille

— M. Beckam ? cria Serena en tirant le premier des quatre rideaux noirs épais de la chambre noire de Constance Billard. M. Beckam, puis-je entrer vous parler une minute ?

Elle entendit un tabouret grincer.

— Bien sûr, entrez donc, répondit le seul professeur de cinéma de Constance Billard. Attention aux rideaux.

Les cours étaient terminés pour la journée, et le calme régnait dans l'école, uniquement interrompu par le rire de quelques filles et le cliquetis des talons d'un professeur. Serena était restée pour voir si elle pourrait trouver une solution à cette histoire d'oratrice. Non pas que ce rôle lui ait été définitivement attribué, mais elle avait déjà piqué suffisamment de trucs à Olivia. Devenir oratrice ne serait qu'une chose de plus qu'elle obtiendrait sans l'avoir réellement désirée.

Comme un certain petit copain aux yeux verts ?

Elle se faufila dans la chambre noire et s'assura que les rideaux se refermaient bien derrière elle pour obstruer la moindre once de lumière. Une lampe rouge de chambre noire étincelait au-dessus de sa tête, mais il était tout de même difficile d'y voir quoi que ce soit.

De la chair de poule parcourut les bras et les jambes nus de la jeune fille. Cet endroit lui donnait toujours des frissons.

M. Beckam était le seul prof jeune et cool de Constance. Sauf qu'il s'estimait plus cool, plus jeune et plus beau qu'il ne l'était en réalité. Se la jouant artiste, il portait de grosses lunettes noires rectangulaires et des T-shirts Club Monaco noirs moulants à manches longues qui mettaient en valeur son torse musclé par la gym. Il ébouriffait ses cheveux blond foncé avec du gel et insérait quelques mots français dans la conversation dès qu'il le pouvait.

— Ah, Serena ! s'exclama-t-il en repoussant le bagel au fromage frais et aux graines de pavot qu'il mangeait en guise de casse-croûte. (Il ouvrit ses bras en grand.) *Quel**[1] plaisir !

Serena tripota le bouton de la ceinture de la jupe de son uniforme de printemps en crépon de coton bleu clair et blanc et se balança d'un pied sur l'autre. Pourquoi discuter avec un professeur en dehors des heures de cours était-il toujours légèrement embarrassant ?

Surtout lorsque vous soupçonniez le prof en question d'avoir un tout petit faible pour vous.

— Hum, je voulais juste vous remercier de m'avoir nominée pour être oratrice.

Elle fourra son pouce dans sa bouche et se mit à ronger son ongle rose nacré déjà mâchouillé.

Note à tous : seuls des êtres ridiculement beaux peuvent adopter ce genre de comportement sans débecter tout le monde.

— Enfin bref, reprit-elle, je voulais juste vous dire

1. Tous les mots en italique suivis d'un astérisque sont en français dans le texte. *(N.d.T.)*

que je me suis radiée de la liste des nominés. (Elle passa à son annulaire qu'elle n'avait pas rongé depuis le petit déjeuner.) Je n'ai jamais été douée pour les discours.

De plus, Olivia est la seule autre nominée, et elle tient réellement à le faire, et j'ai peur qu'elle m'assassine dans mon sommeil.

M. Beckam déchaussa ses lunettes et entreprit de les nettoyer à l'aide du bas de son T-shirt noir, révélant une portion étonnamment musclée de son ventre nu. Serena tâcha de ne pas le regarder et se demanda un bref instant s'il était gay. Sa peau nue était totalement indécente, comme s'il jouait les exhibitionnistes devant elle, genre.

— Vous savez pourquoi je vous ai nominée, *n'est-ce pas** ? demanda-t-il en la cherchant des yeux dans l'obscurité rouge tout en continuant à nettoyer ses lunettes.

*Mais oui**. Parce que tu craques complètement pour elle ?

— Bien… commença Serena en cherchant un prétexte pour prendre ses jambes à son cou.

Que M. Beckam mange un bagel en développant des photos lui parut brusquement flippant et insalubre. Elle se demanda s'il était accro aux produits chimiques, genre.

Le professeur rechaussa ses lunettes et se rassit sur son tabouret pivotant en métal.

— Serena, je vous observe depuis que vous êtes arrivée ici, en cinquième. Et je sais que cela va vous paraître ringard, mais vous avez vraiment illuminé ma chambre noire. (Il marqua une pause pour s'éclaircir la gorge, clairement trop nerveux pour trouver ses mots en français.) Si je n'étais pas votre professeur, je…

Il… l'inonderait de fixateur qu'il enlèverait à coups de langue ? Un conseil : *Cours, ma fille, cours !*

Serena était sûre et certaine qu'elle ne voulait pas en entendre davantage.

— Hum, M. Beckam ? Désolée, mais je dois y aller. Je voulais juste vous remercier de votre soutien. (Elle leva la main et l'agita avec raideur, bien qu'il fût assis juste en face d'elle.) J'imagine que je vous verrai à la remise des diplômes, ajouta-t-elle avec une gaieté feinte.

Puis elle tourna les talons pour se frayer un chemin derrière les rideaux.

— Attendez !

La peur au ventre, elle frissonna de nouveau dans son minuscule T-shirt blanc. Elle percevait des voix dehors, dans le couloir. Quelqu'un l'entendrait si elle criait suffisamment fort. Elle se retourna.

— Il faut vraiment que j'y aille.

Le professeur glissa de son tabouret et s'approcha d'elle.

— Puis-je… (Il déglutit. Sa pomme d'Adam s'agita nerveusement.) Est-ce que ça vous dérangerait si je… je vous faisais un *petit, petit** baiser ? demanda-t-il tranquillement, pinçant son pouce et son index pour lui montrer qu'il s'agissait bien d'un tout petit baiser.

Serena hésita, rechigna à se prendre la tête pour si peu, mais brûlait d'impatience de se débarrasser de lui. Elle pourrait simplement refuser et s'en aller. Ou flipper, courir dans le bureau de Mme M et le livrer à la police. Ou le laisser lui faire un tout petit bisou pour qu'il garde un souvenir d'elle, puis tout oublier à jamais.

Elle haussa ses épaules osseuses et se retourna pour lui offrir sa joue douce et parsemée de délicates taches de rousseur de soleil, mettant les choses au clair : M. Beckam ne risquait pas de lui rouler une pelle.

Il avança d'un pas et déposa un baiser prudent en plein milieu de sa joue, comme un timbre.

— *Tant pis**, souffla-t-il avec mélancolie, avant d'ouvrir à la va-vite les rideaux de la chambre noire comme pour lui signifier qu'il n'avait nullement l'intention de la harceler davantage.

J'imagine qu'il se fichait bien d'exposer sa pellicule.

— *Adieu Serena**.

Dans le couloir juste devant la chambre noire se trouvait Mme M, vêtue de son tailleur-pantalon Talbots préféré, en lin rouge, blanc et bleu, en compagnie de Mlle d'Agostino, la professeur d'espagnol effacée des troisièmes, qui tenait une boîte en métal doré remplie de truffes au chocolat.

— Oooh, espèce de petit monstre ! roucoula Mme M avec ravissement en fourrant une truffe dans sa bouche.

Puis elle remarqua Serena et ses yeux noisette s'ouvrirent en grand, comme un enfant pris la main dans le bocal à biscuits.

Serena réprima un fou rire, ayant brusquement l'impression d'être un ballon bien trop rempli d'air. Comme la vie était bizarre. Elle gratifia Mme M d'un grand sourire et piqua une truffe dans la boîte en filant vers la sortie de l'école.

Oh, tout ce qu'on nous laisse passer à nous, terminales ! Maintenant, cours, ma belle, *cours* !

la nouvelle drogue favorite de n

La dernière fête de l'année de l'équipe de lacrosse se déroulait dans le gymnase de St Jude's, ce qui craignait quelque peu étant donné qu'il faisait 26 °C au-dehors, et qu'une fiesta dans le parc eût été bien plus sympa. Mais les garçons étaient tous mineurs et Michaels le coach autoriserait, grand maximum, quelques packs de bière et des pizzas dans le gymnase. De plus, les mecs s'étaient tous défoncés chez Jeremy Scott Tompkinson juste avant, et iraient ensuite se cuiter ailleurs, alors où était le problème ?

Nate tripota sa pizza et ferma les yeux bien fort. La dernière fête de lacrosse de l'année. La dernière fête de lacrosse *tout court*. Merde. Les larmes commençaient déjà à couler.

Le gymnase, situé sur le toit de l'établissement scolaire en brique rouge à six étages sur East End Avenue, arborait des baies vitrées géantes qui surplombaient l'East River et le Queens, étincelants. Un après-midi, en fin d'année de seconde, Nate, Jeremy, Anthony Avuldsen et Charlie Dern s'étaient proposé de ranger le matériel après l'entraînement de lacrosse. Ils avaient fait des paniers un moment puis s'étaient cachés de Rick, le gardien, derrière l'immense casier en métal où l'on rangeait les ballons. Lorsque Rick eut terminé sa tournée et éteint les lumières, ils s'étaient plantés devant les baies vitrées – à l'endroit pile où Nate se trouvait en ce moment – et avaient contemplé le coucher de soleil, fumé de l'herbe et mangé des bonbons sans sucre jusqu'à vingt et une heures. Une alarme s'était déclenchée lorsqu'ils avaient quitté le bâtiment, mais ils avaient piqué un sprint jusqu'à Carl Schurz Park, à quelques pâtés de maisons, sans se faire choper. Cela avait été un bon moment. Dorénavant, les bons moments seraient révolus. Peut-être l'étaient-ils déjà.

Nate balaya l'horizon des yeux, au-dessus de l'eau argentée et des immeubles industriels bas. Quelque part au sud-ouest du Queens, il y avait Williamsburg, Brooklyn, où vivait désormais Olivia. Il se demanda ce qu'elle fichait. Debout sur le toit, peut-être, elle fumait une Merit ultralight et plantait des punaises dans des petites poupées vaudou de Serena et de lui qu'elle avait dû fabriquer.

Tu rêves, mon ange !

Nate chassa du pouce les larmes de ses magnifiques yeux verts et jeta à la poubelle son morceau de pizza au pepperoni à peine touché. Anthony le rejoignit, passa son bras hypermusclé autour de ses épaules et l'embrassa sur la joue avec une tendresse feinte.

— Qu'est-ce qui se passe, mon chéri ?

— Casse-toi ! répondit Nate en portant un coup dans les côtes de son ami.

Anthony refusa qu'il se débarrasse de lui aussi facilement.

— Tu veux venir boire une bière avec nous et arrêter de déprimer pour changer ? (Un écheveau de cheveux blond blanc trop longs se balança sur son visage parsemé de taches de rousseur et il les dégagea.) Mec, c'est la fête, allez !

Nate rit et se laissa entraîner là où les autres buvaient de la bière et écoutaient le coach. Jeremy remonta son Levis bleu foncé beaucoup trop grand avant de flanquer une bouteille de Heineken dans les mains de Nate.

— Hé, t'as entendu ? Tous les mercredis après l'entraînement, le coach se bourrait de Viagra et retrouvait sa femme au Pierre Hotel. (Il ouvrit une autre bouteille pour lui et en but une longue gorgée.) Qui l'eût cru ?

Michaels le coach fourra les mains dans les poches de son sempiternel coupe-vent Lands'End rouge, l'air très content de lui.

— Qui a dit que nous ne savions pas nous amuser ?

Nate leva sa bouteille en réponse silencieuse à la question de l'entraîneur et en descendit la moitié. Michaels le coach possédait toutes les qualités paternelles et bourrues qu'un type pouvait espérer trouver chez un entraîneur, mais Nate n'avait jamais éprouvé beaucoup d'affection pour lui. Il l'avait nommé capitaine en milieu de saison, uniquement parce que le junior supposé être capitaine avait mystérieusement disparu de la circulation à l'école. Et il n'avait pas encore félicité Nate pour son admission à Yale, Brown *et* Harvard. Cela ne surprenait pas le jeune homme qu'il ait besoin de Viagra pour s'envoyer en l'air. C'était un pisse-froid, si l'on peut dire.

Non pas qu'il fût bien placé pour porter des jugements. Après la présentation itinérante au St Claire ce matin, Serena avait été toute dégoulinante d'amour, mais au lieu de transpirer avec elle dans le taxi qui remontait Park Avenue en trombe, il avait été tout juste capable de contempler la division herbeuse au milieu de la rue et de pleurer parce qu'à cause de la chaleur, les tulipes rouges et jaunes avaient perdu leurs fleurs et étaient toutes flétries.

J'imagine que les tulipes n'étaient pas les seules à être flétries.

Michaels le coach se lança dans une tirade sur les minivans qui étaient en fait les voitures les plus sexy sur la route car ils possédaient deux rangées de banquettes. Nate sirota sa bière en réévaluant l'entraîneur. Même avec sa stupide veste Land's End rouge, il était en pleine santé, vif et énergique. Personne ne *le* surprenait jamais en train de chialer comme une fille au moindre prétexte. Peut-être qu'un peu de Viagra était exactement ce dont Nate avait besoin.

Oh non.

Il finit sa bière d'un trait et posa la bouteille sur la longue table blanche pliable que la cuisine de l'établissement avait installée pour la fête. Puis il tourna les talons et se dirigea vers le bureau du personnel d'éducation physique à l'autre bout du gymnase, à côté des casiers des garçons. Tout le monde croirait qu'il était juste parti pisser.

Alors qu'en fait…

Sur le bureau du coach trônait un portrait 20 × 25 de Patricia, sa femme. Elle ressemblait quelque peu à Jennifer Aniston, avec des rides et une coupe au carré teinte en auburn. Petite et parcheminée, vêtue d'une veste Land's End for Ladies magenta, la même que le coach mais version femme, ses yeux noisette brillaient et ses lèvres roses sans rouge à lèvres s'ouvraient en un sourire large et heureux. Ses dents étaient si blanches qu'elles devaient être fausses, et Nate se demanda si elle les enlevait lors de leurs escapades Viagra-isées au Pierre Hotel.

Le bureau d'E.P.S. sentait les chips pourries et les

pieds. Un immense tas de vieux magazines gisait par terre, sur le dessus duquel trônait un numéro spécial maillots de bains, exhibant la photo d'une Brésilienne incroyablement canon, uniquement vêtue de ce qui avait tout l'air d'un string en cotte de mailles. Ses bras couverts de taches de rousseur serraient nonchalamment sa poitrine nue et elle riait devant l'objectif, l'air de dire : « Vous voulez que j'écarte les bras ? »

Nate fut tenté d'attraper le magazine pour y jeter un œil, mais résista et ouvrit le grand tiroir sous le bureau en métal de l'entraîneur. Le tiroir était en bordel, rempli de ces petits sachets en alu de cacahouètes grillées au miel que l'on distribue dans les avions, de flacons de Tipp-Ex, de pinces à dessin, d'Advil, de poches de glace et de diverses ampoules de médicaments vendues sur ordonnance. Il fouilla jusqu'à ce qu'il trouve ce qu'il était venu chercher. Nonchalamment, il le fit tomber dans la poche de son treillis Brooks Brothers et sortit discrètement du bureau.

Les autres écoutaient encore le coach déblatérer sur le nombre de fois où il avait mis sa femme enceinte.

— J'étais déjà marié quand j'avais votre âge, disait-il.

— *Waouh*, murmurèrent les coéquipiers de Nate, horrifiés.

En fait, être déjà marié à Olivia lui aurait épargné bien des problèmes, songea Nate, quelque peu absurdement.

Bien. Parce qu'être marié l'aurait empêché de la tromper ?

— Yo, babe ! lui cria Jeremy. (Il remonta son jean et sortit une autre Heineken de la glacière.) T'as planqué une gonzesse aux toilettes ou quoi ?

Les autres levèrent les yeux, pleins d'espoir. Nate

avait beau être un sportif idiot mais beau gosse comme eux, il réussissait toujours à les surprendre le plus. Le simple fait qu'il soit parvenu à se faire Olivia Waldorf *et* Serena van der Woodsen l'avait élevé au statut de demi-dieu.

Nate sourit faiblement et tendit les mains, faisant signe à Jeremy de lui balancer une autre bière. S'ils avaient pu voir ce qu'il détenait dans sa poche, ils auraient été surpris, c'est le moins que l'on puisse dire.

il s'est passé quelque chose de drôle au yale club

— Quel bonheur de vous avoir chez nous, mademoiselle Waldorf, déclara le concierge coincé du Yale Club en accueillant Olivia. Si vous voulez bien me suivre, Dominick va s'occuper de vos bagages.

— Merci, répondit gracieusement Olivia, très contente d'elle d'avoir sommé Chuck d'appeler en se faisant passer pour son père pour lui réserver une suite quelques minutes seulement avant son arrivée.

Naturellement, elle aurait bien demandé à son père de s'en charger lui-même, mais il se trouvait en Allemagne où il achetait un avion ou une voiture – elle ne savait pas trop – à Gilles, son nouveau petit copain français, et elle ne voulait pas le déranger.

L'entrée du Yale Club, très sérieuse et toute simple, était agrémentée de sols en marbre noir et blanc, de murs blancs et de quelques bergères à oreilles bleu-Yale à droite à gauche. Olivia leva le menton lorsque le personnel s'affaira avec ses sacs et ses clés, se prenant pour Elizabeth Taylor à l'époque où elle était belle, mince et glamour, qui arrivait dans un bed-and-breakfast simple d'une petite ville d'Écosse où elle tournait son dernier film. Elle pourrait tolérer l'environnement vieillot et bourru tant qu'elle passait le plus clair de son temps au bar.

Elle suivit le concierge en gilet noir et nœud-papillon dans l'un des vieux ascenseurs aux panneaux de bois et se tut en attendant que la porte se referme, priant pour que sa suite comporte beaucoup de rangements et des draps décents. C'était précisément l'un de ces petits moments mondains bizarres qui lui donnait le sentiment que la majorité de sa vie, elle avait attendu qu'il se passe quelque chose.

Puis, justement, *il se passa* quelque chose.

— Tenez-la ! cria un garçon large d'épaules en se précipitant dans l'ascenseur.

Ses cheveux châtain clair étaient courts et ondulés, et sa peau bronzée, d'une jolie teinte brun doré. De longs cils marron doré encadraient ses yeux verts brillants, et un menton carré masculin mettait en valeur sa bouche rouge de fille.

— Merci, remercia-t-il le concierge avec un accent britannique.

Puis il se retourna face à Olivia, la matant sans mesure alors que les portes de la cabine se refermaient derrière lui.

On dirait qu'Elizabeth a trouvé son Richard Burton.

Olivia chancela sur ses sandales Manolo or de déesse égyptienne alors qu'ils montaient sans bruit. Quel charmant accent britannique ! Quelle magnifique chemise blanche immaculée et jean Helmut Lang parfaitement repassé ! Quelles adorables chaussures Church's of London lacées brun clair ! Quels cheveux châtain doré, quels yeux verts, quelle taille ! C'était une version plus grande et plus belle de Nate – mais encore mieux que Nate, en raison de cet accent délicieux !

N'était-elle pas censée en être revenue des garçons ?

Mais une superbritish version de Nate ? Allez, qui pourrait résister ?

L'ascenseur s'arrêta au quatrième étage. Le garçon se poussa de côté et le concierge sortit.

— Si vous voulez bien me suivre, mademoiselle, somma-t-il Olivia en lui faisant signe.

Celle-ci hésita. Comment laisser un garçon si délicieux ?

— Après vous, *miss*, murmura doucement le garçon en appuyant sur le bouton d'ouverture des portes pour qu'Olivia ne se fasse pas écrabouiller.

— Par ici, l'urgea le concierge en ouvrant la voie dans le couloir recouvert d'une moquette bleu-Yale.

Olivia sortit dans le couloir et se mit à suivre le concierge le plus lentement possible. Puis, soudainement, le jeune homme marchait à ses côtés, exsudant des odeurs agréables et l'air ravi d'être aussi beau gosse.

Le concierge s'arrêta au bout du couloir.

— Votre suite est la « junior », mademoiselle. Juste à côté de celle du lord.

Lord ?

L'Anglais sourit à Olivia tout en tripotant ses clés.

— Lord Marcus Beaton-Rhodes, se présenta-t-il en tendant la main. (Olivia constata immédiatement qu'il portait une bague de Yale.) C'est assez embarrassant, mais tous mes amis à Yale m'appellent lord.

Lord. J'aimerais te présenter mon petit copain, lord. Voici mon mari, lord. Nous nous sommes rencontrés à Yale. Lord et sa splendide épouse partiront en vacances sur leur yacht dans le Sud de la France ce printemps avec leur famille parfaite avant d'effectuer un long séjour dans leur château d'été en Cornouailles…

— Et vous êtes ?

Olivia, tirée de sa délicieuse rêverie, battit de ses épais cils mascara-isés.

— Olivia Cornelia Waldorf, roucoula-t-elle, ressemblant à cent pour cent à Audrey Hepburn dans *Diamants sur canapé* lorsqu'elle se présente pour la première fois à son nouveau voisin, Paul Varjak. En fait, j'entre à Yale à l'automne.

— Ah, et moi je viens juste de terminer, héhé! répondit lord Marcus en balançant les clés dans sa chambre et en se déchaussant d'un coup de pied sur le pas de la porte. Mince alors, je suis en retard pour le squash, mais… (Il lui adressa un sourire timide.) Pourrions-nous boire un verre ce soir ?

Olivia hocha la tête en signe d'assentiment muet. Elle ne parvenait pas à croire la chance qu'elle avait.

— Rendez-vous dans le salon à dix-neuf heures, alors.

Le lord ferma sa porte et le concierge déposa les clés de la suite adjacente dans la main de la jeune fille.

— Vos sacs arriveront dans un instant. Tout va bien, mademoiselle Waldorf?

« Bloody hell ! » entendit-elle le lord s'exclamer avec son adorable accent alors qu'il produisait un fracas du tonnerre dans sa chambre. Olivia l'imagina jeter ses magnifiques vêtements anglais faits sur mesure dans sa suite pendant qu'il cherchait quelque chose à mettre pour le squash. Si elle était sa petite amie, elle collerait des pastilles de couleur sur ses chemises et classerait ses chaussures par ordre alphabétique de créateur afin qu'il puisse facilement les retrouver.

Nous n'en doutons pas.

Elle entra dans sa chambre et s'affala sur le lit king-size pour écouter, passant simultanément la pièce en revue, sans en perdre une miette. Elle était petite et miteuse-chic, quoique plus miteuse que chic, les touches or sur les rideaux, le dessus-de-lit et le papier peint Régence aux motifs bleus constituant les seules tentatives de magnificence. Ce n'était pas exactement le Plaza, mais il y avait un lord anglais canon juste à côté.

Oui, oui – tout allait plus que bien.

ce que font les pensionnaires quand ils s'ennuient

Il était déjà dix-sept heures lorsque Jenny et son père arrivèrent à Croton School, à Croton Falls, New York. La soirée poésie beatnik et vin qu'organisait hebdomadairement Rufus avec ses potes poètes anarchistes et louftingues allait commencer dans une heure dans un bar clandestin de Greenwich Village, et la nervosité le gagnait. Croton ne se trouvait qu'à une heure et demie en métro de la ville et Jenny avait hâte de se débarrasser de lui ; de fait, elle lui proposa de prendre le métro pour rentrer chez elle.

— Ne descends pas à 125e Rue, la conseilla Rufus, même si c'était l'arrêt le plus proche de leur appartement. (Il lui tendit trois billets de vingt dollars.) Va jusqu'à Grand Central puis prends un taxi. Et appelle-moi quand tu pars pour que je dise à ton frère à quelle heure t'attendre.

Comme si Dan en avait quelque chose à foutre qu'elle *rentre* chez elle. Ces derniers temps, il était tellement préoccupé qu'il semblait à peine se souvenir qu'avant ils étaient amis.

Jenny embrassa son père sur la joue. C'était mignon

qu'il la chouchoute comme ça, mais elle avait presque quinze ans – elle pouvait se débrouiller toute seule.

— Bonne soirée, papa, dit-elle d'un ton doux.

Elle lui fit au revoir de la main alors que le break Volvo bleu marine tout pourri disparaissait en bas de la route. Puis elle défit quelques boutons de sa blouse et, impatiente de rencontrer sa guide de Croton, elle entra dans une maison mignonnette à bardeaux rouges dont la porte peinte en vert chasseur arborait une plaque or qui annonçait : ADMISSIONS.

— Toi ! gazouilla une voix enthousiaste dès qu'elle poussa la porte. C'est toi !

La jolie bouche rouge de Jenny s'ouvrit en grand, sous le choc. De l'autre côté de la réception du bureau des admissions à la décoration vieillotte, un clone de Chuck Bass, plus viril et vêtu avec moins d'extravagance, la matait d'un air concupiscent. Même beau visage pour pub d'après-rasage européen, mêmes cheveux bruns lissés en arrière, même sourire effronté, même pétillement pervers dans les yeux. Il s'approcha d'elle et lui tendit la main, une bague rose en or monogrammée étincelant à sa main droite.

— Je suis ton guide. M'appelle Harold Bass. Appelle-moi Harry. Tu connais peut-être mon cousin Charles Bass – alias Chuck. Il m'a tout raconté sur toi. Et naturellement j'ai vu tes photos sur le Net.

Oh non.

Jenny ébaucha un sourire. Chuck Bass avait failli la déflorer dans les toilettes pour dames de l'ancien immeuble Barneys lors de sa première soirée de bienfaisance chic l'automne dernier, et elle avait encore un peu peur de lui. Mais les Bass étaient une puissante famille de l'Upper East Side, célèbres pour leur philanthropie, leur décadence et les mœurs dépravées de leurs enfants psychologiquement perturbés. Si le cousin de Chuck se plaisait à Croton, alors c'était probablement l'école que cherchait Jenny.

— Ne te laisse pas dégoûter par le fait que tout ait l'air collet monté ici, Jennifer, la conseilla Harry aux dents blanches étincelantes. (Il fourra ses mains dans les poches de son pantalon Zegna en lin bleu clair cool qu'il portait avec des tongs en paille – très « garçon-d'école-privée-va-à-la-plage ».) En gros, on fait la fête genre quatre-vingts pour cent du temps, dormons quinze pour cent du temps, mangeons cinq pour cent du temps et étudions quand il nous reste du temps, genre jamais.

Jenny se fendit d'un grand sourire. Ça avait l'air sympa – tout à fait sympa.

Harry Bass serra les lèvres et inclina la tête comme s'il la jaugeait de la tête aux pieds.

— Viens. Il y a des gens que j'aimerais te présenter.

Le cœur battant d'impatience à tout rompre, Jenny le suivit hors du bâtiment puis descendit un long chemin pavé en pente, qui décrivait une courbe derrière une rangée de jolis bâtiments de briques aux volets en bois noirs aux fenêtres. Le chemin se terminait dans un étroit sentier non macadamisé qui longeait les rives d'une petite mare à canards vieillotte et menait dans les bois épais.

— C'est juste un peu plus loin, expliqua Harry, ses tongs claquant contre ses talons.

Jenny hésita. Elle se demanda ce que pouvaient bien ficher les gens qu'il voulait lui présenter au beau milieu du bois. Allait-elle participer à l'une de ces bizarres traditions de pensionnat sur lesquelles elle avait tant et tant lu, du style feu de joie et bain de minuit ? Au milieu de la mare, un colvert à la tête vert foncé faisait bruyamment coin-coin à un canard marron bien sage, tâchant d'attirer son attention. Jenny ne put s'empêcher de s'émerveiller : comme c'était étrange de passer une journée entière à la campagne après avoir exclusivement vécu sur l'île de Manhattan !

— Où allons-nous ? demanda-t-elle à Harry en pressant le pas pour le rattraper.

Avant qu'il ne puisse lui répondre, une fille en bikini rouge camion de pompier surgit sur le chemin, une quinzaine de mètres devant eux.

— Hé, Bass ! brailla-t-elle. (Elle cria si fort que les feuilles semblèrent trembler dans les arbres au-dessus de leurs têtes.) Toi et ta nouvelle petite copine, vous avez intérêt à ramener votre cul ici avant que l'on ait terminé tout notre tu-sais-quoi !

— On arrive ! hurla Harry. (Il gloussa à l'intention de Jenny :) Viens, tu veux le faire, ne dis pas le contraire.

Il *parlait* même comme son cousin.

À présent sûre que Harry et elle ne se retrouveraient pas seuls dans les bois, Jenny le suivit, plus confiante. Il faisait plus frais sous l'ombrage des arbres et l'odeur de mousse mouillée flottait dans l'air. D'un seul coup, ils tombèrent sur un groupe de cinq garçons et quatre filles, assis en cercle, portant des maillots de bain ou des shorts et des T-shirts, le reste de leurs vêtements éparpillés par terre au pied d'un arbre. Certains buvaient des canettes de Coors, d'autres fumaient des cigarettes et tous paraissaient extrêmement heureux d'être là.

La fille en bikini rouge – maigre et pâle, aux longs cheveux châtain clair brillants et aux magnifiques yeux noisette – leur tendit les mains, paumes ouvertes.

— Une minute de plus et vous-savez-qui allait venir et nous les choper, leur annonça-t-elle avec un sourire rayonnant.

Jenny contempla les paumes de la fille parsemées de petites pilules blanches.

— April, tu déchires ! lança Harry en prenant une pilule d'ecstasy dans les mains de la fille et en la fourrant dans sa bouche. Allez, Jennifer, la pressa-t-il en désignant les mains tendues d'April. Plus vite tu en gobes une, plus vite tu tomberas amoureuse de moi ! (Il la gratifia d'un grand sourire diabolique.) Enfin, de notre école.

Oh, vraiment ?

On avait déjà proposé de la drogue à Jenny. Elle s'était même défoncée une fois, avec Nate Archibald, le premier jour de leur rencontre, dans Sheep Meadow à Central Park. Elle était tombée amoureuse de lui ce jour-ci, jusqu'à ce qu'il lui brise le cœur à la Saint-Sylvestre. Si elle n'avait pas été déchirée, elle aurait probablement compris que Nate et elle venaient de se rencontrer et qu'elle avait besoin d'apprendre à le connaître un peu plus avant de l'embrasser.

Elle tendit la main pour attraper une pilule d'ecstasy dans la main d'April sans l'intention de l'avaler. Elle était tellement minuscule que personne ne s'en rendrait compte.

— Miam-miam, roucoula-t-elle, feignant d'être enchantée en mettant sa main en coupe sur sa bouche et en faisant tomber la pilule rikiki sous son menton puis dans son opulent décolleté bonnet D.

Nous avions toujours su qu'il serait bien pratique un jour !

— Nous allions jouer à Duck, Duck, Goose[1], annonça l'un des types qui buvaient des Coors, le visage

1. Jeu pour les 4/6 ans : les enfants s'assoient en cercle, face à face, tandis qu'un autre tourne autour du cercle en tapant ou en désignant tous les autres (les *ducks* ou canards) puis il en choisit un (le *goose* ou oie). Celui-ci se lève et poursuit le premier en essayant de le toucher. Le premier essaie de s'asseoir à sa place, s'il y arrive, le jeu reprend et le second remplace le premier. *(N.d.T.)*

hypersérieux, comme s'il essayait d'organiser une mêlée amicale de *touch-football*[1]. (Il ne portait qu'un cycliste bleu électrique et ressemblait à un coureur du Tour de France, exhibant des muscles noueux, le crâne rasé et des yeux bleus intenses.) Vous voulez jouer ?

— Bien sûr ! répondit Harry Bass, enthousiaste. (Il passa son bras autour de la taille de Jenny et embrassa le sommet de sa tête.) Mon petit concombre, murmura-t-il affectueusement.

Jenny avait le sentiment que la pilule d'ecsta que Harry venait de prendre n'était pas la première de l'après-midi. Elle allait le repousser d'un coup d'épaules lorsqu'elle réalisa qu'elle devait au minimum faire semblant d'être sous ecsta, sinon, ils comprendraient qu'elle ne l'avait pas prise. Le problème, c'est qu'elle ne savait même pas combien de temps il fallait pour que les effets commencent à se faire sentir.

— Yeah ! cria-t-elle d'une voix perçante. Jouons !

Ils rejoignirent le cercle et s'assirent entre un Japonais potelé, exhibant un bermuda en madras écossais et une coupe de rocker mignonne, et le garçon musclé en cycliste bleu. Ils souriaient tous tellement qu'on aurait dit qu'ils avaient mal aux dents.

— Je commence, proposa April. Mais d'abord je pense que l'on aura besoin de ça.

Elle distribua quelques paquets de Dentyne à la cannelle.

— Tu es une déesse, lui lança le mec en cycliste bleu, reconnaissant. (Il fourra trois chewing-gums dans sa bouche et les mâcha avec voracité.) Mouah, mouah, mouah !

1. Variante du jeu à treize, sans plaquage. *(N.d.T.)*

April fit de petites bulles roses avec le sien avant de frapper dans les mains.

— Allez, tout le monde, on y va! (Elle se fraya un chemin à l'extérieur du cercle et se mit à marcher dans le sens inverse des aiguilles d'une montre, tapant chaque personne sur la tête au passage.) Duck, duck, duck, duck, duck, duck, *goose*! cria-t-elle en tapant sur le crâne du Japonais à la coupe mignonne puis en partant en courant.

Il se releva d'un bond et la poursuivit, l'attrapa et la terrassa. Ils restèrent allongés par terre un moment, à bout de souffle, et plus ou moins en train de se peloter.

Jenny constata que personne ne les regardait. Ils étaient tous trop concentrés sur leur mâchouillage de chewing-gum ou frottaient leurs mains sur le dos des autres en pouffant. Puis elle sentit une main dans le sien, sous son T-shirt.

— Enlevons le haut, suggéra Harry, impatient.

— OK, acquiesça Jenny, ne désirant pas passer pour une prude.

Seuls trois boutons étaient encore attachés, de toute façon. Les guides avaient entièrement raison à propos de Croton : c'était de la folie, et peut-être, une fois qu'elle s'y serait habituée, tout à fait ce dont elle avait besoin.

— Waouh, murmura-t-il lorsqu'elle plia soigneusement son T-shirt et le déposa par terre à côté d'elle.

L'expression sur son visage était la définition absolue de : « Rester bouche bée ».

— À toi maintenant! lança Jenny, confiante dans le fait qu'elle était la seule fille sobre dans la forêt.

Enfin *presque*.

— Que fichez-vous donc là, les jeunes? fit une voix grave et tonitruante.

Un homme à l'allure athlétique, aux cheveux châtains frisés et à la moustache marron descendit le chemin à longues enjambées, pieds nus, vêtu d'un Levis délavé et d'une chemise râpée en oxford bleu clair, déboutonnée jusqu'à mi-torse.

April se rassit et s'essuya la bouche. Ses yeux noisette brillaient.

— Salut, M. Tortia!

M. Tortia n'était pas aussi furieux qu'il en avait l'air. On aurait presque dit qu'il voulait traîner avec eux.

— Alors qu'ai-je loupé? demanda-t-il, impatient. (Puis il remarqua Jenny.) Et vous, puis-je vous demander qui vous êtes?

Harry caressa Jenny entre ses omoplates nues.

— C'est une future étudiante. Et je crois qu'elle a pris votre part.

Jenny croisa les bras sur sa poitrine. En fait, sa part d'X se trouvait quelque part à l'intérieur de son soutien-gorge Bali maintien extrême couleur chair, à armatures double emploi et aux bretelles superlarges anti-irritation, mais elle n'allait pas fournir ce renseignement de son propre chef.

M. Tortia extirpa quelque chose d'entre ses dents tachées de tabac et le jeta furieusement dans l'herbe, l'air sincèrement énervé.

— C'est une école, pas un club de strip-tease. Veuillez vous rhabiller, ordonna-t-il à Jenny d'un ton cassant.

Avec plaisir.

Sans se faire prier, Jenny ramassa sa blouse japonaise, se releva et enfila les manches, avant de la boutonner jusqu'au menton. *Qui donc était ce type, d'ailleurs?* se demanda-t-elle dans une indignation effrayée.

— Vous ne pouvez pas envisager sérieusement d'intégrer cette institution, observa M. Tortia, dont l'épaisse moustache marron était poisseuse de sueur et de bave. Croton s'enorgueillit de sa discrétion. Nos élèves sont la crème de la crème !

Jenny contempla le cercle d'étudiants de Croton : leurs nombrils et mamelons nus lui rendaient son regard sous le chaud soleil estival, leurs bouches mâchaient la Dentyne, et ils étaient au septième ciel sous les effets de l'ecstasy et épuisés par une seule partie de Duck, Duck, Goose. Discrétion ? Crème de la crème ? La crème de la crème des dé-gé-né-rés, oui ! Et de quel droit ce moustachu lui disait-il si elle pouvait y être admise ou non ?

— Êtes-vous enseignant ici ou... ? demanda-t-elle poliment.

M. Tortia s'accroupit et tendit la main, paume ouverte, à April qui lui donna un Dentyne. Il se releva.

— En fait, je suis le directeur, répondit-il sans ambages. (Il tira sur sa moustache et lui adressa son premier sourire.) Leçon numéro un de la discrétion : ne parlons de ce petit incident à personne. Compris ?

Jenny hocha la tête sans rien dire.

M. Tortia leva les deux mains et agita les paumes à l'envers comme la reine d'Angleterre.

— *Arrivederci*, petite future étudiante, ajouta-t-il en la congédiant.

Harry se leva et donna une petite tape sur les fesses de Jenny.

— Sois prudente en voiture, lui dit-il d'un ton affectueux, même si à l'évidence, elle était trop jeune pour conduire.

Arrivederci, bande de dé-gé-né-rés !

Le corps tremblant d'indignation, Jenny se hâta de redescendre le chemin à travers bois, souhaitant de tout son cœur qu'il y ait une station de métro près de la mare aux canards. Elle pourrait se servir de sa MetroCard et prendre la ligne 3 jusqu'à la 96e Rue et Broadway et arriver chez elle à temps pour *American Idol*[1]. Le colvert à tête verte lui fit coin-coin d'un air moqueur lorsqu'elle passa devant lui à vive allure. « Crème de la crème ! Crème de la crème ! Crème de la Crème ! » semblait-il dire.

Elle sortit son portable à la va-vite et appela les renseignements.

— Taxis, à Croton Falls, New York, ordonna-t-elle.

— Nous n'avons pas de « Taxis », répondit platement l'opératrice. Je vérifie s'il y a des limousines.

— Bien.

Jenny composa le numéro du seul service de limousines du village de Croton sur son portable. Avec l'argent que son père lui avait donné plus celui qu'elle avait déjà dans son portefeuille, elle pourrait sûrement demander au chauffeur de la raccompagner direct chez elle.

Qui a dit qu'elle n'était pas la crème de la crème ?

1. Version américaine de l'émission T.V. *La Nouvelle Star*. *(N.d.T.)*

v expérimente le double bonheur

Lorsque Aaron rentra à l'issue de sa répétition avec son groupe, Vanessa, debout devant le lavabo de la salle de bains et encore mouillée après sa douche, contemplait ses cheveux – ou son absence de cheveux – dans le miroir rond maculé de dentifrice. Elle s'était débarrassée de l'odeur de renfermé de Dan et était horrifiée de découvrir qu'elle savourait plus ou moins le fait qu'Aaron ne se doute de rien du tout.

Quand elle est vilaine, elle est *vilaine*.

— Jolie serviette, observa Aaron en déposant un baiser dans sa nuque.

— Merci, répondit-elle en battant des cils et en mettant les mains sur les hanches, défilant en serviette de bain en chintz à fleurs lavande et noir, l'une des nombreuses qu'Olivia avait achetées pour l'appartement lors de son court mais agréable séjour.

Aaron passa les bras autour de la taille de son amie.

— As-tu trouvé mon cadeau ?

Il était mignon en T-shirt orange et short d'armée baggy vert, et sentait le foin à cause des cigarettes à base de plantes qu'il fumait tout le temps.

— Olivia a déménagé, annonça Vanessa d'une voix égale, ignorant sa question sur la bague ringarde d'amour/amitié qu'il avait laissée ce matin sur le comptoir de la cuisine. Elle ne pouvait pas supporter de vivre si loin de Barney's, dans un immeuble sans ascenseur avec des graffitis sur la porte.

— Et alors, difficile de lui en vouloir, non ? fit Aaron en souriant à leur reflet dans le miroir – deux crânes rasés, quatre yeux noisette, quatre lèvres fines et rouges. As-tu reçu mon e-mail ?

Nous pourrions presque être jumeaux, songea Vanessa en se détachant doucement de son étreinte. Cela lui fit brusquement penser aux vieux bouquins bizarres de V.C. Andrews qu'elle avait lus quand elle avait douze ans, sur un frère et une sœur enfermés dans un grenier et qui avaient fini par donner naissance à des jumeaux.

— Olivia veut être notre oratrice. Si je loupe la cérémonie de remise des diplômes, elle va me tuer !

Aaron roula des yeux, abaissa la lunette blanche toute craquelée des W.-C. et s'assit dessus. Il soupira.

— Je ne sais pas comment elle fait.

— Comment ça ?

Vanessa ne put s'empêcher de constater que ce petit papotage aux toilettes constituait la plus longue discussion qu'ils n'avaient jamais eue, sans qu'ils oublient leur sujet de conversation et s'arrachent leurs vêtements.

— Tu es, genre, la personne la plus droite que je connaisse, mais elle parvient tout de même à te faire faire ses quatre volontés, expliqua-t-il en caressant sa nuque, là où poussaient de petits poils rasés supercourts.

— Ce n'est pas ça. Nous sommes amies. Enfin bref, rétorqua-t-elle, s'empressant de changer de sujet. Faire une virée en voiture dans tout le pays, camper et tout et tout, je trouve ça… cool. (Elle fourra ses mains dans ses poches dans l'espoir qu'il ne pense plus à la bague.) Tant qu'il y a des toilettes et une douche.

Apparemment, elle ne sait pas ce que veut dire « camper ».

— Vraiment? fit-il en se levant et en la retournant vers lui. Alors, tu es, genre, totalement nue sous cette serviette? demanda-t-il en embrassant sa nuque et ses épaules.

Vanessa savait que son infidélité scandaleuse aurait dû l'accabler. Dan était parti voilà à peine une heure. Et maintenant, elle se trouvait avec Aaron, son petit ami officiel, et faisait comme si prendre une douche en fin d'après-midi était parfaitement naturel, alors qu'en temps normal, elle n'en prenait qu'une le matin. Peut-être perdait-elle simplement la tête, mais sortir avec Aaron *et Dan* était d'autant plus excitant.

Aaron fit couler la douche et ôta son T-shirt par la tête.

— Moi, je dis que nous devrions être très, très propres tous les deux, poursuivit-il en tirant sur la serviette de son amie. Viens, je vais te laver les cheveux.

La serviette tomba à terre et Vanessa rit aux éclats, hallucinée de si peu culpabiliser. En vérité, dans un futur très proche, elle ne verrait plus vraiment ces deux garçons, alors pourquoi ne pas en profiter tant qu'elle les avait sous la main – nus?

Après leur douche bouillante, Aaron entreprit de préparer des nuggets de poulet au gluten de blé avec des frites de patates douces, tandis que Vanessa montait son projet de film final, une série d'interviews des terminales de Constance et d'autres écoles privées qu'elle avait filmées ces derniers mois.

Certaines étaient drôles et pénétrantes, mais d'autres pouvaient être mal interprétées si l'on ne connaissait pas les élèves interviewés. Elle décida de commencer par celle d'Olivia. Celle-ci était absolument sublime, assise devant la Bethesda Fountain dans Central Park, vêtue d'un polo noir et portant ses boucles d'oreilles chandelier en jade et cristal de Swarovski. En arrière-plan, un groupe de garçons torse nu jouait au frisbee, des filles en bikini éparpillées à leurs pieds.

« Pour ma part, ce n'est pas uniquement coucher qui est en jeu, en revanche. C'est tout mon avenir. Yale et Nate. Les deux choses que j'ai toujours désirées... » déclara Olivia, l'air inhabituellement psychotique. « Et si *je n'y entre pas...* y a quelqu'un qui trinquera, bordel ! C'est, genre, ma *seule* chance d'être heureuse. Et je crois que je le mérite, non ? »

Bien, bien, pauvre hystérique.

Vanessa grimaça. Bien sûr que son film était bon, mais vu la tournure des événements avec Nate, cela ferait trop de mal à Olivia si elle s'en servait.

Aaron, une carotte dans la bouche, sortit de la cuisine pour jeter un coup d'œil par-dessus son épaule au petit écran de la caméra numérique.

— C'est quand mon tour ?

Vanessa fit une avance rapide jusqu'à l'interview du jeune homme, filmée tard le soir dans sa chambre – ce qui expliquait pourquoi il ne portait qu'un drap à rayures lavande et céleri. L'interview avait été réalisée avant qu'il ne se coupe les cheveux et de minidreadlocks châtains partaient dans tous les sens sur sa tête.

« Je suis très, très content de moi depuis que j'ai appris que j'étais admis à Harvard, déclara Aaron, dreadlocké et quasiment nu, à la caméra. C'est vrai, on m'a toujours considéré comme le maigrichon de service, à l'appareil dentaire et aux cheveux crépus, et maintenant je suis genre, le *roi*. Ça déchire grave ! »

Tant mieux pour toi, mon grand. Tant mieux.

Derrière eux, le minuteur du four sonna.

— J'ai vraiment l'air d'un gros con, observa-t-il nonchalamment en retournant dans la cuisine. Mais tu peux t'en servir. Je m'en fiche.

Vanessa revint sur le morceau d'interview d'Olivia et tâcha de la monter de sorte qu'elle n'ait pas l'air complètement démoniaque. Peut-être Olivia n'avait-elle plus Nate, mais elle avait fini par être admise à Yale. À mesure qu'elle faisait inlassablement défiler les séquences de son film, écoutait les déclarations narcissiques à se tordre de rire de ses camarades et pairs, ainsi que leurs tristes vérités, elle devint de plus en plus réticente à louper la remise des diplômes. Non pas qu'elle raffolât d'étreintes de groupe ou de robes blanches, mais elle trouvait que *ça ne se faisait pas* de zapper la seule et unique journée qu'elle attendait depuis son entrée à Constance Billard en troisième.

Parce que baiser avec deux mecs différents le même jour, *ça se faisait*, peut-être ?

Professeur Pierre Papademetriou
Département d'anglais, Evergreen State College
2700 Evergreen Parkway NW
Olympia, WA 98505

Daniel Humphrey
815 West Avenue, Apt 8D
New York, NY 10024

Cher Daniel Humphrey,

j'étais tellement emballé à l'idée de vous engager comme stagiaire d'été que j'ai oublié de vous parler du sujet de mon livre : poèmes érotiques. J'entends par là des poèmes qui parlent de faire l'amour à travers les âges, ce qui m'intéresse dans la mesure où j'enseigne la poésie et la biologie, et je suis grec ! Le livre n'a pas encore de titre, mais peut-être m'aiderez-vous à en trouver un bon ! Je ne vous ai pas non plus expliqué que vous vivriez dans ma modeste demeure, avec mes chiens, Platon et Platon Junior, et mon fils Mick dans la mesure où Evergreen n'autorise pas les étudiants à emménager avant l'orientation, fin août. Le hamac est installé dans le grenier, alors venez donc ! L'ouzo maison de Micky nous fera passer de bons moments !

Salutations distinguées,
Pierre

d préfère l'érotisme en vrai plutôt qu'en poème

Assis au fond de la salle du cours d'anglais avancé, Dan relisait la lettre, les mains tremblantes. Le professeur Papadametriou avait l'air sympa et ferait sûrement un bon conseiller pédagogique. Il n'avait aucun mal à s'imaginer boire quelques verres de vin chez lui, tout en parlant de la chute de Troie, pendant que son fils fourrerait des feuilles de vigne, un truc comme ça. Le problème, c'était que Dan ne voulait plus du tout aller à Evergreen.

— Dan, pourriez-vous nous éclairer sur l'identité du narrateur de ce poème ? demanda Mme Solomon.

Elle portait une mini-robe en dentelle noire sans manches, d'où sortaient ses bras minces d'araignée presque transparents et ses jambes osseuses : elle ressemblait à une sorcière de dessin animé dans une émission télé spéciale Halloween. Elle entortilla une mèche blond foncé terne autour de son index, geste qui, s'imaginait-elle, ferait sûrement craquer Dan. Mme Solomon avait un gros faible pour lui, et dès lors qu'elle le soupçonnait de ne pas écouter en cours, elle tapait du pied comme une enfant de mauvaise humeur et l'interrogeait, exigeant son attention.

Il ne savait même pas de quel poème elle parlait, bien qu'il sût qu'il s'agissait de Robert Frost et qu'il connaissait par cœur la majorité de son œuvre.

— C'est soit le type, soit le cheval, répondit-il machinalement sans même lever les yeux.

— Merci, Stormfield[1], railla Mme Solomon, sarcastique.

— Même moi, je pourrais mieux faire, railla Chuck Bass au premier rang, où il avait décidé de s'installer jusqu'à l'examen final, dans un effort de dernière minute d'obtenir plus de 10/20 en anglais.

Le jeune homme portait un bermuda écossais orange et blanc, un polo blanc, des chaussures en cuir verni blanc et une ceinture assortie. C'était le genre de vêtements dont une maman de Park Avenue affublerait son fils de trois ans pour aller à l'église, mais Chuck avait choisi ce look lui-même. Sweetie, assis sur les genoux de son maître, était coiffé d'un tout petit diadème en faux diamants.

Dan haussa les épaules. Il était bien au-dessus des vannes méchantes de Chuck, et bien au-dessus du béguin insolent de Mme Solomon. Bien, bien au-dessus. En fait, pour l'heure, il se consumait tellement d'amour pour Vanessa qu'il ne savait que faire de lui.

Oh-oh.

Dans le métro, il avait commencé à rédiger son discours de remise des diplômes, prenant exemple sur les discours débiles qu'il avait entendus dans des films. « *Nous sommes l'avenir. Une bonne éducation, voilà le*

1. Allusion au capitaine Stormfield de Mark Twain, qui entreprend un très long voyage cosmique au paradis, obsédé par l'âme de « célébrités du ciel » comme Adam ou Moïse. Twain se sert de cette nouvelle, sa dernière œuvre publiée, pour montrer que la vision du paradis de tout un chacun est ridicule et incongrue. *(N.d.T.)*

ticket pour réussir sa vie. Le monde nous attend, avec tous ses enseignements. » Mais c'était avant que Vanessa et lui couchent ensemble sur le toit. Maintenant, il était quasi certain de changer de sujet. Pourquoi ne pas écrire sur *l'amour*?

Double oh-oh.

Il reposa les yeux sur la lettre, s'empara de son stylo Paper Mate noir tout mâchouillé et choisit une feuille blanche dans son classeur à feuilles volantes.

Cher professeur Papadametriou,

merci de m'offrir l'opportunité de travailler avec vous cet été. Toutefois, j'ai un empêchement et ne serai pas en mesure d'accepter le poste. Je serais ravi de vous rencontrer, ainsi que vos chiens et votre fils, un jour. En attendant, bonne chance, et bonne chance pour votre livre.

Amicalement,

Daniel Humphrey

P.S. : ci-joint un poème que vous souhaiteriez peut-être inclure dans votre livre ?

Il choisit une autre page vierge.

Vue du toit

La vue est bien belle d'en haut,
Je vois ses usines, je vois ses rivières,
Si ses collines ne me gênaient pas,
Je verrais dans les appartements d'en face,
Je verrais une femme verser du lait
En mettant la table pour le dîner,
Oh, là-bas, voici la table, la voici.
D'ici, je vois tout.
D'ici. Oui. Juste d'ici.

Dan se demandait s'il aurait le cran d'envoyer un poème aussi sexuellement explicite à un professeur qu'il n'avait jamais rencontré, mais ce serait cool si ce dernier l'incluait dans son livre.

Mme Solomon s'assit à son bureau et posa son menton pointu et peu ragoûtant dans ses mains, l'air complètement vaincue : elle avait mis sa robe la plus sexy pour Dan et celui-ci l'avait à peine regardée pendant les quarante dernières minutes.

— J'aimerais que vous ouvriez vos cahiers et que vous profitiez des dix dernières minutes de cours pour écrire ce qui vous passe par la tête, leur ordonna-t-elle avec une générosité inhabituelle.

En temps normal, elle partait dans de longs discours sur Wordsworth ou sur un autre poète mort pendant cinq minutes après la sonnerie, mettant les garçons en rogne. Dan sauta sur l'occasion pour réécrire son discours de remise des diplômes.

« *Mesdames et messieurs, nous sommes rassemblés ici aujourd'hui pour célébrer la fin du premier chapitre de notre vie, et le début du deuxième. Nous savons déjà ce qui nous attend. Quatre années d'université, puis un nouveau diplôme. Mais woup di dou, le moment est enfin venu d'être amoureux…* »

Woup di dou ? Supergénial triple oh-oh.

qui est ce garçon ?

Mardi, pour la dernière heure de cours, les terminales se trouvaient en salle de repos, une pièce sans fenêtres au-dessus de la bibliothèque qui servait de réserve jusqu'à ce qu'on l'octroie aux terminales pour qu'elles puissent se détendre et échapper à tous les élèves de seconde et de première. Il n'y avait pas de professeur, ce qui signifiait qu'aucune fille ne prêtait attention à Mimi Halperin, la présidente des terminales guillerette mais nulle, qui faisait des déclarations sur les privilèges de sa classe durant la semaine des examens.

— Pas d'uniforme de la semaine, les filles. Et nous serons obligées de venir à l'école uniquement pour les exams. Génial, hein ?

Mimi frappa dans ses mains potelées avant de placer ses épais cheveux bruns derrière ses oreilles étonnamment petites. Les autres bâillèrent et regardèrent leurs montres, pressées de partir afin de continuer leur quête de la robe idéale de remise des diplômes ou de peaufiner leur bronzage. En troisième, Mimi était le clown de la classe et la pote de tout le monde, mais maintenant qu'elles avaient toutes grandi, plus personne ne la trouvait drôle. Pourtant, elles avaient voté pour qu'elles soient leur présidente à la fin de la première, car elle était la seule qui, manifestement, voulait le faire. Étant donné que cela demeurait inscrit sur le dossier de scolarité qui vous suivait à l'université, présidente de classe restait un poste convoité, jusqu'en terminale. Celle-ci devait assister à des comités hebdomadaires de délégués à sept heures et demie du matin et donner un coup de main pour toutes les autres manifestations scolaires, comme la foire aux livres ou la collecte d'argent pour les bourses. Mais à présent, c'était la fin de l'année, les filles se voyaient déjà à la fac et, de ce fait, tout le monde s'en fichait.

— Passons maintenant à la suite : j'ai le bonheur de vous annoncer – roulement de tambour, s'il vous plaît ! – que notre oratrice est... Olivia Waldorf ! Chouette, Olivia !!

Mimi exécuta de petits bonds sur ses jambes courtaudes et frappa dans ses mains au-dessus de sa tête, comme s'il s'agissait de la meilleure chose jamais arrivée.

Bien fait pour ta gueule, connasse, jubila silencieusement Olivia dans le dos de la tête blond clair de Serena. *Voilà ce qui arrive quand on essaye de me saboter.*

La salle s'anima de ragots dès que les filles commentèrent les résultats. Personne n'avait réellement voulu qu'Olivia soit leur oratrice, parce que, dans tout son discours, elle ne parlerait que d'elle. En revanche, elles doutaient de l'aptitude de Serena à en rédiger un cohérent.

— Elle est tellement abrutie à cause de toutes les drogues qu'elle a prises au pensionnat qu'elle aurait probablement dû corrompre Olivia pour qu'elle lui écrive un discours, de toute façon, murmura Laura Solomon à Rain Hoffstetter.

— Il paraît que Serena s'est désistée, ajouta Rain à voix basse. Nate lui a filé une méchante MST et elle va louper la cérémonie pour se faire soigner dans une clinique en Belgique.

— C'est vrai ? s'interrogea Olivia à voix haute.

Pas à propos de l'épisode MST, mais de l'épisode « j'abandonne-la-course-pour-être-oratrice ». Elle rechignait à faire de vieux os dans la salle des terminales : il ne lui restait plus que cinq minutes pour se changer, se repoudrer le nez, se glosser et se parfumer avant de retrouver un lord anglais très craquant qui lui avait promis de passer l'après-midi avec elle pour chercher sa robe. Hier soir, devant des martinis-Ketel One, lord Marcus lui avait avoué que sa partie de squash avait été un désastre complet tellement il avait pensé à elle. Et Olivia lui avait confessé l'avoir Google-isé à la minute où elle avait sorti son ordinateur portable. Sa famille, les Beaton-Rhodes, possédait la plus grande usine textile en Angleterre et vivait dans un immense vieux manoir historique à l'extérieur de Londres. Elle possédait également une villa près de Milan et une propriété sur la plage à La Barbade. Les parents de Marcus étaient des amis intimes de la famille royale, et Marcus en personne avait même assisté aux funérailles de la princesse Diana. Il figurait dans la liste des meilleurs partis en Angleterre du magazine *Hello!*. Et Olivia était bien résolue à conquérir son cœur avant que l'une de ces pétasses britanniques voraces ne le fasse. Mais d'abord elle devait savoir si elle avait battu Serena en se faisant élire oratrice, ou si elle avait uniquement gagné parce qu'elle restait seule en lice. Elle foudroya Serena du regard et répéta :

— C'est vrai ?

Serena s'agita dans son siège, tira son uniforme d'école sur ses genoux nus et remonta ses socquettes jaune clair de sorte qu'elles eurent l'air ringardes et ridicules. Elle avait voulu que son numéro de martyre passe inaperçu, mais voilà que tout le reste de la classe était au courant.

— Y a-t-il un problème ? rétorqua-t-elle, l'air bien plus salope qu'elle n'en avait l'intention.

— Mais Olivia, tu *veux* être notre oratrice, pas vrai ? s'enquit Vanessa Abrams, assise juste à côté d'Olivia.

Vanessa portait un pull noir sans manches sans soutien-gorge et aurait dû être renvoyée chez elle pour tenue incorrecte et absence d'uniforme. En temps normal, ce style de rassemblement d'élèves la rendait folle, mais dernièrement, la remise des diplômes titillait tellement sa nostalgie qu'elle en venait à apprécier ce genre de trucs.

— Oui, avoua Olivia. Je le veux.

Vanessa roula des yeux et poussa affectueusement le bras de son amie.

— Alors qu'est-ce que ça peut te faire ?

Olivia haussa les épaules.

— Peut-on y aller maintenant ? demanda-t-elle à Mimi, pressée de troquer son uniforme contre le pantacourt Juicy Couture blanc moulant et le dos-nu Marni vert qu'elle avait apportés pour faire du shopping avec lord Marcus.

Serena lança un regard reconnaissant à Vanessa. Elle n'avait pas eu l'intention de faire tant d'histoires. Et peut-être, quand elle y réfléchirait plus tard – genre dans des années, quand toutes deux auraient des cheveux bleus de vieilles dames et se seraient retirées à Moustique ou dans un autre endroit chaud et ensoleillé – Olivia la détesterait-elle peut-être un peu moins.

Une fois la réunion terminée, les filles se rassemblèrent devant les grandes portes bleues de Constance Billard pour continuer à papoter de cette histoire d'oratrice. Elles ne purent s'empêcher de remarquer le grand blond sublime aux cheveux dorés qui se tenait sur le trottoir à quelques mètres, vêtu d'un jean impeccablement repassé et de la plus mignonne des chemises Thomas Pink à carreaux saumon et blanc. Olivia les frôla en passant, vêtue d'une tenue complètement différente de ce qu'elle portait ce jour-là à l'école, descendit les marches à toute allure et, à leur grande surprise, embrassa le garçon sur la joue sans même s'arrêter pour reprendre son souffle.

— Ravi de te voir, moi aussi, gloussa lord Marcus en la tenant dans ses bras et en la dévisageant de la tête aux pieds d'un air appréciateur.

Olivia s'empourpra d'un rose vif, de son visage à ses ballerines Kate Spade vert jade. Dieu qu'il était séduisant – plus beau encore que le garçon de ses rêves qui lui donnait la réplique dans le film qu'elle jouait dans sa tête, parce qu'il était *réel* et *royal*, et plus parfait que Nate ne le serait jamais.

Hier soir au bar du Yale Club, lorsqu'elle avait commencé à mal articuler à force d'avoir bu trop de Ketel One, il lui avait tenu la main jusqu'à leurs chambres, et l'avait délicatement embrassée avant de lui dire bonne nuit. Olivia s'était tellement pâmée d'admiration qu'elle avait failli dégueuler. Comment pouvait-on être aussi follement sexy sans produire le moindre effort ? Il s'en était fallu d'un cheveu pour qu'elle n'assène pas de coup violent au mur qui les séparait avec son sèche-cheveux Vidal Sassoon noir professionnel et chevauche son adorable corps.

Le groupe de terminales s'agglutina devant l'école dans leurs uniformes assortis en crépon de coton bleu clair, ressemblant quelque peu à des pigeons perchés sur les avant-toits de l'école alors qu'elles fixaient, incrédules, Olivia et son lord britannique sexy.

— Elle l'a, quoi, créé dans un labo ou quoi ? demanda Laura Salmon, dans un mélange de jalousie et de respect mêlé d'intimidation.

Elle tira sa blouse blanche à œillets sur sa poitrine dans une pauvre tentative d'exhiber son nouveau balconnet DKNY rouge.

— Il est carrément parfait, souffla Isabel Coates, arrachant d'un coup sec quelques pinces à cheveux qui retenaient sa frange châtain en train de repousser. Mais je parie qu'il doit, genre, faire la plonge au Yale Club, un truc comme ça.

— En fait, je crois que c'est son cousin – tu sais, elle a une tante en Écosse ? improvisa Rain. Elle fait croire que c'est son nouveau petit copain canon pour rendre Nate jaloux.

— Mais Nate n'est même pas là ! protesta Kati Farkas en faisant la moue, avançant sa lèvre inférieure rose brillante, de sorte qu'elle eut l'air encore plus tarte qu'elle ne l'était déjà.

— Non, mais Serena, si, observa Isabel, futée.

Les filles se retournèrent pour fixer Serena qui venait de passer les portes bleues. Elle ajusta les oreillettes de son mini iPod rose et cligna ses gigantesques yeux bleu lac, ses longs cheveux blond clair étincelant au soleil vif et chaud. Elle adressa un signe de la main aux autres et poursuivit son petit bonhomme de chemin, descendit les marches en traînassant, avant d'apercevoir Olivia collée-serrée contre son beau Britannique royal.

Lord Marcus allait leur héler un taxi pour se rendre à la boutique Oscar de la Renta sur Madison et la 66e Rue, où il avait promis à Olivia de l'aider à régler ses problèmes de robe de cérémonie, lorsque celle-ci attrapa brusquement sa chemise à carreaux rose et blanc, manquant tout juste de la lui arracher.

— Embrasse-moi *maintenant*, lui demanda-t-elle d'un ton insistant.

Naturellement, c'était légèrement inattendu – ils s'étaient rencontrés hier seulement – mais cela ne rendait-il pas la situation plus romantique ?

Ou plus bizarre ?

— Parce que quelqu'un te regarde ou parce que tu en as envie ? s'enquit-il avec un sourire amusé et irrésistible, qui signifiait que, l'un dans l'autre, ça lui était égal.

— Les deux, répondit-elle en fermant les yeux, attendant le baiser.

Naturellement, elle n'était pas amoureuse, *pas encore*. C'était le *concept* de lord Marcus qu'elle aimait. Mais leur premier baiser dura plus longtemps qu'un baiser de cinéma, fut meilleur qu'un steak-frites et plus agréable qu'une rêverie – *beaucoup plus agréable*. Il ne lui en faudrait sûrement pas beaucoup plus pour qu'elle tombe sincèrement amoureuse de lui. Elle y était presque.

Un taxi se gara à côté d'eux et, les lèvres toujours scellées à celles d'Olivia, lord Marcus leva la main pour lui faire signe. Mais le véhicule était déjà occupé par un Nate Archibald très tendu. Celui-ci ouvrit la portière et lord Marcus et Olivia reculèrent pour laisser passer Serena en coup de vent qui alla s'asseoir sur la banquette arrière. Elle referma la portière et leva ses immenses yeux bleus sur Olivia et Marcus. Olivia lui rendit son regard, le corps serré contre son lord. Serena leur adressa un signe de la main, ses lèvres parfaites se séparant en un sourire, alors que le taxi les emmenait en direction de la 5e Avenue.

Et bien que Serena fût déjà partie, Olivia lui rendit son sourire. Parce que, pour une fois dans sa vie, elle se foutait royalement de savoir où ils allaient.

devinez qui s'envoie en l'air chez bergdorf's ?

Situé sur la 5e Avenue et la 88e Rue, Bergorf Goodman demeurait l'un des plus vieux et plus beaux grands magasins de luxe de Manhattan. C'était le premier magasin où la mère de Serena avait amené celle-ci faire du shopping, et bien que plus guindé et démodé que Barneys ou Bendel's, il constituait manifestement l'endroit idéal pour acheter sa robe de remise des diplômes. Serena avait demandé à Nate de l'accompagner uniquement parce qu'elle avait besoin d'un deuxième avis, encore que, avec son accoutrement standard de polos en maille râpés de chez râpés ou de chemises blanches et treillis, le jeune homme ne fût pas particulièrement brillant question mode.

— Je me demande où Olivia l'a rencontré, songea Serena à voix haute dans l'ascenseur ivoire brillant qui les amenait à toute vitesse au troisième étage de Bergdorf's.

Nate ne répondit pas. Il matait les seins de Serena. Ils avaient l'air durs, comme les petites pommes empire que sa famille cultivait dans leur propriété de Mount Desert Island dans le Maine. Il avait pris deux Viagras de Michael le coach en allant la chercher et il était quasi sûr de commencer à en ressentir les effets. Ça l'élançait pas mal dans le caleçon, comme une branlette sans la main, et s'il ne s'en occupait pas très vite, ça risquait de devenir délicat.

Comment ça, très vite ? Tout de suite ?

Les portes de l'ascenseur s'ouvrirent sans bruit et Serena fut immédiatement attirée par un portant de tailleurs Oscar de la Renta blancs et exquis : jupes plissées chic aux genoux et vestes ajustées aux ceintures cool en cuir blanc, ornées d'adorables petits nœuds blancs en cuir.

— Je ne sais pas pourquoi je me prends la tête, poursuivit-elle en touchant les tenues du doigt sans même remarquer que Nate la fixait comme si elle était un morceau de pizza au fromage bien chaud sortant du four de Ray's Original Pizza. Olivia ne me parlera probablement plus jamais.

— Puis-je vous aider ? proposa une vendeuse corpulente d'âge moyen, exhibant un badge doré de Bergdorf's annonçant JOAN.

Joan portait un tailleur Chanel pourpre qui n'avantageait pas ses hanches pleines de bourrelets et ses jambes piano.

— Je voudrais les essayer en 38, demanda Serena en désignant trois tailleurs Oscar de la Renta blancs.

Jusque-là, elle n'avait jamais envisagé de porter de tailleur pour la remise des diplômes, mais cela lui paraissait parfaitement sensé. Elle n'avait jamais été du style « robe blanche à fanfreluches » de toute façon, et ces tenues avaient quelque chose d'impeccable et de définitif, parfaites pour l'occasion.

Nate explosait quasiment lorsqu'il suivit Serena et Joan dans le salon d'essayage des dames. Il resta dehors tandis que la vendeuse suspendit les tailleurs, tira les épais rideaux en velours gris puis repartit à vive allure chercher autre chose censé plaire à Serena. C'était sa chance, maintenant ou jamais.

Il ouvrit le rideau d'un coup. Serena avait déboutonné son uniforme. Son polo blanc se trouvait toujours autour de son cou et, en dessous, elle ne portait qu'un caraco blanc transparent au lieu d'un soutien-gorge.

— Hé, fit-elle avec un sourire timide. Tu peux entrer si tu veux.

Nate referma le rideau d'une main, tout en déboutonnant sa ceinture de l'autre. *Vas-y, vas-y, vas-y!*

Serena attrapa un tailleur sur le cintre. Puis elle remarqua que le jeune homme la fixait, pantalon aux chevilles.

Pardon ?

— Nate ? Que fais-tu ?

Ses yeux verts éclatants brillaient et ses fines lèvres se séparèrent avidement, comme s'il n'avait pas déjeuné, genre. Elle gloussa et croisa les bras sur sa poitrine.

— Il n'y a pas de caméra, là-dedans, n'est-ce pas ?

Comme si l'un des deux s'en préoccupait ?

Il attrapa son caraco et le lui arracha, le déchirant en deux par là même. Serena fit tomber le tailleur dans la cabine et l'empoigna d'un geste vif. Pour une fois que Nate ne pleurait pas dans une poignée de mouchoirs trempés, elle n'allait pas laisser passer cette opportunité.

Nate fut éternellement reconnaissant que Serena fût Serena et non Olivia. Cette dernière aurait voulu disséquer son comportement. Elle aurait voulu en faire toute une histoire ou se disputer avec lui, alors que Serena ôtait d'une pichenette les restes de son caraco et l'aidait à ôter son haut.

— Tu ne m'avais pas dit que tu étais dans tous tes états !

C'est pas peu dire.

Nate s'empara des autres tailleurs Oscar de la Renta en satin blanc immaculé et les éparpilla à leurs pieds.

— Tu te souviens quand nous étions dans la baignoire chez moi, l'été avant la seconde ? lui dit-il d'un ton insistant en collant ses lèvres dans son cou.

Serena rougit de nouveau. Comment oublier ? Ça avait été leur troisième fois. À l'époque où tous deux comptaient encore.

— Refaisons la même chose, cria-t-il pratiquement. Faisons comme si toutes ces robes blanches étaient des bulles !

Waouh. Qui a dit que les garçons manquaient d'imagination ?

« *Oui !* »

« *Oh oui !* »

— Vous avez trouvé quelque chose qui vous plaît, mon petit ? demanda Joan.

Joan, en matrone de Bergdorf's toujours efficace, passa sa tête grise par l'interstice entre les épais rideaux de velours. Elle contempla la confusion de jambes bronzées qui se contorsionnaient et le satin blanc par terre dans la cabine, puis se retira à la hâte, avala quelques pilules pour la pression artérielle et alla s'occuper d'un nouvel arrivage de pulls Missoni. Ce genre de comportement vulgaire était franchement peu distingué pour une jeune fille, et donc anti-Bergdorf's, mais elle ne pouvait pas y faire grand-chose. Serena van der Woodsen avait ouvert un compte chez eux quand elle avait sept ans, et depuis, était restée une cliente fidèle. Et bien sûr, c'était agréable de la voir aussi à l'aise dans le magasin.

Nate se mit à pleurer dès que ce fut terminé. Le Viagra avait cessé de faire effet juste à temps.

— Quand je pense que tu vas porter une de ces tenues, murmura-t-il en extirpant la jupe de l'un des tailleurs sous son cul nu.

— En fait, je ne l'ai pas encore essayée, précisa Serena en basculant la tête en arrière, fermant ses énormes yeux bleu foncé alors que Nate collait sa joue trempée dans ses cheveux.

C'était mignon, et quelque peu féminin qu'il pleure après l'amour, et elle réalisa brusquement qu'elle était la plus forte, la plus « masculine » de leur couple. Au moins, ils l'avaient enfin fait. Voilà qu'ils formaient un couple plus authentique.

Ça, pour un couple…

— J'ai une robe Tocca jaune que j'aime bien, de toute façon. Je pourrais peut-être la déteindre, un truc comme ça, poursuivit-elle d'un ton distrait.

Puis l'esprit de Nate se mit à vagabonder, lui aussi, sur son dernier devoir d'histoire.

Multitâches, vous avez dit multitâches ?

Il avait disserté sur les origines du lacrosse, mais son professeur d'histoire, M. Knoder, alias M. Sans Bite, trouverait-il que c'était politiquement incorrect d'écrire sur un vieux sport amérindien, sans vraiment parler de politique, de la façon dont les Indiens avaient été traités à l'époque coloniale et tout et tout ? Après tout, Nate entrait à Yale l'an prochain pour *jouer* au lacrosse, pas pour devenir une espèce *d'historien* du lacrosse.

Évidemment.

Il se releva sur un coude et extirpa un mouchoir de

son sac à dos Jack Spade en toile bleu marine. Il s'était habitué à trimballer des Kleenex.

— Nous aurions peut-être dû chercher ma robe chez Bendel's, en fait, observa Serena d'un ton songeur en caressant du doigt les boutons d'un des tailleurs.

Nan, leurs cabines d'essayage sont loin d'être aussi spacieuses.

voir o mourir et aller au paradis

Pourquoi Olivia n'avait-elle jamais mis les pieds dans la boutique Oscar de la Renta de Madison Avenue, cela la dépassait complètement. La boutique avait été conçue suivant le modèle de la maison de M. de la Renta en République dominicaine, agrémentée de murs de pierre corail importés de République dominicaine, de palmiers en plastique, et de chaussures exposées comme sur un podium de défilé de mode. Les tenues de soirée étaient suspendues dans un salon spécial, comportant des causeuses provenant de la collection de meubles du créateur. Dommage qu'Olivia ne fût pas en quête d'une robe de bal en tulle noir, sinon elle aurait saisi Marcus à bras-le-corps et l'aurait plaqué sur l'une des causeuses en toile, juste pour le remercier de l'avoir amenée ici.

— Bonjour Marthe, lança Marcus à la vendeuse latino style amazone d'une beauté stupéfiante.

Elle portait une minijupe bouffante dorée et un pull rose vif moulant à manches courtes, qui faisaient à la fois rétro années cinquante et ultramoderne.

Au début, cela hérissa Olivia qui commença à montrer les dents, puis elle comprit rapidement qu'être jalouse de quelqu'un aussi incroyablement grand, sublime et bien foutu serait une perte de temps complète.

— Mademoiselle Waldorf cherche une robe blanche, expliqua Marcus en passant un bras autour d'Olivia et en effaçant totalement toute jalousie ou pensée irrationnelle qu'elle avait ou aurait pu éprouver.

Waouh, qu'il est mignon.

Marthe opina en silence et les conduisit vers un portant de robes blanches de déesse qui eussent été hallucinantes sur elle, mais qui, Olivia le savait déjà, lui auraient donné l'apparence d'une petite grosse sans réel décolleté à proprement parler. Elle était sur le point de protester, mais ce brave Marcus avait déjà tout compris.

— Et ces tailleurs ? suggéra-t-il en caressant du doigt une exquise jupe plissée en satin blanc.

Celle-ci était assortie à une veste ajustée en satin blanc, ornée de la plus parfaite des ceintures en cuir blanc à la taille, fermée par un petit nœud chic en cuir blanc.

— Vous avez la silhouette idéale pour ces tailleurs, déclara Marthe avec un merveilleux accent bien prononcé. (Elle se dirigea vers le portant à grandes enjambées et choisit trois tailleurs pour Olivia.) Et vous faites un 38, j'en suis persuadée.

— Elle fait peut-être même un 36, fit une voix mâle sonore derrière eux.

Olivia se retourna d'un coup, le cœur battant déjà à tout rompre que l'on puisse croire qu'elle fît un 36, et faillit s'étrangler en avalant sa salive quand elle vit de qui il s'agissait. À quelques mètres, Oscar de la Renta en personne, en costume gris parfaitement coupé, chemise blanche amidonnée et cravate rose, son joli crâne chauve donnant l'impression d'avoir été enduit à l'huile d'olive, ses sourcils gris-noir très froncés. Olivia l'avait vu des centaines de fois dans les pages des magazines de mode et les chroniques mondaines, mais jamais en chair et en os. Et pour un homme d'un certain âge, il demeurait suprêmement sexy.

— Ah, monsieur de la Renta, le salua Marthe avec un sourire chaleureux. Mademoiselle Waldorf portera bien vos tailleurs, n'est-ce pas ?

M. de la Renta jaugea Olivia de la tête aux pieds avant de lui adresser un sourire appréciateur.

— Très bien, acquiesça-t-il. (Il se tourna vers Marcus.) J'ai loupé ta mère à Milan.

— Bonjour, oncle Oscar, le salua Marcus en se fendant d'un grand sourire.

Il avança d'un pas, étreignit le créateur et le serra affectueusement dans ses bras. Olivia faillit vomir sur le sol magnifique.

Oncle Oscar ?

Marcus gloussa puis lui toucha le bras.

— Ce n'est pas vraiment mon oncle, mais il pourrait très bien l'être. Ma mère refuse de porter autre chose que les vêtements que lui confectionne oncle Oscar.

Qui pourrait lui en vouloir ?

Pour une fois, Olivia resta sans voix. Elle avait tout à fait l'impression d'être Dorothée dans le *Magicien d'Oz*, lorsqu'elle se réveille après le cyclone du Kansas et se retrouve au pays des Munchkins, confrontée à Glinda, la gentille et belle sorcière. Sauf qu'elle était loin d'être aussi grosse que Judy Garland. *Elle* faisait un *36* !

— Par ici, mademoiselle Waldorf, lui ordonna Marthe en ouvrant la voie vers un salon d'essayage fermé par de grands rideaux vert jade.

Elle suspendit quatre tailleurs sur les cintres à l'intérieur – deux en 36 et deux en 38.

— Ne vous inquiétez pas, je vais prendre ses mensurations, leur cria M. de la Renta. Laissez-moi juste trouver mon mètre.

Persuadée qu'elle rêvait, Olivia ne trouvait rien à redire à tout ce que lui proposait le créateur. Marthe l'aida à enfiler une robe 36 qui lui allait comme dans un rêve, mais dès qu'elle glissa les bras dans les manches de la veste, il devint évident que les épaules seraient trop serrées. Marthe la troqua contre un 38, attacha le nœud de la petite ceinture en cuir puis ouvrit les rideaux.

Ta-da!

Les mains sur les hanches, Olivia sortit en se pavanant, tel un top model de défilé, et fit froufrouter la robe plissée, un immense sourire collé sur le visage. Pourquoi n'avait-elle pas pensé plus tôt à porter ce genre de tailleur? Mais bon, il *n'en existait* pas des tonnes comme celui-ci. Il était élégant et vulgaire à la fois – parfaitement chic mais, surtout, unique.

— Mince alors, souffla Marcus. Tu es superbe!

Et toi alors, faillit lâcher étourdiment Olivia. Non seulement lord Marcus était royal et d'une beauté époustouflante, mais en plus il était pote intime avec le créateur de mode le plus génial de l'univers.

M. de la Renta fronça les sourcils et secoua son mètre.

— La taille ne va pas du tout, geignit-il en tirant sur la veste. Et le corsage est trop haut. (Il défit la ceinture et ouvrit les boutons de la veste, puis l'arracha brutalement des bras d'Olivia.) Vous pouvez garder la jupe, ma chère, mais pourrais-je vous confectionner une veste qui vous aille?

Pourrait-il?

Olivia aurait bien voulu que Serena ou l'une de ses camarades de classe passe dans le coin et la voie au beau milieu de la boutique d'Oscar de la Renta, uniquement vêtue de son soutien-gorge La Perla rosé et de l'une des magnifiques jupes plissées d'« oncle Oscar », se faire prendre les mesures pour sa robe de remise des diplômes par le créateur *en personne*. Elle jeta un coup d'œil à Marcus qui lui rendit son sourire, puis posa en silence sa main droite sur son cœur, ses yeux vert émeraude brillant d'adoration.

Waouh.

Olivia dut se forcer à ne pas faire pipi dans sa culotte. Elle était tellement heureuse qu'elle ne savait pas si elle pourrait le supporter.

— Ne bougez pas, lui ordonna M. de la Renta en levant ses bras et en glissant son mètre autour de son 90 B.

Peut-être était-ce le fait d'être entourée d'hommes sublimes et de vêtements splendides, mais Olivia éprouva l'envie hyperridicule de lécher son crâne chauve brillant et sexy. Elle gloussa, chancela légèrement sur ses pieds nus lorsqu'il descendit le mètre pour mesurer son tour de taille.

— Ne bougez pas ! l'intima-t-il.

Elle ferma les yeux bien fort et fit de son mieux pour ne pas bouger, croyant sincèrement que lorsqu'elle les rouvrirait, elle découvrirait qu'elle était morte et montée au ciel.

gossipgirl.net

thèmes ◄précédent suivant► envoyer une question répondre

Avertissement : tous les noms de lieux, personnes et événements ont été modifiés ou abrégés afin de protéger les innocents. En l'occurrence, moi.

Salut à tous !

APPEL À TOUS :

Au cas où vous ne le sauriez pas, Ken Mogul, ce réalisateur gravos de films indés, a compris que personne ne prêterait attention à lui s'il ne réalisait pas un gros film à succès ; et donc, il en fait un. Il s'est par ailleurs donné pour mission de découvrir la future jeune actrice canon et organise un casting pour son nouveau long métrage, *Diamants sous canopée*, au restaurant Fred's, sis chez Barney's, samedi prochain. Le film est un remake de *Diamants sur canapé*, avec une distribution exclusivement adolescente. Devinez qui sera la première sur les rangs à tenter sa chance ? Et devinez qui ne pourra absolument pas jouer ?

Mais devinez qui le *pourra* ?

Humm… vont-ils choisir la fille qui aura assurément le physique de l'emploi, mais pas le talent, ou la fille qui a le talent mais qui ne ressemble absolument pas à Audrey Hepburn ? On dirait l'une de ces phrases racoleuses nazes de *America's Next top model*[1], mon émission préférée de tous les temps que j'adore détester.

1. Équivalent de l'émission Top Model 2005 en France. *(N.d.T.)*

PRESTIGIEUX PENSIONNAT ÉLARGIT PROGRAMME D'ART

Vous en voulez encore, des nouvelles croustillantes ? Alors voilou, au cas où *quelqu'un* serait intéressé, Waverly Prep, un prestigieux pensionnat de l'Upper Hudson Valley, cherche de jeunes Picasso et Monet en herbe. Ils attendent une vague de nouveaux candidats faussement bohèmes, à l'automne, mais nous en connaissons une toujours-sans-école-fixe et bientôt en seconde qui ne pourra pas patienter aussi longtemps. (Tu ne tiens pas à entrer dans une école publique, n'est-ce pas, **J** ?)

DOUBLURES DE CÉLÉBRITÉS

Britney en a une, Leonardo en a une. Et même certains habitués de la jet-set new-yorkaise en ont une. Apparemment, le créateur Oscar de la Renta est tellement demandé dans des soirées dans le monde entier qu'il envoie des clones aux fêtes où il ne prend pas la peine d'assister, et dans sa boutique de Madison Avenue pour faire bosser son personnel. Ses doublures sont toutes des parents à lui de République dominicaine, et certaines portent même son nom : se faire passer pour leur célèbre cousin n'a donc rien d'un exploit. Maintenant, si je pouvais me dégoter un sosie pour passer mes exams afin de pouvoir me reposer en vue des soirées post-remise des diplômes !

L'ENTRAÎNEUR DE LACROSSE DE ST JUDE'S ENQUÊTE SUR UN VOL DE VIAGRA

Cet avertissement, arrivé sous la forme d'un e-mail, m'a plutôt prise au dépourvu :

Chère Gossip Girl,

Merci de faire savoir à tes lecteurs que voler est grave. Celui qui a volé mon ordonnance de Viagra – et je suis quasi sûr qu'il s'agit d'un terminale de mon équipe de lacrosse – n'aura pas *son diplôme ! Merci de ton aide.*

michaels.

Un conseil sur la réponse que je pourrais lui donner ?

ON A VU :

S et **O**, toutes deux munies de gigantesques sacs de courses, sortir respectivement de **Bergdorf Goodman** et de la boutique **Oscar de la Renta**. J'imagine qu'elles ont eu de la chance et ont trouvé la robe de remise des diplômes de leurs rêves ! **D**, pas rasé et plus névrosé que jamais, acheter un recueil de poèmes d'amour de Pablo Neruda chez **B&N**. A-t-il franchi les limites, cette fois ? Attendez, qu'est-ce que je raconte ?! Il franchit toujours les limites ! **V**, au **CVS** du centre de **Williamsburg**, faire le plein de gel douche Jergens antibactérien. Toutes ces douches pré-coucheries et post-coucheries – autant être préparée ! **J**, avec son frère, à la librairie, lire les *Meilleures écoles publiques de NYC*. A-t-elle déjà abandonné l'idée d'entrer au pensionnat ? Hé, **J**, lis ci-dessus ! Tu serais étonnée par tout ce qui peut se passer les toutes dernières semaines de classe : les jeunes se déchaînent et se font virer de partout. Il faut juste que tu aies la foi. C'est comme cette chanson tirée de *West Side Story* : « *There's a place for us !…* »

Bon j'arrête de chanter et je fais semblant de réviser mes exams finaux.

On se voit au casting chez Barney's samedi matin – qui ne sera *pas* là ?

Vous m'adorez, ne dites pas le contraire,

gossip girl

les objets reflétés dans le miroir sont plus proches qu'ils n'en ont l'air

— N'est-ce pas trop marron ? demanda Jenny Humphrey à Elise Wells, sa parfois-meilleure-amie. (Elle donna de petits coups de pinceau Sephora sur l'arête de son adorable petit nez.) J'essaie de réduire la taille de mon nez.

Parce qu'une autre partie de son corps n'aurait franchement pas *besoin* d'être réduite ?

— Quel nez ? s'enquit Elise. Tu n'en as quasiment pas.

Elise en avait également un petit, mais retroussé, ce qui était presque pire que d'exhiber un gros pif, parce qu'elle était grande et redoutait tout le temps que les gens matent les poils de son nez et ses crottes de nez.

Poils et crottes de nez, ça par exemple !

C'était la dernière heure de permanence et Jenny avait squatté les toilettes des petits, toujours libres l'après-midi car les maternelles rentraient chez eux à deux heures. Les cabines étaient plus étroites que celles des autres toilettes de l'école et les W.-C. ne se trouvaient qu'à quarante-cinq centimètres du sol, arborant des couvercles Hello Kitty rose vif. Même les lavabos étaient plus bas, agrémentés de marchepieds Hello

Kitty en plastique rose et de distributeurs de savon roses transparents de la même marque. Tout l'attirail Hello Kitty avait été offert par un parent de Tokyo qui, en l'occurrence, *possédait* ladite marque.

— As-tu entendu parler d'une école qui s'appelle Waverly Prep ? demanda Jenny en étalant du blush couleur vin sur ses lèvres avant de les enduire de Vaseline – un autre truc qu'elle avait appris à la T.V. d'une actrice/top model qui s'appelait Lauren Hutton et qui avait le même âge que son père, mais qui demeurait encore assez jolie pour jouer les mannequins pour J. Crew.

Elise secoua la tête en signe de dénégation.

— Est-ce un autre pensionnat ?

Elle ne l'avait jamais formulé haut et fort, mais elle ne supportait pas l'idée que Jenny entre au pensionnat et la laisse seule et sans amie en seconde à Constance. Qui d'autre commanderait des pâtés impériaux à emporter et se les ferait livrer juste devant les portes bleues ? Qui d'autre lui dirait – gentiment – que sa chemise serait bien mieux *non rentrée dans l'uniforme* ?

— Eh bien, je viens d'apprendre qu'ils ont un nouveau programme d'art super. Genre, ils sont une véritable galerie ouverte au public et les élèves organisent les expos et tout et tout. Ça a l'air vraiment cool. Bien sûr, les candidatures devaient être déposées en décembre, mais je me disais que peut-être, si je leur envoyais certaines de mes œuvres...

Jenny remonta la fermeture Eclair de sa trousse de maquillage LeSportsac à rayures roses et jaunes et se regarda dans l'un des minuscules miroirs carrés au-dessus des lavabos tout en parlant. Lauren Hutton avait raison. Son nez paraissait bien plus petit. Si seulement ses cheveux foncés n'étaient pas aussi foutrement frisés et ingérables !

— C'est ma dernière chance, reprit-elle. Si je ne suis pas admise, je vais devoir entrer dans une école publique...

Grands dieux non !

— Si seulement je n'avais pas brûlé tous ces tableaux... ajouta-t-elle avec mélancolie en frottant une dernière fois ses lèvres l'une contre l'autre.

Quand elle était amoureuse de Nate, elle avait peint son portrait dans le style de chacun de ses peintres préférés : Matisse, Picasso, Chagall, Monet, Warhol et Pollock. Les tableaux étaient vivants et pleins d'émotion, comme si elle essayait d'invoquer l'amour en chair et en os sur la toile. Mais lorsque Nate lui avait brisé le cœur, elle leur avait mis le feu dans une poubelle en métal sur le trottoir devant son immeuble, les brûlant tous jusqu'au dernier.

Elise montra les dents au miroir, tentant d'extraire les restes de l'orange qu'elle avait mangée au déjeuner à l'aide de l'ongle de son petit doigt non manucuré et cassé.

— Ouais, mais tu voudrais vraiment envoyer à un pensionnat tout un tas de tableaux d'un garçon à qui tu n'adresses même plus la parole ? lui demanda-t-elle, raisonnablement.

Eh bien, au moins comme ça ils sauraient que je suis capable *d'avoir un petit copain*, rétorqua silencieusement Jenny, brusquement énervée par le côté bourge de la blouse coquillage rosé au col Peter Pan d'Elise et par son haleine qui semblait toujours sentir les pâtés impériaux de la veille.

De plus, Waverly paraissait le genre d'établissement en constante évolution ; non pas une école où l'on fait la fête en soi, mais qui n'avait pas peur d'essayer quelque chose de nouveau ou de prendre un risque avec quelqu'un.

Genre *elle* par exemple ?

Elise arrêta de se curer les dents, attrapa la trousse de maquillage de son amie, l'ouvrit sans lui demander l'autorisation et s'empara d'un tube de gloss Stila lilas brillant. Elle avança sa grande bouche et s'en appliqua généreusement.

Quand Jenny y repensait, elle avait pris un risque avec Elise. Au début elle n'avait pas d'amies, et maintenant elle en avait une, qu'elle le veuille ou non.

— Tu as raison, dit-elle d'un ton songeur en récupérant sa trousse et en la vidant dans un petit lavabo bas. Je devrais envoyer quelque chose de nouveau à Waverly de toute façon. Quelque chose que je n'ai encore jamais essayé. (Elle fouilla dans son assortiment d'eyeliners, d'ombres à paupières et de gloss, cherchant sa palette Clinique préférée, comportant quatre teintes de gris dans son petit étui en plastique vert menthe.) Ça te dérangerait si je peignais ton portrait avec ça ? demanda-t-elle à son amie en brandissant la palette, brusquement inspirée.

Elle peindrait Elise à l'ombre à paupières, son père au vin rouge et Dan… au café instantané. C'était innovateur et sensé, et bien mieux qu'envoyer à Waverly un feuillet détachable de ses débuts de top model en soutif de sport ou de sa première apparition dans la rubrique potins.

Non pas que Jenny ne fût plus une fêtarde recherchant une école où l'on fait la bringue, mais Serena van der Woodsen lui avait appris une leçon très importante : les fêtardes sont plus profondes et plus intelligentes qu'elles n'en ont l'air à première vue.

reste son cœur infidèle

Vanessa était assise par terre dans son séjour, uniquement vêtue du T-shirt noir SUGARDADDY A FAIT LA HONGRIE, que sa sœur Ruby lui avait envoyé de Budapest, une ville où son groupe s'était arrêté récemment lors de sa tournée, et d'un boxer-short à rayures blanc et gris appartenant à Dieu savait quel mec – il devenait difficile de ne pas se mélanger les pinceaux. Elle essayait de coller habilement l'interview horrifiante et amusante de Chuck Bass avec son singe des neiges à celle de Kati et Isabel qui racontaient qu'elles avaient décidé d'entrer toutes les deux à Rollins College en Floride, bien qu'Isabel fût admise à Princeton. Chuck portait un marcel blanc moulant et caressait ses bras costauds artificiellement hâlés avec l'huile autobronzante Bain de Soleil foncée tout en expliquant comment il restait doré toute l'année. Son singe, recroquevillé sur ses genoux, cillait d'un air stupide à la caméra, avec ses yeux bleu clair à vous filer la chair de poule.

— En temps normal, je m'allonge dans les solariums une ou deux fois par semaine, ou je me sers de ce truc bronzant génial d'Estée Lauder pour conserver un joli hâle, même toute l'année. Je me demandais, en revanche – saurais-tu par hasard s'il existe un bon centre de bronzage près de Fort Lee ?

Isabel et Kati étaient étendues sur le dos, tête contre tête – les cheveux d'Isabel, foncés et brillants, et ceux de Kati, blond vénitien et crépus – et souriaient à la caméra comme des sœurs qui ne se ressemblaient pas du tout.

— C'est vrai, quoi, comment pourrais-je me concentrer en cours d'intro au droit à Princeton alors que ma meilleure amie au monde se trouve en Floride, toute seule ? demanda gaiement Isabel, les lèvres si soigneusement glossées qu'elles dégoulinaient pratiquement.

— De plus, nous allons toutes les deux perdre quatre kilos et demi cet été grâce au South Beach Diet[1], comme ça nous serons magnifiques dans nos bikinis Soshanna à motif cachemire rouge et noir assortis, que nous porterons tous les jours ! cria Kati, tout excitée, battant si fort de ses jambes nues que son uniforme en crépon de coton blanc et bleu clair se releva, dévoilant sa culotte Gap en coton blanc ultrapratique.

Ce qui était fou, c'était que plus Vanessa revisionnait ces interviews, plus elle s'apercevait que ces gens allaient lui manquer, aussi zarbi fussent-ils, et elle se demanda, par égard pour eux, s'il n'existait pas un moyen de les faire passer pour plus intelligents et moins fous à lier.

Probablement pas. Et autrement, qu'y aurait-il de drôle ?

En travaillant, elle se laissa distraire par le fait que, de l'autre côté du Williamsburg Bridge, le réalisateur indé Ken Mogul organisait le casting de sa première

1. Ou « Régime Miami », équivalent du régime Montignac, consistant à associer les aliments en fonction de leur teneur glucidique ou lipidique. *(N.d.T.)*

superproduction, *Diamants sous canopée*, qui serait tournée dans le restaurant Fred's du magasin Barneys sur la 60e et Madison. Voilà des mois, Ken Mogul était tombé sur les séquences d'un film de Vanessa, diffusé par accident sur Internet, et avait essayé de la faire travailler avec lui. Il avait voulu qu'elle quitte l'école et remette la fac à plus tard. Naturellement, la jeune fille avait refusé, mais voilà qu'en ce moment Ken Mogul se trouvait à New York et tournait un film juste sous son nez. Elle était censée faire une virée en bagnole dans le pays avec Aaron cet été, de toute façon, mais…

Plutôt tentant, hein ?

Quelqu'un frappa à la porte.

— Ouais ? cria-t-elle avant de se lever pour voir qui c'était.

Aaron devait passer après ses répétitions et avait promis d'apporter des plats thaïs pour le dîner et de l'aider à réviser son exam de maths. Il arriverait d'une minute à l'autre, mais il avait la clé. Elle se leva et regarda par le petit judas en verre de la porte. Il n'y avait personne.

Entendant de vagues bruits de pas, elle plissa les yeux et discerna le petit cul maigre de Dan en short de surf bleu marine disparaître dans l'escalier noir et sale en direction du toit. Elle avait oublié qu'il possédait la clé, lui aussi.

Vanessa sentait déjà une poussée d'adrénaline, comme lors de sa dernière visite. Était-ce le fait d'être avec lui qui la mettait dans un tel état ? Ou qu'Aaron puisse débarquer à tout moment et les surprendre ? Cela importait-il même ?

Bordel, non !

Elle griffonna un petit mot rapide à Aaron : « *Partie chercher mon linge* », bien qu'elle l'eût déjà récupéré au

Wash'n'Fold ce matin avant les cours. Puis elle ouvrit la porte à la va-vite et fila en haut.

Dan, en slip de coton noir et rien d'autre, était allongé sur le dos sur le futon sous le château d'eau et feuilletait un recueil de poèmes d'amour de Pablo Neruda à la couverture rose brillante. À côté de lui, sur un plateau en alu, se trouvaient quatre huîtres d'eau douce de chez Zabar's et une bouteille de merlot rouge ouverte, avec deux gobelets en polystyrène. Lorsqu'il vit Vanessa, il s'assit immédiatement et se mit à lire à voix haute :

« *Ne sois pas un seul jour loin de moi, il est long,*
si long le jour, je n'arrive pas à le dire. »

— Tu ne crois pas que tu pourrais appeler avant de passer ? demanda Vanessa, feignant d'être furieuse car elle savait que cela excitait Dan quand elle se mettait en colère. Aaron va arriver, genre, tout de suite !

— C'est extrait d'un poème qui s'appelle *J'ai faim de tes cheveux, de ta voix, de ta bouche*, expliqua-t-il en la fixant d'un air doux. (Il versa un peu de vin dans un gobelet qu'il lui tendit.) T'en veux ?

Vanessa roula des yeux et s'approcha du futon.

— Je crois savoir de quoi tu as faim, déclara-t-elle en s'asseyant et en ôtant son T-shirt, l'adrénaline affluant encore plus fort. Dépêche-toi ! ordonna-t-elle. Aaron m'apporte le dîner et après je dois réviser.

Dans les appartements alentour, les voisins réglèrent leurs télescopes. Ils avaient aménagé dans le quartier en raison des loyers bon marché. Qui aurait cru qu'ils auraient pu également bénéficier d'un divertissement *en direct live* ?

Plus Vanessa était tyrannique et énervée, plus cela

mettait Dan dans tous ses états et plus il l'aimait. Ses mains tremblaient et de la sueur perla sur sa lèvre supérieure fraîchement rasée. Il était entièrement à sa merci.

En bas, sur Broadway, Aaron ignora le groupe de spectateurs de l'autre côté de la rue, les yeux rivés sur le toit de l'immeuble de Vanessa. Il portait deux portions de nouilles thaïes épicées dans un sac en papier sous le bras ; il avait envie de faire pipi ; cette putain de ligne L était bondée de chez bondée, et il transpirait comme un bœuf. Tout ce qu'il désirait, c'était prendre une douche fraîche. Avec Vanessa, de préférence.

Il trouva son petit mot et griffonna : « *Je suis sous la douche.* » Puis il laissa la porte d'entrée ouverte pour qu'elle puisse plus facilement rentrer son panier de linge propre et alluma la chaîne hifi, mettant à fond la chanson des Raves que Dan Humphrey avait enregistrée avec eux – la seule qui était bonne.

« *Tu me casses comme un œuf!* » reprit-il en chœur sous la douche.

Trois étages au-dessus, Dan enfilait déjà ses chaussettes. La musique était à peine audible, mais reconnaissable entre mille.

— Crois-tu qu'il nous a vus ? demanda Vanessa, un petit frisson parcourant son corps à cette idée.

Dieu qu'elle était perverse !

Dan slurpa la dernière huître à la hâte.

— Que veux-tu que je fasse ? demanda-t-il, l'air aussi excité qu'elle.

Tu vois comme nous sommes faits l'un pour l'autre? songea-t-il. Ils prenaient carrément leur pied tous les deux à l'idée qu'Aaron ne se doute de rien. Naturellement, l'infidélité, c'était nul de chez nul, mais c'était trop marrant d'être raide dingue de celui ou celle avec qui vous cocufiiez l'autre.

devinez qui vient chercher des diamants sous la canopée

Samedi matin, la file d'attente de filles sublimes s'étirait depuis les portes de Barneys, sur Madison et la 61e Rue, jusqu'au coin de la 5e Avenue. La majorité portait des robes de cocktail noires sans manches, des ballerines noires pointues et de grosses lunettes de soleil noires à la Jackie Onassis. Serena, quant à elle, arborait son nouveau jean True Religion préféré.

Typique.

Pour une raison quelconque, elle avait réussi à être l'une des premières dans la queue. Peut-être parce que Nate et elle n'avaient pas fermé l'œil, la nuit dernière – grâce au petit flacon de pilules qu'il ne cessait d'avaler ? – et elle était encore éveillée à cinq heures du matin. Elle prit un double latte au traiteur du coin et s'en alla, munie de son livre de français, comme si elle allait vraiment réviser...

Olivia arriva *la* première. Et, surprise, surprise, elle *était* Audrey Hepburn. Même robe Givenchy noire vintage, même collier de perles, même chignon torsade – avec l'aide de quelques faux cheveux – mêmes lunettes Chanel trop grandes pour elle, mêmes gants noirs lui arrivant aux coudes. Le beau lord Marcus, toujours charmant et adorable, l'avait aidée à s'habiller et lui avait même suggéré de passer la nuit dans une limousine de location devant Barneys pour ne pas manquer d'arriver la première. Naturellement, ils n'avaient pas pu faire grand-chose, par crainte de bousiller son costume, mais c'était tout de même sympa de se tenir la main sur le siège arrière et d'évoquer le futur proche, lorsque Olivia deviendrait une célèbre star hollywoodienne.

— Je serai ton garçon de piscine, proposa-t-il avec son adorable accent anglais. Je t'éventerai avec des feuilles de palmier et te servirai des cocktails.

Naturellement, ça ne le dérangerait pas d'abandonner sa place dans le cursus de commerce et de gestion de la London School of Economics, où il entrerait à l'automne. Il ferait n'importe quoi pour Olivia – n'importe quoi!

— Et les meilleurs créateurs me confectionneraient des tenues dans toutes les villes du monde! fantasma Olivia par-dessus les gargouillements nerveux de son estomac. (Elle brûlait tellement d'envie de décrocher ce rôle qu'elle n'avait rien avalé de la journée, mais minuit approchait et elle mourait de faim.) Ou je demanderai peut-être à oncle Oscar de dessiner tous mes vêtements.

À l'angle de la 61e et de Madison, un vendeur de hot dogs pliait bagage pour la nuit. Lord Marcus serait-il totalement horrifié si elle en dévorait un, debout sur le trottoir, devant Barneys?

Ce ne serait pas pire qu'Audrey Hepburn mangeant une pâtisserie danoise dans un sac en papier devant Tiffany's.

— Regarde, *darling*, dîner! s'écria lord Marcus en remarquant le vendeur et en lisant littéralement dans les pensées de son amie. Ne bouge pas, je vais t'en chercher un !

Darling. Elle était sa *darling* et il allait lui chercher à manger !

Ils avaient donc avalé des hot dogs Sabrette à la moutarde et aux achards, siroté des boissons gazeuses aux extraits végétaux en se tenant la main puis s'étaient s'assoupis. Plus tard, les paupières d'Olivia s'ouvrirent dans un battement pour découvrir Serena surgir indistinctement dans la brume de début de matinée, dans son jean parfaitement artificiellement vieilli et sans maquillage. Elle était descendue de la voiture comme un ouragan en flanquant d'un coup ses lunettes de soleil Chanel noires sur ses yeux. Cette blondasse ne lui piquerait pas son rôle, pas moyen !

Et encore moins la centaine d'autres filles qui rêvaient de devenir actrices et commençaient à se présenter pour l'audition.

Huit heures approchaient et le casting allait commencer. C'était une matinée de mai inhabituellement chaude et humide et les deux filles se tenaient l'une derrière l'autre en début de queue, s'éventant à l'aide des pages du texte que les assistants de Ken Mogul leur avaient distribués et qu'elles avaient déjà appris par cœur.

Enfin, Serena craqua.

— Dieu qu'il fait chaud ! lança-t-elle. (Comme Olivia ne répondait pas, elle toucha le bras nu de son amie.) Alors, ce mec avec qui tu sors, il a l'air vraiment bien, tenta-t-elle, mal à l'aise.

Olivia regrettait de ne pas être plus grande pour pouvoir la regarder de haut, avec une telle sévérité d'aigle que celle-ci n'oserait plus jamais lui adresser la parole. Hélas, elle mesurait près de quinze centimètres de moins que

Serena, d'autant plus qu'elle portait les incontournables ballerines superplates à la Holly Golightly, l'héroïne de *Diamants sur canapé*.

Elle allait lui balancer une pique laconique et extrêmement méchante lorsqu'elle réalisa quelque chose d'hallucinant : elle se foutait bien que Serena ait Nate. Elle sortait avec une version britannique de Nate plus canon, plus grande, plus classe et mieux élevée. Et elle était parfaitement heureuse avec lui, merci. En fait, juste pour lui prouver qu'elle vivait très bien la situation, ils pourraient devenir amis – tous les quatre.

Elle releva ses immenses lunettes de soleil Chanel sur sa tête et adressa un sourire rayonnant à son ex-amie.

— Et si nous allions prendre un verre tous les quatre au Yale Club après ça ? Ils ont un super salon. Comme un bar d'hôtel tout droit sorti d'un vieux film, genre. Tu adorerais.

— *Vraiment* ? haleta Serena, se demandant si elle rêvait.

Olivia venait-elle de les inviter, Nate et elle, à boire un verre avec elle et son nouveau petit ami ?

— Désolée pour l'attente, mesdemoiselles. Bien, Olivia Waldorf, à vous, annonça un mec maigre d'une vingtaine d'années, exhibant une coupe branchée, courte dessus et longue derrière, et un jean Diesel délavé remonté aux genoux.

Olivia remit à la va-vite les lunettes sur son nez.

— Bonne chance, dit faiblement Serena, ne sachant toujours pas si elles s'adressaient la parole ou non.

Coupe-Branchée conduisit Olivia à l'intérieur du magasin – merci mon Dieu pour l'air conditionné ! – puis traversa le rayon cosmétiques jusqu'à l'ascenseur. Comme Barneys n'ouvrait pas avant dix heures le samedi, un calme étrange régnait. Naturellement,

Olivia passait tellement de temps ici qu'elle aurait retrouvé le chemin de chez Fred's les yeux fermés, mais cela ne suffisait pas pour décrocher le rôle.

Fred's, le célèbre restaurant du magasin, était situé au neuvième étage. Long et étroit, agrémenté de fenêtres le long d'un seul mur surplombant Manhattan et d'un petit bar moderne, c'était le genre de restaurant qui n'avait étonnamment rien d'exceptionnel, étant donné sa popularité. Ce qui le rendait exceptionnel, c'était sa clientèle d'habitués – les Holly Golightly du jour et leurs mères ou publicistes résidant sur Park Avenue, toutes vêtues en Chanel ou en Prada, sirotant des cocktails à base de vin blanc et d'eau gazeuse et tripotant leur salade, tout en se demandant, inquiètes, si quelqu'un d'autre allait acheter la dernière paire de bottes stilettos Costume National couleur faune arrivant aux genoux qu'elles avaient repérées en montant au restaurant.

Pour l'heure, en revanche, le resto était vide, à l'exception de Ken Mogul et de son équipe. Le réalisateur, près du bar, donnait des instructions sur l'éclairage à un troupeau de blondes style suédoises en tuniques noires assorties. Ses célèbres yeux globuleux étaient injectés de sang de fatigue. Il exhibait une petite barbe roussâtre piquante et pas de moustache – mauvais look – et une crinière de cheveux roux frisés aux épaules. Sa veste de cuir années 80 arborait d'immenses épaules arrondies et son Levis était bien trop moulant – mauvais look, aussi. Olivia, qui ne l'avait jamais vu, croyait qu'il faisait partie de l'équipe jusqu'à ce qu'il s'adresse à elle…

— C'est clair, tu *as* le physique de l'emploi, déclara-t-il. (Il désigna un tabouret de bar en chrome et cuir noir et lui fit signe de s'asseoir.) Mais ce n'est pas un remake intégral, tu sais. Je vais prendre quelques libertés. Par exemple, Holly n'aura pas les cheveux châtains. Et si ça se trouve, elle sera grande.

Voilà comment prendre à rebrousse-poil une brunette qui a toujours été petite !

Olivia, qui avait passé trois heures à s'habiller, décida d'ignorer son affront. Elle plia le morceau de papier qu'on lui avait donné à lire et le fourra dans son sac, en partie pour impressionner Ken Mogul et lui montrer qu'elle connaissait déjà les répliques par cœur, et en partie pour lui signifier qu'on ne l'ébouriffait pas aussi facilement. Puis elle s'assit sur un tabouret de bar et croisa les jambes avec une grâce de danseuse de ballet à la Audrey Hepburn.

— Je ne donnerai aucune instruction, fit remarquer Ken Mogul. Tu te contentes de faire ton truc, OK? Action !

Olivia avait Google-isé Ken Mogul et déniché des tonnes d'articles racontant qu'il se prétendait « non-réalisateur », que les acteurs détestaient tourner avec lui parce qu'il se contentait de les observer sans leur donner aucune consigne. Il devait sûrement se trouver terriblement avant-gardiste, un truc du style. Enfin, cela convenait à la jeune fille car elle n'avait besoin d'aucune directive – elle *était* Audrey Hepburn dans le rôle de Holly Golightly vingt-quatre heures sur vingt-quatre.

Elle sortit de sa petite pochette Chanel vintage en satin noir une cigarette et le long fume-cigarette en ébène et nacre qu'elle avait trouvé dans un magasin d'antiquités à Rhode Island voilà deux étés.

— *Enchantée*, ronronna-t-elle, cent pour cent Audrey au maximum de son charme. (Elle alluma sa clope et souffla une délicate volute de fumée au-dessus de la tête du réalisateur. Puis elle lui offrit ce sourire rêveur et distant qui constituait la marque de fabrique d'Audrey.) *N'aimez*-vous pas cet endroit ? N'est-ce pas *merveilleux* de vous réveiller en sachant que cet endroit *existe*, tous les jours ? C'est mon *paradis* absolu.

Olivia attendit la réaction de Ken Mogul. C'étaient les seules répliques qu'on lui avait données à lire et elle les avait parfaitement récitées, mais bon, c'était elle qui le disait.

Ken Mogul recouvrit ses yeux globuleux avec sa main puis l'enleva brutalement, dans une étrange partie de peekaboo[1]. Il fixa Olivia une minute supplémentaire avant de hurler : « Suivante ! »

La jeune fille descendit du tabouret et sortit gracieusement du restaurant pour rejoindre lord Marcus qui l'attendait près des ascenseurs. Il la serra dans ses bras forts, virils et royaux.

— Tu as été éblouissante ! la rassura-t-il. Je regardais depuis la porte.

Olivia posa sa joue sur sa poitrine, toujours en plein rôle.

— J'adore être ici, soupira-t-elle, théâtrale.

Les portes de l'ascenseur s'ouvrirent et Serena et Nate en sortirent.

— Bonne chance ! cria Olivia, grand seigneur.

Elle tira une autre bouffée sur son fume-cigarette et adressa un sourire serein à Nate. Il lui en rendit un faible, le contour des yeux légèrement rougi, comme s'il avait pleuré ou plus probablement, s'était extrêmement défoncé. Mais de là où se tenait Olivia, serrée contre

1. Jeu enfantin consistant à cacher son visage dans ses mains puis à les écarter en criant brusquement « Peekaboo ! ». *(N.d.T.)*

son lord britannique bien foutu, ce n'était absolument pas son problème.

Puis lord Marcus l'embrassa dans la nuque, envoyant un petit frisson le long de sa colonne vertébrale. La porte des toilettes pour dames se trouvait juste devant eux. Elle lui prit la main et l'entraîna à l'intérieur.

Rien de tel qu'une petite séance de papouillage avant le petit déjeuner.

s doit répéter son texte deux fois

Serena s'inquiétait : aurait-elle dû s'habiller comme les autres filles ? Le réalisateur croirait-il qu'elle ne mettait pas toutes les chances de son côté parce qu'elle ne portait pas de perles et de robe de cocktail noire ? De plus, elle était blonde, grande et sculpturale, et ne ressemblait en rien à Audrey Hepburn. En fait, maintenant qu'elle y repensait, elle n'aurait pas dû postuler pour le rôle.

Trop tard.

— Oh, Dieu merci ! s'exclama Ken Mogul en la voyant. Vas-y ! Action !

Serena n'avait pas pris la peine de Google-iser Ken Mogul et ne connaissait rien à son style de réalisation, mais elle savait ce que signifiait le mot *action*, et dès qu'elle l'entendit, elle se mit à faire son truc.

— Enchantée, pépia-t-elle jovialement en tendant la main à un barman imaginaire. (Elle s'assit et virevolta sur le tabouret de bar, gloussa et balança les pieds, jubilant comme une gamine.) N'aimez-vous pas cet endroit ? N'est-ce pas merveilleux de vous réveiller en sachant que cet endroit existe, tous les jours ? C'est mon paradis absolu !

Ken Mogul refit ce truc de peekaboo bizarre avec les

mains. Il jeta un coup d'œil à l'une de ses assistantes blondes suédoises, arracha les lunettes d'aviateur effet miroir qu'elle avait sur la tête et les balança à Serena.

— Recommence avec les lunettes, ordonna-t-il.

Serena s'exécuta en se demandant si c'était une bonne chose que le réalisateur ferme les yeux quand elle se mit à parler.

— Suivante ! cria-t-il, la congédiant.

Nate se tenait près des ascenseurs, un mouchoir trempé fourré dans le poing.

— Ma maman m'a amené ici pour acheter mon premier vrai costume, confia-t-il à Serena, la lèvre inférieure tremblante. Après, nous sommes allés manger une glace et elle m'a amené au zoo, au parc. Ça sentait les cacahouètes.

— Waouh, lança-t-elle en le serrant dans ses bras et en embrassant son oreille. Écoute, je crois savoir comment te remonter le moral.

Après l'incident du Viagra chez Bergdorf's mardi, elle pensait que Nate était, en gros, tout le temps partant, n'importe où. Elle désigna de la tête les toilettes pour dames.

Nate hésita. Il avait fumé un petit joint au réveil et laissé le Viagra chez lui. De plus, pleurer autant le crevait. Il n'était pas franchement d'humeur.

La porte des toilettes pour dames s'ouvrit d'un coup, et Olivia et son beau gosse aux cheveux blond roux en sortirent, main dans la main.

— Enchantée ! fit Olivia en mimant avec son fume-cigarette le rôle que les deux filles venaient de jouer. (Elle gloussa.) Ça vous dit de prendre un verre, les gars ?

— À fond ! s'exclama Serena, en rajoutant une couche.

Naturellement, il n'était que dix heures et demie

samedi matin, mais les futures Audrey du monde savaient clairement s'amuser.

Lord Marcus appuya sur le bouton de l'ascenseur et les portes s'ouvrirent.

— Attendez ! cria l'une des assistantes blondes en tunique noire.

Le cœur d'Olivia manqua un battement. Ils allaient sûrement lui offrir le rôle immédiatement et envoyer paître les autres. Mais la fille qu'elle regardait, c'était Serena.

— Oups ! fit Serena en s'empourprant. (Elle enleva les lunettes d'aviateur de sa tête et les lui rendit.) Ce que je peux être klepto !

La fille reprit ses lunettes et se mit sur la pointe des pieds pour lui murmurer quelque chose à l'oreille. Clouée sur place, Olivia observa Serena hocher la tête et écouter en silence. Puis l'assistante s'en alla donner ses lunettes de soleil à une autre Holly pleine d'espoir.

Olivia se mordit presque la lèvre jusqu'au sang. Le besoin de savoir ce que la fille avait chuchoté à l'oreille de Serena la tuait. Mais elle se força à ne pas le lui demander, et Serena décida de ne rien lui dire. L'idée qu'elles s'adressaient plus ou moins de nouveau la parole était tellement fragile et nouvelle qu'aucune des deux ne tenait à tout gâcher.

De plus, lord Marcus avait seulement vu Olivia sous son meilleur jour. Elle ne pouvait pas se transformer en *Exorciste* et péter les plombs devant lui, sinon il plierait bagage et rentrerait au Royaume-Uni aussi vite que l'on dit : « Bloody hell ! »

Serena prit la main de Nate et la serra, tout excitée, ayant bien du mal à garder le secret pour elle.

— Allons faire les idiots !

— Entendu, entendu ! acquiesça lord Marcus.

Olivia ne broncha même pas en voyant Nate et Serena main dans la main. Elle avait toujours voulu sortir à deux couples, mais elle avait toujours cru que ce serait Nate et elle, et Serena et quelqu'un d'autre. Elle fixa lord Marcus dans ses beaux yeux vert-terrain-de-golf et il fondit sur elle pour l'embrasser tendrement sur le bout du nez.

Nate n'avait jamais aimé les démonstrations d'affection en public. Et de toute façon, qu'avait-il de si exceptionnel ?

les garçons, on ne les changera jamais; les filles non plus

— J'ai entendu parler de toi. Tu es le mec qui va prendre ma place dans l'équipe de lacrosse de Yale. Excusez-moi, mesdames, déclara lord Marcus en se penchant sur Olivia et Serena pour attraper la main de Nate sur la banquette arrière du taxi. (Ils étaient à l'étroit dans le véhicule qui descendait à vive allure le bitume chaud de Park Avenue.) L'entraîneur a dit que tu étais un maniaque de lacrosse.

C'est une façon de dire les choses.

Nate espérait que lord Marcus ne devinerait pas qu'il pleurait. C'eût été le moment idéal pour prendre un autre Viagra, histoire de booster un peu son ego et d'empêcher les larmes de ruisseler. Sans les effets secondaires ennuyeux, il en aurait pris tous les jours.

Quoi, les triques d'enfer? Mais ce n'est pas un effet secondaire, c'est le but, justement!

— Alors Yale, c'est comment? C'est vraiment dur ou quoi? demanda Nate car c'était la seule chose qu'il trouva à dire.

Olivia avait posé la tête sur l'épaule de lord Marcus, et elle semblait si bien que c'était à la fois déconcertant et agréable de la voir comme ça. Ses cheveux bruns qui repoussaient paraissaient si doux et brillants que Nate pouvait presque les sentir dans ses mains.

Oh, s'il te plaît, ne pleure pas.

— Pas aussi dur que le cul de Heffner, l'entraîneur, plaisanta lord Marcus. Elle nous a raconté qu'elle t'avait donné un coup de fourchette quand tu avais essayé de la draguer.

Nate, qui avait carrément chassé ce petit épisode de sa tête, tressaillit à ce souvenir.

— Je ne m'attendais tout simplement pas à une entraîneuse aussi canon, avoua-t-il.

— Crois-moi, aucun de nous ne s'y attendait, répondit lord Marcus avec un sourire entendu.

Il alluma une Marlboro, mais comme le minuscule chauffeur de taxi ridé agita la main, contrarié, il la jeta par la fenêtre.

— Allumons tous des clopes pour voir ce qu'il fait, murmura Serena, encore toute grisée.

Elle sortit quatre Merit ultralight de son sac hobo Balenciaga en daim noir à franges et lord Marcus l'aida à les allumer avec un briquet Tiffany en argent.

Le chauffeur s'arrêta dans un grincement de freins lorsqu'il sentit la fumée.

— Descendez de mon taxi ! hurla-t-il en brandissant de colère ses minuscules poings ridés.

Lord Marcus, en Anglais poli qui se respecte, se répandit en excuses, feignant d'ignorer qu'il était illégal de fumer dans des taxis américains. Mais comme ils se trouvaient déjà sur Park Avenue et la 47e Rue, juste à l'angle du Yale Club, ils descendirent du véhicule.

Quelle vision : une adorable brune habillée exactement comme Audrey Hepburn dans *Diamants sur canapé*, deux beaux garçons aux yeux verts, joueurs de lacrosse et bien sapés, et une blonde en jean d'une beauté à vous déchirer le cœur. Le code vestimentaire du Yale Club proscrivait le denim vieilli, mais Serena était si jolie dans son jean que tout le monde s'en fichait. Dès qu'ils pénétrèrent dans l'entrée clairsemée et néoclassique du club, tous les anciens élèves d'âge moyen de Yale en costume J. Press cessèrent leurs discussions d'affaires et éteignirent leurs BlackBerry. Oh, avoir dix-sept ans et être irrésistibles !

Comme si l'un d'eux avait été à ce point irrésistible…

Lord Marcus amena Nate dans sa suite pour lui montrer un trophée de lacrosse que seul celui-ci saurait apprécier pendant qu'Olivia entraînait Serena dans le salon où elles s'installèrent au bar élégant, avec son sol de bois lustré, son plafond en or et ses boiseries foncées. Naturellement, elles étaient habituées à sortir tout le temps, mais cela faisait extrêmement adulte de fréquenter un bar de club privé un samedi matin, d'autant plus qu'elles étaient censées avoir le nez dans leurs bouquins et réviser leurs derniers examens qui commenceraient lundi.

— Alors, que vas-tu dire dans ton discours de remise des diplômes ? demanda Serena à Olivia. C'est quoi ce livre du Dr. Seuss, tu sais celui que tout le monde cite tout le temps ?

Olivia roula des yeux. Elle n'allait *pas* se référer à ce livre. « *Oh, The Places You'll Go !*[1] »

Le barman en nœud-papillon apporta d'abord la boisson d'Olivia – un martini-Ketel One avec une olive.

1. Classique du Dr Seuss, ce livre est offert à tous les bacheliers et futurs étudiants : il s'agit d'une ode à l'épanouissement personnel, destinée à tous ceux qui tournent une nouvelle page dans leur vie et qui les aide à combattre leurs peurs, relever des défis, réaliser leurs rêves… *(N.d.T.)*

Elle en sirota une gorgée puis fourra une clope dans son fume-cigarette. Elle appréciait tellement le plan « fume-cigarette » qu'elle avait l'intention de s'en servir jusqu'à la sortie de *Diamants sous canopée*, et que toutes les filles se mettent à la copier.

D'où la différence entre être tendance et être une lanceuse de nouvelles tendances.

— En fait, je crois que je vais écrire un texte sur le fait de tout faire pour avoir ce que tu veux et l'obtenir, déclara-t-elle en soufflant de la fumée au-dessus de la tête blond clair de Serena. Je n'ai jamais cru que j'obtiendrais absolument tout ce que je désirais. Mais j'ai tout fait pour, et voilà, maintenant je l'ai. *Tout*.

Serena opina en signe d'assentiment.

— Je comprends ce que tu veux dire.

Le barman lui apporta son gin-fizz-Tanqueray et elle en sirota quelques gorgées hésitantes, se demandant si elle devait raconter à son amie que lorsque l'assistante de Ken Mogul lui avait murmuré quelque chose à l'oreille, elle lui avait demandé de venir passer une deuxième audition. Mais tout se passait si bien avec Olivia pour l'instant qu'elle ne voulait pas tout gâcher. De plus, même si elle finissait par décrocher le rôle, elle n'était pas sûre de le vouloir. Elle tâcha de trouver autre chose à dire, sur le fait d'obtenir tout ce qu'elle avait toujours désiré, bien qu'elle n'ait jamais voulu quoi que ce soit – tout lui tombait toujours tout cuit dans le bec.

— J'aime si fort Nate, lâcha-t-elle étourdiment, tentant d'avoir l'air aussi emballée qu'Olivia par la tournure des événements.

Celle-ci alluma le bout de sa cigarette. Comme il serait facile de mettre accidentellement le feu aux longs cils noirs de Serena. Elle passa la pièce en revue, essayant de savoir si elle devait ou pas laisser sa mauvaise humeur l'emporter.

Waouh, elle y *pense*? Est-ce un tournant décisif?

Olivia adorait le salon du Yale Club. La peinture en feuilles d'or et les tapis orientaux lui donnaient un aspect majestueux et sélect, mais il était plus agréable et moins rasoir que certaines autres pièces du club. Le salon constituait l'endroit idéal pour échapper à la chaleur. Et il allait bien avec sa robe.

— Très vite nous entrerons à Yale, déclara-t-elle, songeuse.

Les deux filles se dévisagèrent, plantèrent leurs yeux bleus dans leurs yeux bleus, essayant de savoir si c'était une bonne chose ou pas.

Serena pouffa.

— Et nous pourrons prendre le train pour revenir en ville et séjourner ici, et nos parents ne sauront même pas que nous sommes là!

Trop cool, en effet.

— Ce serait un super endroit pour faire une fête, ajouta Olivia, décidant d'être gentille.

Elle cilla, en se demandant pourquoi elle n'y avait pas pensé plus tôt. Évidemment, cela signifiait qu'il y aurait un tas de pique-assiettes – d'autres terminales d'écoles de merde, qu'elle ne connaissait même pas, et des lycéens qui se trouvaient cool car ils entreraient en terminale l'an prochain. Mais elle était l'oratrice de la remise des diplômes de Constance Billard. C'était parfaitement logique qu'elle organise une soirée pour l'occasion – LA soirée de remise des diplômes.

Elle serra Serena dans ses bras avec raideur, relevant juste à temps son fume-cigarette pour ne pas mettre le feu à ses cheveux.

— Nous avons toujours les meilleures idées, murmura-t-elle, à moitié pour elle et à moitié pour sa vieille amie.

Serena sourit avec enthousiasme, même si elle ne voyait pas à quelles idées Olivia faisait référence.

— Pas vrai ? acquiesça-t-elle.

Nate avait apporté quelques joints pré-roulés avec lui. Lord Marcus et lui prirent leurs aises dans la suite du lord au papier peint or et blanc, montèrent la clim à fond en s'allongeant sur le dos sur le dessus-de-lit abricot king size et tirèrent sur leur pétard tout en échangeant des secrets sur Olivia.

Voyez, les garçons sont pires que les filles.

— Elle fait la gueule si tu la dragues, et elle se plaint si tu ne le fais pas, se plaignit Nate en secouant la tête. Je n'ai jamais compris.

— Mais tant que tu lui fais savoir qu'elle est irrésistible, elle ne peut pas faire d'histoires, observa lord Marcus. Voilà ce qui est crucial.

Nate tourna la tête pour regarder le garçon plus âgé à travers la brume de fumée de hasch. Il connaissait Olivia pratiquement depuis sa naissance. Comment ce type, qui venait seulement de la rencontrer, semblait-il avoir tout compris ? Était-il possible qu'Olivia et lui fussent totalement incompatibles ? Peut-être n'étaient-ils absolument pas faits l'un pour l'autre.

Nate ne pouvait plus y penser sans partir dans une grosse crise de larmes. Il décida donc de tirer de nouveau sur le joint et de laisser son esprit se vider divinement.

— J'ai l'intention de demander à Olivia de venir me voir en Angleterre cet été, songea lord Marcus à voix haute. J'ai parlé d'elle à ma famille qui meurt d'envie de la rencontrer. Apparemment mon père connaît le sien. Et ma mère nous a déjà mariés.

Nate tira une autre taffe. Inutile de s'énerver. Son esprit était aussi doux, blanc et sans plis que les faux oreillers aux huit cents fils sur le lit de lord Marcus.

Celui-ci finit son pétard et s'assit en l'éteignant soigneusement sur la semelle de ses Tod's lacées couleur ambre.

— Les filles vont se demander où nous sommes. (Il tapa Nate sur l'épaule.) On y va?

Ce dernier se redressa sur les coudes et secoua la tête, le regard trouble, comme un chien. Une larme suinta du coin de son œil gauche et ruissela sur sa joue. Il l'écrasa, furieux, mais une autre se mit à dégouliner du coin de son œil droit.

— Ça va? demanda lord Marcus. Tu veux une minute?

Nate haussa les épaules et sa lèvre inférieure trembla alors.

Lord Marcus s'assit à son côté et le prit dans ses bras.

— Allez, allez, murmura-t-il. Tout va bien.

Ce n'était pas l'affection gay pour de rire que Nate et ses amis pratiquaient pour se rendre mutuellement dingues. C'était pour de vrai : une grosse étreinte fraternelle. Nate n'avait jamais eu de grand frère, ni de frères et sœurs tout court d'ailleurs, et cette étreinte était exactement ce dont il avait besoin.

— *Mon père habite en France dans le Loire. Il aime des autres hommes, il est un pédé**, cria Olivia d'une voix perçante.

Serena et elle partirent d'un fou rire.

— *Qu'est-ce que vous faites, mes chéries**? cria lord Marcus en s'approchant avec Nate.

— Nous parlons français. J'ai un oral dans mon exam de français avancé. Nous devons parler de nos familles pendant dix minutes, expliqua Olivia. Utiliser tous les temps.

Serena roula des yeux.

— Voilà ce que tu mérites pour suivre des cours avancés. (Elle regarda les garçons en plissant des yeux.) Vous êtes raides, vous deux, non ?

Nate lui adressa un sourire penaud.

— Légèrement.

— Espèce de grand niais, dit Serena en le prenant dans ses bras et l'embrassant sur les lèvres, débordant de soulagement qu'Olivia et elle s'adressent de nouveau la parole.

Cela gênait tellement peu Olivia de voir Serena et Nate s'embrasser sous son nez qu'elle ne réagit pas. En quelques secondes, lord Marcus s'était faufilé derrière elle et avait enveloppé ses bras autour de sa taille dans une étreinte sexy – le genre de geste marital et possessif dont la jeune fille avait toujours rêvé. Il fit un clin d'œil à Serena.

— Savais-tu que Serena voulait dire *sirène* en italien ?

— Ouais, gloussa-t-elle avant de gratifier Olivia d'un regard signifiant : « *Où l'as-tu donc* déniché, *celui-là* ? »

Olivia lui rendit son regard avec un sourire suffisant, un mélange de : « *Tu vois, je t'avais dit que j'avais tout* » et « *Bas les pattes, face de garce !* »

Nate ôta d'un coup de langue le goût de vanille du gloss Mac de Serena sur ses lèvres et descendit le reste de son gin-fizz, les yeux posés sur les pieds parfaits et légèrement bronzés d'Olivia. Dans ses chaussures plates noires et brillantes, ses pieds étaient si sexy qu'ils le faisaient sérieusement bander.

Heureusement qu'il a laissé le Viagra chez lui.

Avertissement : tous les noms de lieux, personnes et événements ont été modifiés ou abrégés afin de protéger les innocents. En l'occurrence, moi.

Salut à tous !

UNE SOIRÉE PAS-SI-PRIVÉE AU YALE CLUB

Au cas où vous vous seriez sentis exclus du festival de débauche du Yale Club samedi, toute la journée et toute la nuit – ils ont sûrement dû envoyer le personnel à Grand Central chercher plus de Prosecco[1] au Campbell Appartment et du cheesecake chez Junior's – une future Yaleuse va organiser une inoubliable soirée de remise des diplômes au club, lundi soir prochain. Le Yale Club est strictement réservé à ses membres, mais n'ayez crainte. Le papa de la Yaleuse a généreusement payé le club pour qu'il laisse ses portes ouvertes toute la nuit à toute débauchée bien sapée qui viendra y faire un tour pour chercher bien d'autres moyens de se débaucher, justement. C'est sa façon de présenter ses excuses à sa fille pour ne pas être présent en chair et en os. Waouh, trop mignon.
Espérons qu'il n'oubliera pas qu'elle aura également besoin de se déplacer à New Haven l'an prochain. Vroum, vroum.

1. Vin blanc mousseux italien. *(N.d.T.)*

DÉPRESSION POST-PETIT DÉJEUNER

Ken Mogul est soit extrêmement tatillon, soit extrêmement vache, soit les deux. D'après la rumeur, il a rappelé quatre filles seulement pour passer une seconde audition afin de décrocher le premier rôle dans son nouveau long métrage, *Diamants sous canopée*. D'après une autre rumeur, il donne le rôle de Holly Golightly à sa petite sœur, et le casting de samedi matin ne visait qu'à recruter des figurantes. Quel gâchis de talents.

UN MARIAGE ARRANGÉ

Nous le savons tous, la famille royale britannique a un penchant pour les mariages arrangés. Cela évite un tas de problèmes et d'embarras : en effet, plus besoin de se voir en cachette ou de flipper à l'idée de présenter sa petite copine mal fagotée et socialement inepte à sa maman, qui, en l'occurrence, est la reine. Eh bien, selon mes sources au Royaume-Uni, un certain beau gosse anglais au sang noble, fraîchement diplômé de Yale et résidant en ce moment au Yale Club, tout en achevant des affaires – alias la bringue – à New York avant de rentrer chez lui pour l'été, a été fiancé à une Anglaise tout aussi royale que lui, quand il avait à peine deux ans. Je n'ai pas encore vu de photo d'elle, mais étant donné la vitesse à laquelle il a jeté son dévolu sur notre **O**, j'imagine que ce n'est probablement pas une bombe et qu'il n'est probablement pas hyperemballé à l'idée de l'épouser.

VOLEUR DE BIENS IDENTIFIÉ

Non pas que je veuille être porteuse d'autres mauvaises nouvelles, mais mon ami entraîneur m'envoie régulièrement des e-mails – hé, qui lui a donné ce lien ? – et apparemment, le fumeur de shit soupçonné du vol de Viagra a été identifié et sera puni en conséquence. Cela signifie-t-il qu'il ne sera pas diplômé ?

VOS E-MAILS :

Q: Chère GG,
Je sais que je n'aurais pas dû, mais j'ai plus ou moins balancé un de mes potes et maintenant j'ai peur qu'il n'ait pas son diplôme à cause de moi. Me suis juste dit, vaut mieux que ce soit lui que moi, tu sais ?
— nullos

R: Cher nullos,
Ouais, c'était carrément nullos. Mais tu le sais déjà.
— GG

Q: Chère GG,
Je voulais t'inviter personnellement à tourner des bouts d'essai pour mon nouveau film. Tu as l'attitude que je recherche. Espérons que tu aies aussi le look. Quand es-tu disponible ?
— mogs

R: Cher mogs,
bien tenté,
— GG

ON A VU :

O, **S**, **N** et **lord M** à **Cipriani Dolci** en face du Yale Club, boire des bloody mary au brunch, dimanche. C'est clair, ils savent réviser leurs exams finaux ! **V**, avec **A** dans sa Saab rouge, feindre de ne pas voir **D** lorsqu'ils ont failli le renverser quand il traversait Houston Street alors qu'ils allaient voir un film à **l'Angelika**. **D** rentrait de l'un de ces herboristes chinois sur Canal Street, portant un petit sac d'une mixture qualifiée de « Potion d'amour XXX ». Oh, quel embrouillamini nous tissons là ! **J**, seule aux Gristedes sur la 96e Rue Ouest, acheter une petite bouteille de vin rouge avec un bouchon à vis et une boîte géante de café instantané Folgers en granulés. Ses mains et ses fringues étaient maculées de ce qui ressemblait à de l'ombre à paupières grise, à du café et du vin. De toute évidence, elle est tellement dévouée à son art qu'ils n'ont pas osé contrôler son identité.

PLUS QU'UNE SEMAINE

Ça y est, mes chéris, la dernière ligne droite ! À part les exams, qui ne sont rien d'autre que des contrariétés sans intérêt aucun, l'école est quasiment finie. Répétez après moi : plus qu'une semaine avant les diplômes. Plus qu'une semaine avant les diplômes. Plus qu'une semaine avant les diplômes

Bonne chance !!!

Vous m'adorez, ne dites pas le contraire,

gossip girl

d écrit une autre ode

Dan, qui avait fini son examen avancé d'anglais avec vingt minutes d'avance, entreprit de réécrire son discours de remise des diplômes sur l'amour à la fin de son cahier d'examens. Cette fois, il avait l'intention de citer *The Road Not Taken*, un poème de Robert Frost.

J'étais au milieu de la forêt
Il y avait deux chemins devant moi,
J'ai pris celui qui était le moins emprunté
Et là ma vie a commencé.

Les mots lui paraissaient toutefois stériles et totalement galvaudés, surtout dans le contexte de la remise des diplômes. De plus, ni lui ni ses camarades de classe ne prenaient le chemin le moins emprunté. Ils allaient être diplômés et entreraient directement à la fac. Et quoi de plus gonflant ? En vérité, faire autre chose ne lui était jamais venu à l'esprit. Jusqu'à maintenant.

Voilà des jours qu'il bataillait avec l'idée qu'à l'automne, Vanessa se trouverait ici à New York et lui, à Olympia, Washington, à l'autre bout du pays. Cette pensée lui était insupportable, même s'il doutait encore des véritables sentiments de la jeune fille pour lui, surtout après qu'elle l'a eu aussi brusquement congédié l'autre soir, à la minute où Aaron était rentré, et ne l'avait pas appelé de tout le week-end.

Mais peut-être était-ce lui qui n'avait pas été clair. Il avait déjà fait part à ce professeur cinglé de sa décision de ne pas passer l'été à travailler à Olympia. Pourquoi ne pas aller plus loin et annoncer à tout le monde, lors de la remise des diplômes, qu'il n'entrerait pas à la fac, point ? Cela montrerait à Vanessa et au monde entier jusqu'où il était prêt à aller – par amour. Il prendrait le chemin le moins emprunté.

Dan tourna la page et griffonna les mots *Ode à l'amour*, modelant son nouveau poème sur ceux de John Keats, son poète préféré. Keats écrivait tout le temps des odes. *Ode à Psyché, Ode à une urne grecque, Ode à un rossignol, Ode sur la mélancolie*, mais jamais *Ode à l'amour.* Alors pourquoi Dan ne le ferait-il pas ?

— Plus que dix-sept minutes, cria Mme Solomon.

Dan jeta un œil au dos raide de ses camarades de classe penchés sur leurs bureaux, agitant frénétiquement leurs stylos, alors que l'horloge murale noire égrenait les minutes. Il retourna à son livret d'examens. « Ode à l'amour. » Naturellement, son amour pour Vanessa était mêlé à une forte dose de désir sexuel éternel. Mais comment véhiculer ce sentiment sans tomber dans le porno ? Après tout, le poème était censé faire partie de son discours de remise des diplômes.

Tes globes blancs laiteux,
Les coussins de ton estomac,
Tes cuisses comme des bouleaux.

Euh... stop, ça suffit !!

Il barra sa prose d'un gros X. *Les coussins de ton estomac ?* Beurk !

Tout à fait.

Puis il se rappela les vers d'*Ode à une urne grecque.*

Et plus heureux l'amour, plus heureux mille fois !
Amour toujours ardent et jamais assouvi,
Toujours haletant et jeune éternellement,
Bien au-dessus de toute passion des hommes
Qui nous laisse le cœur douloureux et repu,
Le front brûlant et la bouche dévastée de fièvre.

Existait-il une plus jolie façon de le dire ?

Probablement pas.

Dan se mit à ébaucher un dessin du château d'eau sur le toit de l'immeuble de Vanessa, mais il n'était pas un artiste et son château d'eau ressemblait davantage à un gland géant. Si seulement il avait le droit d'utiliser son portable pendant les exams. Il appellerait le bureau des admissions d'Evergreen pour leur annoncer qu'il ne venait plus.

Mais il essaya de retravailler l'introduction de son discours dans les dernières pages de son cahier d'examens.

Mesdames et messieurs, merci de participer à la cérémonie de remise des diplômes de cette année de Riverside Preparatory School. Vous devez être extrêmement fiers de vos fils, si fiers que vous leur offrez exactement ce qu'ils voulaient pour leur diplôme, n'est-ce pas ? (Pause pour rires.)

Enfin bref, c'est un honneur pour moi d'être l'orateur cette année. J'aimerais commencer en vous lisant un poème de Robert Frost :

J'étais au milieu de la forêt
Il y avait deux chemins devant moi,
J'ai pris celui qui était le moins emprunté
Et là ma vie a commencé.

C'est un texte très repris dans les discours de remise de diplômes. Je le sais, parce que je l'ai trouvé sur Google. (Pause pour rires.) C'est ironique, toutefois, parce que combien d'entre nous prennent réellement le chemin le moins emprunté ? (Pause pour silence gêné.) Eh bien, moi je vais le faire. Et voici comment : je vais suivre mon cœur…

Le petit minuteur en forme d'œuf blanc sur le bureau de Mme Solomon sonna.

— Reposez vos stylos, s'il vous plaît, lança-t-elle.

Dan, hébété, leva les yeux. Comme d'habitude, il s'était laissé emporter.

— On n'a pas fini son devoir, hein ? railla Chuck Bass à sa gauche.

Les terminales avaient le droit de transgresser le code vestimentaire pour les examens, et Chuck avait décidé de porter une chemise échancrée Dolce & Gabbana jaune vif sans manches, qui, quelque part, était bien plus décolletée que s'il n'en avait pas porté du tout.

Dan le fusilla du regard. Était-il possible de se faire tuer dans l'exercice de ses fonctions alors que vous n'étiez qu'à l'école militaire ? Il l'espérait de tout cœur.

Mme Solomon s'approcha pour ramasser les cahiers d'examens.

— Y a-t-il un problème, M. Humphrey ? s'enquit-elle en bombant sa poitrine osseuse à travers sa robe dos-nu à rayures orange et noires étrangement affreuse.

Dan se renfrogna.

— Cela vous dérange si j'arrache les dernières pages de mon cahier ? demanda-t-il, sans grand espoir.

La professeur haussa ses épaules inopportunément nues.

— Faites.

Dan arracha les pages avant qu'elle ne pût changer d'avis, surpris par son manque total de putasserie. Peut-être Mme Solomon s'était-elle enfin trouvé un petit ami et était trop occupée à rêvasser à l'été chaud et sexy qui approchait et à ses grasses matinées et coucheries bouillantes pour prendre la peine d'être méchante avec lui.

Ah, comme si *lui* ne rêvassait pas à des grasses matinées et à des coucheries bouillantes ? À vrai dire, qui ne le fait pas ?

qui peut résister à une star des pages people, artiste de surcroît ?

La biologie était le dernier examen de Jenny; elle avait veillé toute la nuit pour le réviser. Noyaux, protozoaires, osmose – elle savait tout. Elle répondit automatiquement aux questions, remplit les cases sans marquer de pause et rendit ses camarades vertes de jalousie. L'osmose était le procédé grâce auquel des organismes revêtaient les qualités de chacun rien qu'en se côtoyant. Eh bien, si cela fonctionnait pour de minuscules organismes, pourquoi pas pour elles ? Jenny et elles s'étaient côtoyées toute l'année, et pourtant elles n'en étaient pas devenues plus intelligentes.

Et leurs nichons, pas plus gros pour autant.

J'aime tes cheveux, écrivit Kim Swanson sur le bord du bureau en plastique gris de Jessica Soames avec son crayon à papier. *Tu arrives à voir la réponse de Jenny à la question n*° *21* ?

Kim Swanson était la fille de troisième la plus impeccablement pomponnée. Elle faisait des mèches blondes à ses cheveux naturellement châtain clair depuis qu'elle avait neuf ans, et préférait les chemises blanches Agnès B. parfaitement repassées avec son uniforme gris plissé. D'après la rumeur, même ses sous-vêtements étaient repassés et elle ne sortait jamais de chez elle sans maquillage intégral, un bracelet Cartier en or et en argent à chaque poignet, et ses diamants Cartier pas si petits que ça aux oreilles. Elle passait tellement de temps à se pomponner qu'il lui en restait très peu pour étudier.

Attends, griffonna Jessica Simpson. Jessica était la pétasse de la classe depuis le CM1, quand elle avait eu ses règles, et avait atteint son apogée en sixième lorsqu'elle avait perdu sa virginité. De surcroît, elle arborait la plus grosse poitrine de toute la classe – jusqu'à l'épanouissement de Jenny en cinquième, qui la dépassait de trois bons bonnets. Jessica jeta un coup d'œil furtif au bureau à sa droite, tâchant de lire les réponses de Jenny. Mais celle-ci avait déjà terminé et griffonnait distraitement de la calligraphie sur une page vide de son cahier d'examens.

Pauvre nulle, avait-elle écrit en lettres noires élégantes pleines de boucles et de rondeurs. Jessica tâcha de ne pas le prendre pour elle.

En vérité, le mot qu'avait écrit Jenny lui était personnellement destiné. À la première heure, lundi matin, elle avait envoyé par la FedEx son trio de nouveaux portraits géniaux, mats et bien encadrés, à Waverly Prep, mais c'était jeudi, la première semaine de juin, et toujours aucune nouvelle du bureau des admissions. Septembre approchait dans trois petits mois et elle n'avait aucune école où entrer. Elle frôlait doucement le désespoir.

Avant qu'elles ne s'installent en salle d'examen, Elise lui avait rappelé que Waverly terminait également son année scolaire et ne s'occuperait probablement pas du paquet qu'elle leur avait envoyé avant la remise des diplômes des terminales. Mais Jenny ne voulait rien entendre. À l'évidence, elle avait loupé sa chance d'entrer au pensionnat. Son alternative, en plus de l'école publique, restait d'assurer comme une bête à ses examens, puis d'implorer Mme M de la garder à Constance. Elle pourrait redoubler sa troisième, cultiver sa réputation de grosse débile, porter d'immenses lunettes en écailles de tortue et rallonger son uniforme jusqu'aux chevilles. Finies, les apparitions en page people. Finies, les doubles pages mode osées. Finis, les rendez-vous avec des groupes de rock. Finie, la nudité en ligne.

Aha. Mais n'est-ce pas justement ce qui rend Jenny si exceptionnelle ?

Le problème, c'est qu'elle était déjà une excellente élève. Comment pourrait-elle mieux faire ?

Il lui vint à l'esprit que ses notes et ses nouvelles œuvres d'art ne suffiraient peut-être pas. Pourquoi ne pas envoyer à Waverly une photocopie de la double page mode pour le magazine *W* qu'elle avait faite avec Serena van der Woodsen, et de la page six où elle était en photo, en train d'embrasser Damian, le guitariste leader des Raves, devant le Plaza ?

Et tant qu'à faire, pourquoi ne pas leur envoyer une mèche de ses cheveux ? Ou l'un de ses gigantesques soutien-gorge de maintien Bali ?

Kim Swanson hennit doucement tout en griffonnant quelque chose sur le bureau de Jessica Soames. Jenny reposa son stylo et flanqua son front sur ses bras, ses cheveux foncés frisés tombant en cascade de petites anglaises sur son bureau. Si elle envoyait à Waverly la page de *W* et l'extrait de la page six, on ne parlerait que d'elle à l'école avant même qu'elle n'arrive. C'était une façon d'attirer l'attention, certes, mais tout le monde nourrirait des tas de préjugés sur elle et elle ne parviendrait pas à les faire changer d'avis. Mieux valait se faire une réputation et attirer l'attention une fois là-bas.

Un étrange été l'attendait, avec sa mère dans un célèbre camp d'artistes tchèque à Prague – elle s'y était engagée lors de la Pâque juive, sous l'influence de trop de vin de Manischewitz. Son père le lui avait rappelé la semaine dernière lorsqu'elle croyait qu'il lui restait au moins le pensionnat comme objectif à la rentrée, mais voilà qu'à présent elle n'en était plus si sûre.

« Un deux trois quatre, plus que quatre jours avant le bac ! » entendit-elle un groupe de terminales tout excitées hurler dans le couloir devant le labo de biologie. Puis la sonnerie retentit et les camarades de Jenny jetèrent leurs stylos en l'air, se mirent à s'étreindre et à signer les annuaires de l'école. Même Elise demanda à Kim de signer le sien, alors qu'elle la méprisait depuis qu'elle avait répandu l'ignoble rumeur selon laquelle Elise était née déformée et s'était fait ôter une bosse sur le dos lorsqu'elle avait deux ans.

« *Summertime* » se mit à chanter Roni Chang, avec sa voix de fausset de chorale. « *And the living is easy* ! »

Jenny aurait bien voulu partager leur enthousiasme. Après tout, il s'agissait de son dernier examen. C'était fini pour l'année ! Trois longs mois d'été l'attendaient en Europe, et des possibilités infinies. Mais quelque part, elle n'avait pas envie de hurler ni de signer aucun annuaire, bien que sa calligraphie fût beaucoup plus belle que celle des autres.

Voilà qu'elle comprenait ce qu'avaient dû ressentir les terminales tout l'hiver en attendant les réponses des universités. Elle avait fait tout ce qu'elle avait pu. Son destin se trouvait entre d'autres mains.

tricher comme au bon vieux temps

Olivia et Serena, assises côte à côte à la longue table noire du labo de chimie, terminaient leur tout dernier examen. Les élèves du cours avancé de chimie étaient installées avec les terminales dont la chimie faisait partie du cursus normal : ce n'était donc pas censé être grave si les filles étaient pratiquement au coude à coude. Constance Billard aimait croire que ses filles ne se rabaissaient pas à tricher, mais en vérité, elles pompaient tout le temps. Olivia et Serena ne constituaient aucune exception.

Molarité si 5,827 g de NaCl est dilué à un volume de 100 ml?

Serena écrivit à l'intérieur de son avant-bras avec son crayon à papier. Elle bâilla, s'étira puis laissa retomber son bras sur le bord du cahier d'examen d'Olivia.

N = 5,827 g / 58,4425
N = 0,0970 mol de NaCl
M = 0,9970 mol / 0,100 L
M = 0.9970 molaire.

Olivia griffonna la réponse dans la couverture intérieure de son cahier. *Que vas-tu mettre lundi?* écrivit-elle à côté.

Comment ça, lundi ? inscrivit Serena avant de recopier la réponse que lui avait donnée son amie. Était-il possible qu'elle sût déjà qu'on l'avait convoquée pour une deuxième audition ?

Remise des diplômes – euh ?? écrivit Olivia à la hâte.

Serena fixa les mots de sa copine. C'était tellement typique de sa part de ne pas avoir compris sa méprise. La deuxième audition aurait lieu lundi – et la remise des diplômes aussi. Ses parents y assisteraient. Erik, son frère, avait décalé ses projets de ski d'été en Nouvelle-Zélande avec Liesl, sa fabuleuse-nana-de-la-semaine – pour être présent. Et Olivia ferait un discours.

Oups.

Tu n'es pas obligée de me le dire si tu ne le veux pas, répondit Olivia avant de passer aux deux pages suivantes de son examen.

Serena l'observa, admirative. Olivia méritait à fond son admission à Yale. C'était une superchampionne, côté exams. Le soleil entra à flots dans le labo de chimie et un oiseau pépia gaiement. Dans un soupir, Serena inscrivit son nom dans le coin de la page trois de son examen de neuf pages.

Serena van der Woodsen. Diamants sous canopée, *avec Serena van der Woodsen.*

En temps normal, elle ne rêvassait pas à ce genre de choses, mais c'était sa toute première chance de jouer dans un vrai film. Difficile de ne pas en avoir un tout petit peu envie.

Olivia plia la dernière page de son examen, écrivit rapidement les réponses, puis revérifia son travail. Une fois certaine que tout était correct, elle leva les yeux sur Mme Crandall, leur surveillante. La professeur en surpoids et au visage rouge était occupée à se limer les ongles, vernis d'un atroce beige foncé, de sorte que ses doigts ressemblaient aux pieds de cochon dans du formaldéhyle qu'elles avaient dû disséquer en cours de bio, en troisième. Olivia poussa sa copie et attrapa celle de Serena.

— Hé ! commença à objecter cette dernière.

— *Chut*, murmura Olivia en répondant aux questions sans réponse.

Serena dessina un smiley sur la page sur laquelle bossait son amie. C'était exactement comme au bon vieux temps. Sauf qu'elle sortait avec Nate, et Olivia avec son nouveau Britannique canon. Elle fronça les sourcils. *Et* qu'elle allait manquer la remise des diplômes, ce qui ferait qu'Olivia la détesterait de nouveau.

Ouais.

trop de garçons, trop de choix, trop peu de temps

Vanessa gardait la robe blanche Morgane Le Fay qu'Olivia lui avait achetée pour la remise des diplômes bien planquée dans son placard jusqu'à dimanche soir, la veille du grand jour. Elle se trouvait toute seule dans l'appartement, lumières éteintes. Elle ôta son Jockeys à rayures blanches et noires et enfila la robe par sa tête piquante, avant de se diriger à pas feutrés vers le miroir en pied derrière la porte de sa chambre pour jeter un coup d'œil à son reflet.

La robe était plus belle que tout ce qu'elle avait jamais possédé, arborant un V plongeant sur le corsage en satin, un bas asymétrique et une espèce de décolleté style années 20 : elle n'aurait jamais imaginé qu'une tenue pût la mettre autant en valeur. Elle retourna chercher les chaussures dans le placard. Olivia et elle faisaient la même pointure, et son amie lui avait laissé des sandales Michael Kors blanches à semelles compensées pour aller avec la robe. Elle lui avait même déniché une paire de gants blancs cool en résille dans un dépôt-vente de l'Upper East Side, car la tradition de Constance Billard exigeait que les filles portent des gants blancs pour la cérémonie.

Le problème, c'était que Vanessa n'y assisterait pas. Aaron passerait la prendre à dix heures le lendemain matin, sa Saab 900 S rouge d'époque remplie de cigarettes aux plantes, de chips au soja, d'edamame séché et de thé glacé Snapple à la pêche pour leur sexcapade à travers le pays. Ses parents se trouvaient à Sante Fe, Nouveau-Mexique, où ils participaient à une espèce de manifestation artistique hippie, et sa grande sœur, Ruby, toujours en Finlande, ou en Pologne ou en Laponie, mettait en place une espèce de fan-club étranger délirant pour son groupe, SugarDaddy. En gros, tout le monde dans sa famille se foutait bien qu'elle loupe la cérémonie. Elle recevrait son diplôme dans sa boîte à lettres et Olivia pourrait rapporter la robe. Pas de quoi en faire un plat.

Bien sûr, on te croit.

Entendant un grattement à la porte d'entrée, elle sortit de sa chambre et alluma la lumière du séjour alors que quelqu'un glissait un morceau de papier sous la porte. Elle reconnut le gribouillis de gamin de Dan avant même de s'agenouiller pour le ramasser.

Peux pas tenir jusqu'à la cérémonie des diplômes demain sans te revoir. Je suis en haut.

— D

Pas encore !

Vanessa ôta la robe et monta sur le toit avec ses compensées Michael Kors. C'était une douce soirée de juin, neuf heures approchaient, mais il ne faisait pas totalement noir. Le trafic allait et venait en serpentant sur le Willamsburg Bridge, et un concert d'alarmes d'incendie retentissait sur Broadway. Une lampe-tempête pendillait au cadre de fer qui soutenait le château d'eau.

En dessous, Dan était assis en position du lotus, nu, un gros livre de poche ouvert sur les genoux.

— Que fais-tu ? lui demanda Vanessa.

Il leva les yeux, son visage transi d'amour illuminé par la lampe. Tout cela le rendait chatoyant – la lampe et son adoration totale pour Vanessa.

— Waouh, murmura-t-il d'un ton doux. Tu es si belle. Tu es presque comme…

Il s'arrêta, un sourire gêné aux lèvres.

— Quoi ? le pressa-t-elle, les bras croisés sur la poitrine.

S'ils n'avaient pas été les meilleurs amis au monde depuis si longtemps, son aspect de harceleur nu zarbi l'aurait sûrement beaucoup plus contrariée. Mais Dan était Dan – et elle ne ressentit qu'une légère irritation.

— Tu es telle que je t'imagine à notre mariage, lâcha-t-il en hésitant.

Waouh.

Vanessa décida que la seule réponse appropriée était d'ignorer royalement ce qu'il venait de dire.

— Cela a-t-il quelque chose à voir avec ton discours de demain ? demanda-t-elle en désignant le livre.

— Quoi ? fit-il en baissant les yeux, comme s'il avait oublié son bouquin. Hum, en quelque sorte. Enfin non, pas vraiment. (Il ferma le livre et le releva, révélant toutes ses parties viriles nues.) Il s'appelle *L'Art de l'extase sexuelle*. Je l'ai trouvé à la librairie.

Vanessa hocha la tête, à peine intéressée, comme s'il venait de lui annoncer qu'il risquerait de pleuvoir un peu plus tard.

— Il y a un passage consacré au fait de méditer ensemble jusqu'à ce que l'on se retrouve au même endroit, tous les deux. Il explique comment Sting peut, genre, le faire non-stop alors qu'il est vraiment vieux. Eh bien, voilà comment il fait.

Comme si nous avions envie de le savoir.

Vanessa le regarda fixement. Dan était adorable dans son genre à lui bizarre et maigrichon, mais en vérité, elle avait espéré ne pas le revoir avant de partir le lendemain, parce qu'elle ne voulait lui donner aucune explication – qu'elle l'aimait mais qu'elle avait promis à Aaron. Que cela avait été superexcitant et drôle de fréquenter deux mecs en même temps, mais que cela devait bien s'arrêter un jour. À vrai dire, elle ne savait même pas ce qu'elle ressentait au juste, parce qu'elle essayait de ne pas y penser.

Dan poussa le livre de côté et tendit la main.

— Ou nous pourrions juste nous embrasser, suggéra-t-il avec une espèce de tendresse polie qui fit qu'elle était bien contente qu'il soit déjà nu.

Elle s'approcha et s'agenouilla devant lui, veillant à bien relever sa robe pour qu'elle ne traîne pas par terre.

— Fais attention à la robe, l'avertit-elle.

C'était peut-être sa seule occasion de la porter. Mais elle ne risquait pas de le lui dire.

gossipgirl.net

thèmes	◀précédent	suivant▶	envoyer une question	répondre

Avertissement : tous les noms de lieux, personnes et événements ont été modifiés ou abrégés afin de protéger les innocents. En l'occurrence, moi.

Salut à tous !

VOYEZ COMME C'ÉTAIT FACILE ?

Nous l'avons fait ! Maintenant, il nous reste à choisir l'une des sept robes que nous avons achetées pour la remise des diplômes chez Bergdorf's, Barneys, *et* Bendels parce que : a) après avoir avalé du Vivarin[1] et nous être goinfrées de pizzas en fin de soirée, nous ne savions pas si nous avions perdu ou pris du poids durant la semaine d'examens ; b) nous *détestons* prendre des décisions, et c) le blanc est le nouveau rose de cet été. Du moins, y a intérêt.

UN PLEIN BATEAU DE VOITURES IMPORTÉES D'EUROPE DÉCHARGE AUX DOCKS DE NY HIER SOIR

Vous ne trouvez pas que je commence à prendre le pli du *Wall Street Journal*, quelque chose comme ça ? Enfin bref, si vous êtes sorties hier soir et vous êtes baladées aux abords de Park Avenue, comme moi, vous avez sûrement dû remarquer le parc de voitures noires aux lignes épurées livrées à un certain garage de l'Upper East Side. On dirait que certains vont obtenir ce qu'ils avaient réclamé, sauf que… papa, j'avais demandé du rose !

1. Stimulant à base de caféine. *(N.d.T.)*

ILS SAVENT QUE TU AS TRICHÉ

Pour celle qui a triché aux derniers exams, nous savons qui tu es, tes professeurs aussi. Nous avons vu que tu as terminé en avance et passé le reste du temps à écrire des petits mots et à t'entraîner à peaufiner des mimiques d'actrices – **S** ! S'ils oublient, c'est uniquement parce qu'ils veulent se débarrasser de toi. Pourquoi se prendre la tête à faire passer des examens de dernière année aux terminales, ça me dépasse !

UN REMÈDE CONTRE LE TRAC PRÉ-REMISE DES DIPLÔMES

Bien sûr, il n'y a aucune raison d'être stressées. Tout ce que nous avons à faire, c'est être sublimes et recevoir nos diplômes. Mais nous sommes néanmoins nerveuses. Peut-être parce que nous devrons vivre cela sous l'œil de nos parents. Peut-être parce que nous ignorons complètement ce qui nous attend ensuite. Vous savez, quand l'infirmière de l'école vous prescrit toujours la même chose, quel que soit votre problème ? Mâchez un PeptoBismol[1], gargarisez-vous avec de l'eau salée. Eh bien, pour moi c'est pareil : du champagne et un garçon. Prenez une dose et reprenez-la tous les quarts d'heure tant que les symptômes persistent.

Joyeuse remise des diplômes ! On se voit à la soirée après !

Vous m'adorez, ne dites pas le contraire,

gossip girl

1. Médicament contre les brûlures d'estomac, diahrrées, nausées, indigestions, grippes intestinales… *(N.d.T.)*

grand apparat

Devant Brick Church, sur Park Avenue et la 92e Rue, une foule de limousines noires déposait des femmes en haute couture Chanel et des hommes et des garçons en Purple Label de Ralph Lauren qui entraient dans l'église pour voir leurs filles et leurs sœurs recevoir leurs diplômes de Constance Billard au cours de la cérémonie du même nom. C'était une matinée de juin embaumée, et une agréable brise faisait bruire les pommiers sauvages qui bordaient le trottoir, jonchant l'avenue de pétales et de jolies feuilles vertes. L'adorable église en briques rouges, avec ses colonnes blanches solides et son lierre vert rampant et bien entretenu, semblait tout droit sortie d'un livre d'images. En fait, aujourd'hui, tout l'Upper East Side paraissait pittoresque et baignait dans le soleil et le parfum des fleurs de pommier, car c'était le jour de la cérémonie de remise des diplômes.

Hourra !

Titi Coates, la mère d'Isabel, tendit son cou chirurgicalement allongé pour passer en revue le public bien habillé, manquant de faire sauter les boutons de sa robe-manteau Versace rose vif et or à manches froncées.

— Il paraît que Harold Waldorf est venu de Paris en

avion avec son satané petit ami français pour voir Olivia recevoir son diplôme aujourd'hui, chuchota-t-elle à Lillian van der Woodsen, assise à côté d'elle sur le banc d'église en acajou foncé. Il a même fait envoyer une Peugeot décapotable rouge en pièces détachées, avec un mécanicien français qui l'assemblera pour sa fille.

Mme van der Woodsen secoua la tête. Elle aimait les potins, mais seulement les inoffensifs – sur les chiens ou sur les parties de golf de ses pairs.

Des potins *inoffensifs* ? Quel intérêt ?

— Harold Waldorf se trouve à Bordeaux, à une vente aux enchères de vin, corrigea sa voisine vulgairement vêtue dans un murmure poli. (Elle défroissa la jupe en soie lilas de son tailleur Yves Saint Laurent lui arrivant à la cheville, simple mais ravissant.) Je le sais de source sûre : une de mes meilleures amies enchérit pour nous quelques bouteilles de bourgogne là-bas. En revanche, je ne suis pas au courant pour la voiture.

Au coin, dans l'une des pièces extérieures de l'église, les terminales, alignées par ordre de taille, attendaient, grisées, les tout premiers accords de *Pomp and Circumstance*[1]. Kati Farkas et Isabel Coates étaient les plus petites, en ballerines blanches Ferragamo et en robes mexicaines Carolina Herrera assorties style demoiselles d'honneur, des nœuds en dentelle dans le dos et de petits pompons blancs pendillant de manches trois-quarts. Désireuses de se trouver côte à côte dans la file d'attente, elles avaient sondé toutes les filles de leur classe pour savoir quel genre de talons elles porteraient. Même Vanessa Abrams-l'adepte-des-Doc-Martens leur

1. Série de cinq marches pour orchestre composée par Edward Elgar, dont la marche numéro un est devenue indissociable des cérémonies de remise des diplômes aux États-Unis. *(N.d.T.)*

avait confié qu'elle mettrait des compensées ; les ballerines demeuraient donc leur meilleur choix. Comme c'était cool, non seulement de faire la queue ensemble, de porter des tenues assorties, mais en plus d'être les *premières* !

Youpi !

Dans ses Manolo de danse en peau de chevreau blanche aux talons de six centimètres, Olivia se trouvait quelque part au milieu. Son tailleur Oscar de la Renta en satin blanc avait été impeccablement confectionné sur mesure, la veste moulait sa taille de guêpe et mettait en valeur ses sublimes épaules. Aucune fille n'avait été suffisamment inventive ou précurseur de la mode pour songer à porter un tailleur, sans parler du rouge à lèvres Chanel rose corail brillant acheté spécialement pour l'occasion, ou des perles simples qu'elle avait choisies pour ses oreilles. Elle avait appris son discours par cœur et ne cessait de le répéter dans sa tête, exécutant de petits bonds sur la plante des pieds pour faire circuler le sang et ne pas faire redescendre l'adrénaline.

Merci d'être venus, mesdames et messieurs. Et merci à la classe de terminales de m'avoir élue oratrice. Vous savez, pour certaines, nous nous connaissons depuis le jardin d'enfants. Nous avons appris à lire ensemble, nous avons perdu nos dents de lait ensemble, nous avons appris à avoir le maximum d'Oreos à la récré ensemble. Et à mesure que les années sont passées, nous avons appris à ne pas craquer sous la pression ensemble. Maintenant nous voilà, prêtes à entrer à la fac, et nous sommes toujours amies. Mais comment le contraire aurait-il pu être possible ?

Il y a autre chose que j'ai appris à Constance et que j'aimerais partager avec vous aujourd'hui : comment obtenir ce que vous voulez…

leva d'un bond et lui envoya un baiser, la photographiant avec son téléphone-appareil photo Nokia rose clair, tandis que des larmes dégoulinaient sur ses joues trop fardées.

— Nous sommes si fiers de toi, en rajouta-t-elle, d'une voix assurément plus forte qu'un murmure.

Plus bas dans l'allée, Mme van der Woodsen croisa le regard de l'adolescente et lui adressa un grand sourire rayonnant et fier, comme si elle était sa propre fille. Olivia haussa les épaules comme pour s'excuser, bien qu'elle fût quasi sûre que la maman de Serena ne s'était pas vraiment rendu compte de l'absence de sa fille. Pauvres M. et Mme van der Woodsen ! Même Erik, le frère canon de Serena, en troisième année à Brown, avec qui Olivia avait failli perdre sa virginité pendant les vacances de printemps, avait fait le déplacement.

Olivia n'avait jamais rencontré les parents de Vanessa, mais celle-ci les lui avait très bien décrits, et elle ne voyait aucun hippie aux cheveux gris et pas habillé pour l'occasion dans le public. Elle décida de garder les yeux rivés sur la queue-de-cheval châtain de la fille devant elle dans la file, en l'occurrence Rain Hoffstetter, qu'en l'occurrence elle détestait. Tout ce qu'elle avait à faire, c'était déclamer son discours, qu'elle avait si consciencieusement appris par cœur qu'elle pourrait le réciter dans son sommeil, puis récupérer son diplôme. Ensuite elle participerait à la fête de remise des diplômes la plus géniale à laquelle personne n'était jamais allé, coucherait avec Marcus, ferait un tour en voiture de maître dans Central Park puis il lui demanderait de l'épouser… Ses yeux s'embuèrent, rêveurs, et elle marcha sur la robe blanche bouffante de Rain, manquant tout juste de la faire tomber.

Concentre-toi, concentre-toi !

Une à une, les filles entrèrent à la queue leu leu et s'installèrent sur les trois premières rangées de bancs. Trente-quatre terminales en tout, sans compter les deux absentes. Mme Mc Lean, debout à la chaire, souhaitait s'adresser à sa classe sortante et à leurs familles. Olivia ferait son discours juste après, puis « Tata Lynn », l'oratrice invitée – une vieille dame qui avait en gros pratiquement fondé les Girl Scouts, ou un truc du genre – était censée prendre la parole. Tata Lynn, déjà appuyée sur son déambulateur en métal au premier rang, portait un pantalon de jogging marron caca et des appareils acoustiques dans les deux oreilles, l'air endormie et de s'ennuyer ferme. Quand elle aura eu parlé – ou aura tourné de l'œil et trépassé, selon ce qui se passe en premier – Mme McLean remettrait les diplômes.

Mme Weeds massacra les derniers accords de *Pomp and Circumstance.*

— Prions, ordonna Mme McLean d'un ton sombre en inclinant la tête.

La directrice était devenue profondément religieuse après que Randall, son mari, mourut dans un accident de pêche hauturière dans les Florida Keys. En tout cas, c'était l'histoire que racontaient les filles, avec celle sur Vonda, sa petite amie, qui vivait dans la maison de campagne de Mme McLean à Woodstock, New York, et conduisait un tracteur. La directrice avait fait tatouer la phrase : « *Chevauche-moi, Vonda* » à l'intérieur de sa cuisse. Il courait même la rumeur que jadis Vonda *était* Randall, mais aucune des filles n'en était sûre à cent pour cent.

— Il paraît que Serena et Nate se sont enfuis ensemble à Moustique, voilà pourquoi elle n'est pas là, murmura Rain à Laura. Elle porte sa robe de remise de diplômes en guise de robe de mariée. Tu te souviens quand nous l'avons vue essayer ce voile chez Vera Wang ? ajouta-t-elle d'un ton entendu.

— Et il paraît que Vanessa est enceinte, répondit Laura. Elle est dans le Vermont avec ses parents, à dealer. J'imagine qu'elle aura quand même son diplôme, de toute façon.

Olivia essaya d'entendre, sans succès, mais naturellement elle brûlait d'envie de savoir ce que fichaient Serena et Vanessa. Vanessa était-elle partie quelque part avec Aaron ? Ou Dan ? Serena et Nate s'étaient-ils *réellement* enfuis tous les deux ? C'était une journée tellement folle et un moment tellement fou dans leur vie qu'elle ne savait que croire.

— Et maintenant, j'ai le plaisir de vous présenter Olivia Waldorf, notre oratrice des terminales, annonça Mme McLean.

Avec un mouvement de sa tête auburn à la Raggedy Ann, elle descendit du podium pour laisser la place à Olivia. Celle-ci se leva, lissa sa jupe chic plissée Oscar de la Renta en satin blanc et piétina gracieusement les pieds de ses camarades en chaussures blanches pointues, de plus en plus furieuse à mesure qu'elle surprenait des bribes de leurs murmures et grommellements.

— Serena n'entrera pas à Yale l'an prochain, c'est trop clair.

— Vanessa est à L.A., tu n'es pas au courant ? Elle tourne un film avec Brad Pitt.

Olivia gravit les marches jusqu'au podium – la perfection incarnée dans son tailleur Oscar sur mesure, ses cheveux bruns lisses et brillants coupés au carré, ses yeux bleu vif aux longs cils, sa bouche corail brillante et ses exquises chaussures blanches. Elle s'éclaircit la gorge, tentant de détourner l'attention générale des deux filles absentes.

— Merci, commença-t-elle. D'abord j'aimerais féliciter ma classe. Nous avons réussi ! s'écria-t-elle avec une joie exagérée.

Mais aucune de ses putains de camarades de classe ne la regardait.

Qu'est-ce que ça peut faire ? Qu'est-ce que ça peut faire ? Qu'est-ce que ça peut faire ? Elle était diplômée aujourd'hui, elle avait un nouveau petit copain fabuleux qui, en l'occurrence, était un lord anglais, et à l'automne, elle entrerait à Yale. Voilà ce qui importait, se dit-elle en continuant son discours. Ça, plus le fait qu'elle était sérieusement canon dans son tailleur classe Oscar de la Renta, tandis que toutes les autres avaient l'air de Little Bo Beep dans leurs robes blanches à fanfreluches.

— Et maintenant nous voilà à deux doigts d'entreprendre des études universitaires, et nous sommes toujours amies, déclara Olivia, déterminée.

Bien sûr.

oh, les facs où tu entreras – pas !

Daah, dii-dii-dii, daaah, daaah…

St Jude's ne se donnait pas le mal de louer une église ou de demander à ses garçons de s'aligner par ordre de taille. L'établissement organisait simplement une petite cérémonie solennelle dans le gymnase sur le toit, souhaitait bonne chance aux garçons et les congédiait. Le gymnase qui avait habituellement l'air immense paraissait plus petit, bondé qu'il était de chaises pliantes, de mères en vestes et jupes en lin Chanel juste au-dessus du genou et de pères en costumes d'été Brooks Brothers en flanelle grise.

Nate attendait cette journée depuis toujours, et pour marquer l'occasion, ses potes et lui s'étaient fait un supertrip juste avant chez Charlie. Puis ils avaient revêtu leurs cravates d'école bordeaux et leurs vestes d'abruti en laine bleu marine aux boutons en cuivre, qu'ils ne devraient plus jamais porter, et ils étaient partis.

Il jeta un coup d'œil à ses parents par-dessus son épaule, assis bien raides de l'autre côté de l'allée, six rangées plus loin. Le capitaine Archibald croisa son regard et agita, furieux, le programme de la cérémonie devant lui, frappa de l'index la liste des diplômés, ses sourcils gris-blond froncés d'indignation.

Nate ramassa le programme tombé entre ses chaussures Church Of London lacées en daim brun clair et l'examina, afin de comprendre le problème de son père. Quarante-trois noms de garçons étaient inscrits en majuscules bleu marine, en deux colonnes concises. Le tout premier nom sur la liste était suivi d'un minuscule astérisque, et tout en bas du programme, l'astérisque en question renvoyait à la note *En attente de diplôme.* Nate plissa les yeux en se demandant si son cerveau complètement déchiré lui jouait des tours, mais non, là revoilà l'astérisque, juste à côté de son nom – *Nathaniel Fitzwilliam Archibald* En attente de diplôme.*

Bordel de merde !

Le père Mark, l'ancien pasteur et le principal de St Jude's depuis au moins 1947, se pencha sur le podium installé devant le gymnase, les mains tremblant lorsqu'il se mit à lire les noms des garçons à voix haute. Naturellement, Nate était le premier. « Nathaniel Fitzwilliam Archibald ! »

Le jeune homme se leva et se dirigea au-devant du gymnase, les yeux rivés sur les lignes adhésives bleues et noires au sol, destinées au hockey de gymnase et à délimiter les paniers. « Bravo, man ! » murmura un groupe de mecs, sarcastique. Le cou de Nate brûla de honte. Il y avait un astérisque à côté de son nom.

Le père Mark lui tendit un dossier carré en faux cuir bleu marine et lui serra la main comme il était censé le faire, sans se préoccuper de l'astérisque. En regagnant sa place, Nate faillit rentrer dans Michaels le coach, qui bloquait l'allée avec son foutu coupe-vent Lands'End rouge. Il l'attrapa par la manche de sa chemise et fit un brusque mouvement en avant pour lui murmurer à l'oreille. « Je te tiens à l'œil, mon grand ! » dit-il d'une voix rauque avant de lui assener une grande tape sur l'épaule et de le laisser partir.

— Waouh, comme c'est mignon ! roucoula une mère, prenant la menace de l'entraîneur pour une étreinte de félicitations.

Nate, à bout de souffle et en sueur, retourna à sa place.

— Anthony Arthur Avuldsen ! croassa le vieux principal, agitant avec impatience le dossier contenant le diplôme du garçon au-dessus de sa tête recouverte d'un duvet blanc pêche.

Anthony passa pesamment devant les genoux de Nate en treillis avec une concentration de défoncé. Nate tapa le dos musclé de son ami.

— Tu as réussi, murmura-t-il d'un ton faible alors que la-sensation-d'étranglement-je-vais-me-mettre-à-pleurer-désormais-familière enflait dans sa gorge.

— Charles Cameron Dern ! croassa le père Mark d'une voix rauque.

— Mec, murmura Charlie à Nate en trébuchant en passant devant lui, c'est quoi, la petite étoile ?

Nate était trop perplexe pour pleurer. Il resta assis dans un engourdissement de raide déf, le regard furieux de son père brûlant des trous dans son dos alors que ses camarades de classe récupéraient leurs diplômes. Le dossier en cuir bleu était fermé sur son genou. Il l'entrouvrit légèrement avec le pouce. Exactement comme il le craignait, il était vide.

Bigre alors !

Juste derrière le vieux père Mark se trouvait la porte en métal noir agrémentée des mots « Département d'Éducation Physique » au pochoir blanc. Nate la fixa, ses yeux verts brillants cillant de consternation. L'astérisque avait-il quelque chose à voir avec le Viagra de l'entraîneur ?

Ça y est, il pige !

d ne serait pas contre un peu plus d'amour

— Donc, en conclusion, qui a besoin de l'université – du moins, en ce moment ? J'ai toute la vie pour me cultiver. Comme John Lennon des Beatles l'a écrit : « *Love is all you need. Love is all you need. Love is all you need.* »

Debout derrière le podium en bois, au-devant de la scène, Dan scruta le public lorsqu'il termina son discours. La cérémonie informelle de remise des diplômes de Riverside Prep se tenait dans l'auditorium de l'école et ressemblait beaucoup à l'une des pièces déjantées qu'organisait le département de théâtre deux fois par an. Derrière lui, ses quarante et un camarades de classe étaient assis sur des chaises pliantes, bouchée bée de choc et de surprise. Même Larry, leur professeur titulaire qui mourait-d'envie-d'être-en-bas-avec-les-garçons ne cessait de pouffer nerveusement et de regarder furtivement les trente rangées de membres du corps enseignant, de parents et de proches assis sur leurs sièges de cinéma en velours gris. Comme s'il se demandait s'il devrait leur expliquer que le discours de Dan n'était qu'une autre de ces blagues idiotes de terminales que ses garçons et lui affectionnaient tant.

Au dernier rang, Rufus gardait la tête baissée, ses cheveux poivre et sel crépus attachés avec le ruban orange festif provenant du goulot de la bouteille de Veuve Cliquot qu'il avait achetée pour qu'ils la boivent plus tard. Jenny lui tenait la main. Elle leva ses yeux marron craquants, croisa le regard de son frère, de l'autre côté des rangées de tête. *Espèce de connard, comment as-tu pu faire ça à notre gentil papa bien intentionné?* semblait-elle dire. *Au cas où tu ne t'en souviendrais pas, l'éducation c'est tout pour lui.*

Dan resta sur scène pour recevoir le E.B. White Writing Award, qui récompensait les élèves de Riverside Prep pour leurs résultats exceptionnels en écriture créative. « Félicitations, fiston ! » lança Dr Nesbitt, leur proviseur zézayant, grand, jeune et beau comme un patineur artistique russe, en lui tendant un morceau de papier-parchemin roulé et en lui serrant la main tandis qu'un photographe immortalisait la scène. Papa d'enfants en secondaire, Dr Nesbitt était proviseur depuis un an et demi – depuis que M. Coobie, l'ancien directeur, s'était fait virer après avoir essayé d'enseigner le développement humain aux cinquièmes au lieu d'embaucher un professionnel.

Les applaudissements furent mesurés et sporadiques lorsque Dan reçut la récompense et retourna à sa place. Obligé, après un discours comme celui-ci. *N'écoutez pas vos professeurs? Que l'amour soit votre professeur, suivez votre cœur! Love is all you need, love is all you need, love is all you need?*

Ouh ouh?

— Et maintenant, place aux diplômes! annonça Dr Nesbitt, et le public, impatient, s'agita dans son siège.

Aucun nom de famille ne commençant par *A*, Chuck Bass était le premier. Pour l'occasion, il s'était habillé en lin crème de la tête aux pieds, chaussures comprises, confectionnées par Hogan et qui arboraient même des semelles en crêpe crème. Avec ses cheveux foncés lisses et brillants, et son beau visage bronzé, il faisait très classe, comme une star hollywoodienne des années 40. Chuck fourra le porte-diplôme relié de cuir marron sous son bras, sortit un cigare cubain de la poche de sa veste et le coinça entre ses lèvres.

Il allait tourner les talons et s'éloigner de la scène lorsque Dr Nesbitt arracha le cigare de sa bouche, l'essuya sur son pantalon et le fourra dans la sienne.

— J'aurais besoin de quelque chose à mâchouiller le temps de dire tous ces noms, railla-t-il dans le micro.

Les parents partirent d'un grand éclat de rire.

Dr Nesbitt était tellement populaire depuis qu'il était proviseur qu'il avait dû fermer temporairement son cabinet de psychiatre le temps que l'école trouve un nouveau directeur tout aussi apprécié.

— Joli discours, tête de nœud ! siffla Chuck en marchant pesamment sur les pieds de Dan pour regagner sa place. « Suivez votre cœur ? » Est-ce que cela veut dire que l'on s'enfuit à Vegas ensemble après la cérémonie ?

Dan résista au besoin urgent d'écraser ses Clarks Wallabees dans les couilles de Chuck. Il n'avait pas réfléchi à la façon dont les autres percevraient son discours. Tout ce qu'il savait, c'était qu'il l'avait écrit du fond du cœur, avec une seule personne en tête : Vanessa.

— Bon boulot, railla Zeke Freedman en passant devant lui avant de grimper sur scène.

Zeke et Dan avaient été les meilleurs potes avant que Vanessa ne devienne la petite amie de Dan et que ce dernier oublie alors presque tout le reste et tout le monde. Zeke, dingue d'informatique, était extrêmement fier d'entrer au MIT, le Massachussets Institute of Technology, à l'automne. De fait, il ne fallait pas faire un gros effort d'imagination pour deviner que le discours de Dan l'avait pris à rebrousse-poil.

Dan jeta de nouveau un coup d'œil à sa famille. Jenny avait passé son bras autour de son père, dont les épaules tremblaient de chagrin. Les autres parents songeaient probablement que Rufus pleurait de fierté, mais Dan n'était pas dupe. Peut-être aurait-il dû l'avertir qu'il n'avait plus l'intention d'entrer à Evergreen l'an prochain.

Ouais, peut-être.

— Daniel Jonah Humphrey, cria Dr Nesbitt.

Dan gigota sur son siège. N'avait-il pas déjà entièrement consommé son temps sous les projecteurs? Il sortit en vitesse de son siège au troisième rang, attrapa le dossier en cuir marron dans la main du Dr Nesbitt, et fila se rasseoir à toute allure, comme s'il craignait que ses camarades ne le bombardent de tomates crues, genre.

Jenny avait imaginé que la cérémonie de remise des diplômes de son frangin serait relativement gonflante et indolore. Elle n'avait même pas tiqué lorsque son père avait changé son billet pour Prague afin qu'elle parte le lendemain matin et non la veille. Il aurait reçu son diplôme, pendant que Rufus et elle auraient charrié à voix basse ses camarades de classe ringards. Puis ils seraient allés manger chinois au restaurant préféré de Dan sur Broadway, et plus tard, elle aurait entraîné son frère de force à la soirée que, d'après la rumeur, Olivia Waldorf organisait au Yale Club, soirée qu'elle était totalement déterminée à ne pas louper.

Mais là, voilà que toute sa famille était en train de se désintégrer, et elle, de flipper comme une folle.

Dan et elle avaient en gros cessé d'être gentils l'un envers l'autre lorsque Jenny avait passé la nuit dans une chambre du Plaza avec les membres des Raves, puis entrepris d'enregistrer une chanson avec eux le jour même où ils avaient viré son frère. En façade, on aurait dit que Dan avait tout juste : il était un auteur publié et un élève brillant, il avait l'embarras du choix côté universités, dont Brown, Colby, NYU et Evergreen. Leur père se vantait tout le temps de ses exploits. Jenny était une élève encore meilleure, mais depuis que Mme McLean avait exigé qu'elle ne retourne pas à Constance Billard l'an prochain, elle avait l'impression d'être la vilaine petite sœur de Dan. Le fait que Rufus le surprotecteur ait bel et bien accepté de la laisser entrer au pensionnat clarifiait encore plus les choses : Dan était le gentil ; elle, la méchante.

Mais voilà qu'elle tenait la main de son père et feignait d'être entièrement calme et mentalement stable, tout en se demandant ce *qu'elle* allait devenir l'an prochain. Si seulement elle pouvait prendre la place de son frère à Evergreen. C'était censé être un établissement qui se voulait artistique – elle s'en sortirait probablement bien.

Dommage qu'ils n'aient pas de classe de seconde.

a lit v comme un livre

Même si elle le trompait à tout-va et qu'une virée à travers champs n'était pas franchement l'idée qu'elle se faisait d'un bon moment, Vanessa était prête lorsque Aaron gara sa Saab rouge, pile à l'heure. Elle ne pouvait pas lui faire faux bond, parce que, dans ce cas, elle devrait lui expliquer son comportement outrageusement odieux envers lui, ce qu'elle n'était pas disposée à faire, parce que, en toute honnêteté, elle ignorait pourquoi elle s'était comportée aussi abominablement. Peut-être était-elle simplement…

Psychopathe ?

— Je descends dans une seconde ! cria-t-elle lorsqu'il l'appela de l'interphone en bas.

— Nan, ouvre. Je monte, répondit-il.

Vanessa aurait dû comprendre que quelque chose clochait lorsqu'il ne l'embrassa pas. En bas, Mookie, l'énorme boxer marron et blanc d'Aaron, aboyait avec impatience par le toit ouvert de la voiture.

Les cheveux marron rêches du jeune homme arboraient des perles vertes. D'un seul coup, Vanessa constata qu'il se les était laissé pousser en petites dreadlocks de deux centimètres sur toute la tête. Quand cela s'était-il passé ?

— Heureusement qu'Olivia reçoit son diplôme aujourd'hui, elle aussi, observa-t-il. Ça n'a posé aucun problème à mon père d'assister à son truc au lieu du mien. (Il tapota les poches de son short militaire vert.) Hum… commença-t-il, balayant nerveusement la pièce de ses yeux foncés. Hé, jolie robe !

La robe Morgane Le Fay pendillait toute seule dans l'armoire du séjour.

Vanessa haussa les épaules.

— Je vais la rapporter.

Aaron s'approcha de la robe, ôta le cintre du portant et le fit tournoyer pour apprécier le vêtement dans toute sa splendeur.

— Mets-la, suggéra-t-il en la lui tendant.

Elle secoua la tête en signe de dénégation.

— Je l'ai déjà essayée plusieurs fois. En dehors de la remise des diplômes, je ne vois pas trop où la porter.

— Écoute, commença-t-il. En gros, je ne trouve pas que ce soit une bonne idée que tu viennes avec moi. Premièrement, avec Mookie, je n'ai plus trop de place dans la voiture. Deuxièmement, ça fait un moment que je sais plus ou moins que tu baisouilles pas mal avec Dan.

Plus ou moins.

Vanessa croisa les bras sur sa poitrine, se sentant brusquement un peu trop grosse ou trop bête, ou trop autre chose qu'elle n'arrivait pas à définir. Il *savait* ? Mais Dan et elle avaient été hyperdiscrets, non ?

Baiser en plein jour sur un toit, tu appelles ça être discret ?!

— Je suis désolée, parvint-elle à marmonner.

Elle ne trouvait rien d'autre à dire.

— C'est bon. Mais tu aurais dû m'en parler quand j'ai essayé de te donner ça. (Il lui tendit la bague ringarde d'amour/amitié en argent représentant deux cœurs unis.) Je l'ai trouvée dans un tiroir avec les cuillères en argent.

Il n'avait même pas l'air énervé, ce qui fit que Vanessa se sentit encore plus mal. De toute évidence, elle lui avait porté si peu d'attention qu'il avait eu le temps de réfléchir et de s'en remettre. Mais en plus de se sentir très mal, elle était également extrêmement soulagée.

Aaron souleva de nouveau la robe et la fit tournoyer sur son cintre.

— Je me suis aussi dit que tu n'aimerais pas louper la cérémonie. Tu adores ces filles, ajouta-t-il doucement, l'air très légèrement gay.

— Ouais, exact, acquiesça-t-elle, sarcastique, mais une fois de plus soulagée.

Elle pourrait porter la robe, même si elle était supposée détester le blanc. Elle pourrait s'asseoir à côté d'Olivia, se moquer de Mme M et, enfin, être diplômée ; et toute la classe se bourrerait la gueule après, même si elles étaient toutes censées se détester.

OK, peut-être qu'elle aimait un tout petit peu ces filles.

Aaron agita la robe devant elle.

— Tu veux le faire, ne dis pas le contraire.

Vanessa s'étrangla de rire et la lui arracha des mains tout en l'étreignant.

— N'imagine pas que tu vas t'en tirer comme ça sans me faire un baiser d'au revoir. Je ne sais pas quand je te reverrai.

Elle l'embrassa rapidement sur les lèvres avant de coller son front sur son épaule chaude et familière, le corps semblable à un paquet de nerfs. Elle rompait avec son petit copain, elle allait être diplômée, une fête l'attendait, puis quatre années entières à NYU, sans ces putains d'uniformes débiles !

Youpi ! Mais n'oubliait-elle pas quelqu'un ?

Vanessa se changea devant Aaron, ayant presque l'impression d'être une sœur pour lui maintenant qu'ils avaient cassé. Elle l'aimait encore et l'aimerait probablement toujours. Mais ce qui était super dans l'amour, c'était qu'il *évoluait*.

Assurons-nous qu'elle s'en souvienne.

— Qu'en penses-tu ? s'enquit-elle en virevoltant façon Barbie dans les compensées blanches d'Olivia.

Aaron broncha, comme si la voir aussi incroyablement belle lui faisait mal. Il lui tendit la main.

— Viens. J'ai entendu à la radio que c'était le bordel dans le métro. Je te dépose là-bas.

Waouh. Pourquoi les garçons sont-ils bien plus mignons une fois que nous avons rompu avec eux ?

qui est cette fille ?

— Et voilà pourquoi je suis là aujourd'hui, en ballerines Manolo Blahnik édition limitée et en tailleur Oscar de la Renta confectionné sur mesure, spécialement pour moi, dit Olivia à son public avec un sourire indulgent en terminant son discours. Ne laissez personne vous dire de vous contenter de ce que vous avez. Il y a toujours plus, et il n'y a aucune raison que vous n'ayez pas plus.

Tout le monde dans l'église resta poliment silencieux, comme s'ils ne savaient pas si elle avait terminé son discours ou pas.

Comme si quelqu'un y prêtait réellement attention.

— Hé, est-ce qui je pense? chuchota Kati Farkas à Isabel Coates.

Les deux filles tendirent le cou pour voir au-dessus des têtes de leurs camarades de classe, alors que Vanessa surgit par l'une des entrées latérales de l'église. Son visage rayonnait d'un rose heureux et sa robe, d'un blanc éblouissant. Ses chaussures à semelles compensées étaient sublimes et ses petits gants blancs en résille, exceptionnels. Elle était tellement différente de son moi grincheux toujours en noir qu'on la reconnaissait à peine.

— Ouais, et en fait, elle est même… *bien*, remarqua Isabel à contrecœur. Évidemment, c'est Olivia qui lui a choisi sa robe. Sinon elle serait probablement venue enveloppée d'un drap blanc, genre.

En réalité, Vanessa *avait* flirté avec l'idée du drap, mais la robe Morgane Le Fay la mettait beaucoup plus en valeur.

— Hum, c'est tout, annonça Olivia depuis le podium.

Elle chercha Mme M du regard, et ce fut alors qu'elle remarqua Vanessa. Au début, elle plissa les yeux pour signifier que ça la gonflait grave qu'elle soit aussi en retard, puis elle leva le pouce en signe de victoire pour montrer à son amie et ancienne coloc qu'elle était totalement sublime. Le public l'applaudit faiblement lorsqu'elle regagna sa place.

— Merci Olivia, dit Mme M en la remplaçant sur le podium. Et maintenant, le moment que vous attendez tous. J'ai le grand plaisir de remettre les diplômes aux diplômées. Vanessa Marigold Abrams, ne prenez pas la peine de chercher une place. Vous êtes la première.

Elle gratifia sa terminale la plus alternative de l'un de ses rares et célèbres sourires chaleureux, la pardonnant d'avoir loupé la moitié de la cérémonie.

Marigold? Voilà ce que vous obtenez quand vous avez des parents artistes hippies.

Vanessa avança au-devant de la salle en frimant, dans ses fabuleuses chaussures, les oreilles brûlantes en entendant son deuxième prénom ridicule, et les yeux brillants de larmes, débordant d'amour pour tous les présents, y compris Mme M. Elle ne parvenait pas à croire qu'elle avait failli louper ça. Serrant le porte-diplôme relié de cuir bordeaux dans la main, ses grands yeux noisette étincelants de larmes de joie, elle étreignit la directrice comme s'il s'agissait de sa grand-mère qu'elle n'avait pas vue depuis une éternité.

— En outre, je suis extrêmement fière de vous remettre, Vanessa Marigold, le Georgia O'Keeffe Award pour excellence créative, annonça Mme M. (Elle passa un ruban de satin bleu clair autour du cou de la jeune fille, sur lequel pendillait une médaille en plaqué or estampée de l'un des coquelicots de Georgia O'Keeffe, semblable à un vagin.) Félicitations.

Vanessa descendit de la scène d'un bond et prit l'allée centrale de l'église jusqu'au banc d'Olivia, au troisième rang.

— Je peux m'asseoir ici ?

— Bouge-toi, ordonna Olivia à Rain.

Rain portait une robe de tulle blanche qui avait l'air d'un tutu trop grand du *Lac des Cygnes*.

— Ta robe n'a pas besoin *d'autant* de place.

— Isabel Siobhan Coates ! cria Mme M en brandissant le diplôme de la jeune fille.

Vanessa se glissa à côté d'Olivia et lui prit le programme de la remise des diplômes des mains.

— Merde. Désolée. J'ai loupé ton discours.

Non, pas désolée.

— C'est bon, fit son amie en tirant sur sa robe. Dis-moi que tu ne l'aimes pas et je te tue. Tu devrais porter du blanc, genre, tous les jours.

Vanessa sécha ses larmes avec ses pouces et ouvrit d'une pichenette le dossier en velours bordeaux où se trouvait son diplôme.

— Jetons-y un œil, souffla-t-elle.

Les deux filles examinèrent le papier-parchemin estampé d'or qui portait le nom de Vanessa, suivi de la date et du nom de l'école, puis d'une tripotée de trucs en latin. Il avait l'air à la fois parfaitement officiel et totalement inutile. Toutes ces années d'uniforme et tous ces devoirs pour *ça* ?

Vanessa referma le porte-diplôme d'un coup et le serra contre sa poitrine. Elle s'en fichait – elle avait réussi ! Et son avenir l'attendait. Après avoir suivi tous les cours de cinéma que prodiguait NYU, elle deviendrait une célèbre réalisatrice indé, sauf qu'elle s'en tiendrait à de vrais films indé – contrairement à Ken Mogul, son ancien mentor, qui reniait carrément ses principes avec ce film pour ados qu'il tournait chez Barneys. C'était une bonne chose qu'Aaron ait cassé avec elle aujourd'hui, parce que maintenant, elle était libre de rencontrer toutes sortes de gens intéressants, sur toute la surface du globe, et elle pourrait vivre différentes histoires. Après tout, l'université n'était-elle pas faite pour cela ?

Ouais, peut-être. Mais bon, une fois de plus, n'oublie-t-elle pas quelqu'un ?

certains diraient que son nom de famille commence par w

— Serena Caroline van der Woodsen ! cria Mme M.

— Merde, marmonna Olivia dans sa barbe.

Où était donc Serena, d'ailleurs, bordel ? Elle jeta un coup d'œil aux autres van der Woodsen derrière elle, tout guillerets et tout excités. Aussi incroyable que cela pût paraître, ils n'avaient toujours pas percuté que Serena n'était pas là.

— Serena ? Êtes-vous présente ? demanda la directrice, balayant l'église de ses yeux marron vitreux. Quelqu'un a-t-il vu Serena ?

La jolie blonde qui ne-réalisait-jamais-pleinement-son-potentiel se pointait systématiquement en retard aux réunions d'élèves le matin, mais elle aurait au moins pu faire l'effort d'arriver à l'heure pour cet événement particulier.

Les autres filles jacassèrent. Personne ne répondit à la directrice. Olivia regarda une fois de plus la famille de Serena. Cette fois, elle avait l'air confus, bien que les van der Woodsen ne perdaient jamais leur coolitude. Erik gratifia Olivia d'un signe du menton, suggérant silencieusement qu'elle aille chercher le diplôme à la place de sa sœur.

— Olivia Cornelia Waldorf, annonça Mme M d'un ton sévère.

Aucune fille de Constance n'avait jamais loupé la cérémonie de remise des diplômes et la directrice l'avait mauvaise, très très mauvaise. Elle avait accepté que Serena revienne à Constance Billard après s'être fait virer du pensionnat et voilà que celle-ci ne prenait même pas la peine d'assister à la remise des diplômes ?

Dieu merci, le *W* du nom de famille d'Olivia arrivait juste après le *V* de celui de Serena. En fait, certains prétendraient que le nom de famille de Serena commençait par *W* et succédait donc à celui d'Olivia. Mais bon, peu importait et tout le monde s'en fichait, vu la situation.

Olivia monta sur le podium pour recevoir son diplôme.

— Je vais prendre celui de Serena, murmura-t-elle, espérant que le micro ne ferait pas porter sa voix.

Mme M lui adressa un sourire laconique et lui serra la main.

— Ce ne sera pas nécessaire, répondit-elle en désignant d'un signe de tête quelque chose par-dessus l'épaule d'Olivia.

Celle-ci virevolta sur place et avisa Serena qui piquait un sprint dans l'allée, dans *son* tailleur – exactement le même que le sien, l'Oscar de la Renta en satin blanc, avec la jupe chic plissée au genou. Et comme Serena mesurait pratiquement trente centimètres de plus qu'elle, et qu'elles pesaient le même poids, la tenue était encore plus sublime sur Serena, en dépit du fait qu'elle était pieds nus, toute décoiffée et qu'elle avait oublié les gants.

— Désolée, Mme M ! haleta Serena, gratifiant la directrice de son sourire charmant bien connu qui avait conquis tout le monde, d'artistes avant-gardistes aux bureaux des admissions de Yale, Brown, Harvard, et partout où elle avait déposé sa candidature. Vous savez quoi, c'est la dernière fois où j'arrive en retard !

Olivia avait envie de la gifler pour être aussi charmante alors qu'elle aurait dû se trouver dans un sale pétrin. En fait, sans elle, Serena se serait très probablement plantée à son examen de chimie et n'aurait pas obtenu son diplôme. Elle ne supportait pas de penser à quoi elles avaient l'air toutes les deux côte à côte dans leurs tailleurs identiques. Les gens devaient sûrement croire qu'elles les avaient achetés ensemble, genre. Une chose était sûre : Olivia obligerait assurément Serena à se changer avant sa grosse fête au Yale Club ce soir. En aucune putain de sorte elle ne laisserait Marcus voir que Serena était dix fois plus belle dans ce tailleur à la con.

Mme M en avait marre. Plus qu'une demi-heure à serrer les mains des parents et à raconter quelques anecdotes minables sur leurs filles mignonnes et intelligentes et elle partirait, direction Woodstock pour l'été pour mater Vonda désherber leur collection de tomates de famille, uniquement vêtue de son dos-nu brodé de rouge que Mme M lui avait acheté à une exposition-vente d'artisanat le week-end dernier.

— Regagnez vos places, les filles, ordonna-t-elle en congédiant Olivia et Serena.

Elles regagnèrent leur banc. Il n'y avait plus de place pour Serena qui se jucha sur les genoux de Vanessa.

— Je vous donne ma bénédiction, lança Mme M en envoyant un baiser aux terminales. Et maintenant, l'école est finie !

Yooooupiiiii !

son cœur est dans la manche d'un autre garçon

À l'issue de la cérémonie, Nate tira quelques taffes sur la pipe à eau avec les autres garçons dans la salle de billard chez Jeremy, mais il n'avait pas le cœur à ça. Tous ses potes étaient diplômés et lui, toujours « en attente de diplôme ». Quoi que cela veuille dire, bordel de merde.

Il les laissa fêter cela sans lui et erra doucement à l'ouest sur la 86e Rue, en direction de son hôtel particulier, ravi que ses parents eussent été tellement énervés contre lui à cause de ce foutu astérisque qu'ils étaient partis direct pour Mount Desert Island pour la semaine, lui fichant la paix. Dans sa chambre, il se mit à ranger son placard de plain-pied en cèdre. Sur l'étagère au-dessus du portant à vêtements, derrière cette ridicule tête de Dark Vador qu'il avait portée pour Halloween deux ans d'affilée en CM1 et en CM2, se trouvait la petite malle aux trésors en acajou que son oncle Gérard lui avait donnée quand il avait huit ans, et où Nate stockait toutes ses vieilles photos. Il attrapa le portant à vêtements d'une main et s'en servit pour s'équilibrer et escalader le placard pieds nus, tâchant d'attraper cette saleté.

La malle se renversa par terre et s'ouvrit. Une photo de lui sur un bateau de pêche à PrinceWilliam Sound en Alaska, deux mois d'août auparavant, le bras sur les épaules de son père, tous deux souriant comme deux gros cons et portant une panoplie jaune et sale contre le gros temps. C'était le meilleur moment que son père et lui avaient jamais passé ensemble. Pêcher dans la pénombre étrange de onze heures, entourés de glaciers spectraux, et partager une flasque de scotch en rentrant au port. Puis il trouva des clichés d'Olivia et lui. Il avait l'air endormi, gêné et de s'emmerder grave, la tête sur ses oreillers roses, et elle avait l'air follement heureuse, sa joue violemment collée contre son oreille alors qu'elle tenait son appareil devant leurs visages et les photographiait elle-même.

Puis une photo du pied élégant et bronzé de Serena, avec les mots *Tu me manques* inscrits au marqueur pourpre, qu'elle lui avait envoyée l'an dernier quand elle se trouvait encore au pensionnat. Nate l'avait conservée, adorant sa bague d'orteil sexy en argent et adorant le fait de savoir que cela provenait d'elle, même si elle n'y avait pas joint de petit mot ou d'adresse ni rien. Il la tenait dans les mains, tentant de faire apparaître cette sensation d'excitation et de fourmillements qu'il avait ressentie en la trouvant dans sa boîte à lettres, mais à présent, ce n'était plus qu'un vieux cliché débile qui ne faisait naître aucune sensation.

Il rejeta un œil à la photo d'Olivia et lui, nostalgique de ces moments où ils traînassaient ensemble à faire des choses stupides, genre boire beaucoup trop de vodkas-tonic avant un ciné et partir en courant d'une avant-première tellement ils riaient. Son odeur « nouvelles-chaussures-et-crème-pour-la-peau-Kiel'sau-concombre ». Qu'elle soit si sexy quand elle piquait une crise. Il voulait qu'elle s'assoie sur ses genoux. Il voulait ses mains dans sa poche. Il voulait qu'elle l'appelle à sept heures du matin un dimanche parce qu'elle était surexcitée et avait hâte qu'il se réveille.

Il balança les photos dans la malle et la referma. Suspendu au portant de vêtements, à l'intérieur d'un sac en plastique clair se trouvait le pull en cachemire vert mousse qu'Olivia lui avait offert au printemps dernier. La bonne l'avait apporté chez le teinturier pour qu'il puisse le porter à Yale à la rentrée. Il déchira le sac et passa la main à l'intérieur de la manche droite. Non, peut-être était-ce la gauche. Oui, le voilà. Le minuscule pendentif cœur en argent qu'Olivia avait cousu à l'intérieur, de sorte à ce qu'il porte toujours son cœur dans sa manche. Elle croyait probablement qu'il n'avait pas remarqué le cœur, mais il portait si souvent le pull ; comment en aurait-il pu être autrement ? Il adorait ce vêtement.

On dirait que l'amour a transcendé le lainage.

Des larmes se mirent à suinter aux coins de ses yeux verts lorsqu'il attrapa le cœur en or entre son pouce et son majeur et l'arracha à la manche. Son téléphone sonna avant qu'il ne décide quoi faire.

Rien d'imprudent, espérons !

— Allô ?

— Cette année a été difficile pour toi, fiston, aboya Michaels le coach au bout du fil. Je pensais que tu avais laissé tomber toutes ces idioties de drogue. Mais non, il a fallu que tu me piques mon foutu Viagra ! Quel est ton problème, mon garçon ?

— Je suis désolé, marmonna Nate, presque inaudiblement.

Il pleurait déjà. L'entraîneur avait le don de le faire se sentir encore plus mal.

— J'ai longuement discuté avec le Dr Nesbitt et ton père après la cérémonie, poursuivit le coach. Et tu es un sacré veinard.

Veinard ? Ce n'était pas franchement le premier mot qui venait à l'esprit de Nate.

— Différer ton diplôme n'était qu'une petite tape sur les doigts pour te faire comprendre que tu ne pouvais pas me piquer mes affaires – surtout mes médicaments – et t'en tirer comme ça. Ta vraie punition, ce sera cet été. J'ai une baraque dans les Hamptons qui a besoin d'être quelque peu retapée. Donc si tu veux jouer dans l'équipe de lacrosse de Yale l'an prochain, tu devras être mon larbin cet été. Vivre dans le garage, bosser pour moi, et lors de ton temps libre, tu iras à l'église du coin assister aux réunions des AA.

Nate déglutit. Il s'était figuré passer un été tranquille dans le Maine à bronzer et à bosser sur les bateaux avec son père, mais il n'avait pas le choix.

— Désolé d'être aussi abruti, coach, dit-il sincèrement. Je vous promets de tout faire pour me rattraper.

Michaels l'entraîneur gloussa.

— Eh bien, au moins tu seras un abruti diplômé !

Nate se força à pouffer avec le vieillard. Les choses allaient s'arranger, songea-t-il. Il aurait son diplôme d'ici la fin de l'été.

— Merci, coach.

Il coupa la communication et ouvrit sa main humide pour regarder le cœur en or.

Euh, *certaines* choses allaient s'arranger.

Il poussa cette espèce de soupir crevé et tremblotant qui succédait généralement à une bonne crise de larmes et jeta le cœur sur son lit bien fait. Puis il se remit à fourrager dans son armoire. Il était censé retrouver Serena à la soirée d'Olivia au Yale Club à sept heures. Peut-être trouverait-elle le moyen de *tout* arranger.

Sans Viagra.

j devra-t-elle recourir aux cours à domicile ?

— J'imagine que je n'ai pas réussi à vous élever correctement.

Rufus poussa un profond soupir en fixant son verre de vin rouge semblable à une auge. Selon sa façon de voir les choses, deux choix s'offraient à vous, à New York. Soit vous dépensiez une fortune pour envoyer vos gosses dans une école privée, où ils apprenaient à acheter des vêtements indécemment chers et à faire preuve de snobisme à l'égard de leur père, mais également à converser en latin, à apprendre Keats par cœur et à calculer des algorithmes dans leur tête. Soit vous les envoyiez dans une école publique, où ils pourraient très bien ne pas apprendre à lire ni à écrire, ne pas être diplômés et risquer de se faire tirer dessus. Il avait cru avoir fait le bon choix. Mais voilà que, apparemment, aucun de ses gosses n'entrerait dans aucune école, l'an prochain.

— Tu n'as pas échoué, papa, le corrigea Dan en engloutissant une pleine fourchette de nouilles au sésame.

Rufus et Jenny avaient attendu devant Hunan 92 sur la 92e et Amsterdam pendant qu'il allait acheter des plats à emporter pour fêter ça. Il avait veillé toute la nuit pour écrire son discours, à boire café instantané sur café instantané et à fumer Camel sur Camel. S'il ne mangeait rien, il ne pourrait se rendre à aucune soirée plus tard. Ils étaient rentrés chez eux et, assis autour de la table de la salle à manger, ils se dévisageaient, une bouteille de champagne non ouverte sur la table. C'était lundi, et près de quatre heures – une heure étrange pour se retrouver tous ensemble à la maison.

— Au moins, il a été admis à la fac, ajouta Jenny d'un air sombre.

Elle avait mis une nouvelle robe portefeuille Pucci lavande et jaune clair en stretch pour la cérémonie de remise de diplômes de son frère, à présent maculée de deux immenses taches mouillées sous chacun de ses seins tombants, là où elle avait transpiré. Elle se sentait dégoûtante et en voulait particulièrement à son frangin et à son père d'être de si mauvaise humeur qu'ils n'essayaient même pas de lui remonter le moral. Elle envisagea d'appeler Elise, mais celle-ci se trouvait dans sa maison de campagne à cap Cod et ne ferait que la déprimer davantage en se morfondant sur le fait qu'elles seraient séparées l'an prochain. À condition, naturellement, que Jenny fût admise quelque part. En l'état actuel des choses, elle pourrait très bien se retrouver à suivre des cours à domicile.

Elle jeta un coup d'œil à son père. Dans un effort pour ne pas détonner avec les autres pères, il avait enfilé un costume pour la cérémonie, mais il était en laine noire – trop chaud pour le mois de juin – et jurait complètement avec la chemise orange citrouille bizarrement tendance et moulante qu'il avait empruntée à Dan pour mettre en dessous. Dans sa colère, il avait arraché le ruban orange dans ses cheveux poivre et sel crépus qui se retrouvèrent alors coiffés en espèce de chignon bordélique, tenant grâce au magnet bleu électrique représentant un bouledogue dont ils se servaient pour accrocher leurs menus de *take-out* sur la porte du frigo. Et, histoire d'empirer les choses, il y avait des peluches de serviette rose dans sa barbe.

Les cours à domicile n'étaient peut-être pas une super idée.

— N'y a-t-il pas un endroit où vous devez être, vous autres, les jeunes ? s'enquit Rufus en descendant son verre de vin.

De toute évidence, un seul verre serait loin d'être suffisant.

— Allez, papa, se plaignit Dan, ce n'est pas comme si je n'entrais jamais à la fac. J'ai juste reporté d'un an, voilà tout.

Rufus attrapa la bouteille de sangiovese débouchée au milieu de la table et se servit un autre verre.

— C'est juste que j'ai dépensé quatre-vingt mille dollars pour vos études secondaires, le tout emprunté, ce qui fera probablement le double avec les intérêts. Désolé de ne pas sauter au plafond. (Ses sourcils gris se froncèrent en une ligne poilue.) Vanessa est-elle même au courant ? demanda-t-il, suspicieux.

Dan déchira avec les dents un sachet en plastique transparent contenant une sauce orange fluorescente dont il versa une giclée sur un pâté impérial.

— Pas vraiment.

Jenny et Rufus le dévisagèrent tous les deux, choqués et surpris.

Dan leva les yeux.

— Quoi ?

— Idiot, lui souffla Jenny de l'autre côté de la table.

Elle avait travaillé avec Vanessa Abrams pour *Rancor*, le magazine artistique de Constance tenu par les élèves, semblait être une pointe d'amusement. Nous vous enverrons les papiers aujourd'hui si vous le désirez.

Oh quel gentil, *gentil*, homme !

— Oui, s'il vous plaît !

Jenny se leva puis se rassit. Elle était tellement excitée qu'elle craignait de mouiller sa robe portefeuille.

— Merci ! Oh là là, merci infiniment !

— Avec grand plaisir.

Elle réalisa qu'elle ferait mieux de raccrocher avant de sortir quelque chose de vraiment débile qui le ferait changer d'avis.

— Je ferais mieux de l'annoncer à mon père. Je suis ravie que vous ayez appelé. Merci.

Elle raccrocha, dansa autour de la table et serra son frère dans ses bras.

— Je vais au pensionnat ! cria-t-elle, grisée, en le prenant par les épaules et en secouant son corps maigre et malodorant comme une poupée de chiffon. Je vais au pensionnat !

— Cool, répondit-il, soulagé que l'attention soit détournée de sa situation précaire et douteuse. (Il pêcha un beignet au fond du sac en papier dans lequel il avait rapporté sa nourriture chinoise.) Tant mieux pour toi.

Jenny virevolta sur elle-même et fila dans le bureau de son père. Ignorant la règle stricte que Rufus avait établie quand elle n'était qu'un bébé, elle ouvrit la porte à la volée sans frapper.

Rufus leva les yeux de surprise, une allumette allumée et une pipe à eau vert transparent dans les mains, la fenêtre grande ouverte et l'air tiède empestant l'herbe.

— Grrr, grogna-t-il.

Jenny s'en fichait éperdument. Elle s'était toujours doutée qu'il fumait du shit, de toute façon.

— Papa, je suis admise à Waverly ! lui annonça-t-elle, à bout de souffle. Tu sais, le pensionnat avec le nouveau programme d'art ? Je suis admise ! lui cria-t-elle pratiquement. Je suis admise !

Rufus souffla sur l'allumette, ouvrit le tiroir de son bureau et y balança les preuves. Puis il ouvrit les bras pour la serrer bien fort.

— Je le désirais si fort qu'il fallait bien que cela se passe, en rajouta-t-elle, le visage collé contre son épaule chaude qui sentait la fumée.

On nous a toujours répété : « Fais attention à ce que tu désires », mais Olivia avait peut-être raison après tout : plus tu veux de choses, plus tu en obtiens.

Avertissement : tous les noms de lieux, personnes et événements ont été modifiés ou abrégés afin de protéger les innocents. En l'occurrence, moi.

Salut à tous !

NOTRE DERNIÈRE NUIT ENSEMBLE

Ça y est, c'est officiel, nous sommes bacheliers !!! Préparons-nous à faire la fête jusqu'au bout de la nuit – au Yale Club ! Il n'y a pas de listes d'invités, pas de code vestimentaire, alors pique-assiettes, vous n'obtiendrez peut-être pas de chambre, mais vous êtes assurément les bienvenus ! Définition d'un pique-assiette : quiconque qui n'a pas reçu son diplôme aujourd'hui et/ou quiconque qui ne connaît pas la fille qui organise la soirée.

LEUR DERNIÈRE NUIT ENSEMBLE

Hélas, l'adorable lord anglais de **O** prend l'avion pour rentrer chez lui demain. Va-t-il rompre ses fiançailles avec la fille à qui, selon la rumeur, il est promis depuis qu'il est tout petit ? Ou va-t-il l'épouser, et laisser **O** en plan ? Au moins, elle pourra s'en aller à la tombée de la nuit dans sa nouvelle et adorable BMW décapotable couleur bisque. L'avez-vous vue garée devant Brick Church ? Directement importée du continent. Personne – et quand je dis personne, c'est personne – dans ce pays ne possède ce genre de voiture.

VOS E-MAILS :

Q: Chère GG,
Je suis en deuxième année de prépa de médecine à Yale et il paraît que ce mec, **N**, s'est déjà inscrit pour être rat de labo en cursus de psychiatrie à l'école. Du genre, ils vont lui donner tous les psychotropes qu'ils testent et le paieront même pour ça.
— jrmed

R: Cher jrmed,
Comme s'il avait besoin d'être rémunéré ? De toute façon, chaque chose en son temps : le garçon n'a pas encore le bac.
— GG

Q: Chère Gossip Girl,
Mon fils me dit que vous êtes la voix des jeunes et je dois donc vous demander si vous connaissez un poète doué, en route pour Evergreen College, mais qui a trébuché sur son cœur. Vous voyez, je suis un poète, moi aussi ! Ce poète allait collaborer sur mon histoire de livre de poèmes érotiques, mais il écrit pour me dire qu'il ne viendra pas. Je suis énervé ! J'ai besoin d'un assistant talentueux ! Peut-être pourriez-vous venir m'aider à Olympia ? Vous dormirez dans un hamac. Mon fils fait de la supercuisine grecque !
— professeurpop

R: Cher professeurpop,
Ça alors comme c'est tentant, mais j'ai déjà des projets pour l'été. De plus, les hamacs, ça n'a jamais été mon truc. Je suis plutôt le genre de fille draps-en-coton-égyptien-à-six-cents-fils ; en revanche,

vos livres m'ont l'air tout à fait fascinants. Bonne chance !

— GG

ELLES ONT ENFIN COMPRIS

Presque toutes les écoles privées de Manhattan ont enfin pigé : les terminales ne veulent pas passer les examens finaux ou aller en classe le dernier mois d'école, et ils n'ont pas besoin de le faire dans la mesure où ils sont déjà admis à l'université et sont tellement épuisés mentalement qu'ils ne peuvent plus rien apprendre de nouveau. Donc, à partir de l'an prochain, les terminales iront en cours jusqu'à la mi-mai. Ils finiront l'année par un stage dans l'entreprise de leur choix, où ils veulent en ville. Plutôt cool, hein ? Dommage qu'aucun de nous n'ait dû le faire. J'aurais pu effectuer un « stage » dans une rubrique potins en ligne et aller « travailler » au lit avec ma nuisette DKNY préférée en coton noir. Non pas que je sois amère. Après tout, *j'ai déjà le bac* !

ON A VU :

O, montrer son cul au **Yale Club** dans sa nouvelle BMW décapotable. **V**, montrer son cul au **Yale Club** dans la nouvelle BMW décapotable de **O**. Les filles ont commencé tôt à faire la fête, donc qui sait dans quel état elles seront un peu plus tard dans la soirée… Ce réalisateur de film indé vaniteux rendre une visite en personne dans l'appartement somptueux de la famille de **S** sur la 5e Avenue. **S**, sortir de son immeuble, resplendissante en robe bain de soleil **Tocca** à œillets jaune. Dieu merci, elle s'est changée. **J,** à **Bed, Bath and Beyond**, décorer déjà sa chambre de **Waverly Prep**. **D**, acheter un plein seau de roses rouges pour devinez qui ? Heureusement qu'elle n'a pas quitté la ville, mais dommage qu'elle ait oublié jusqu'à son existence ! Ce soir devrait être *très, très intéressant**.

On se voit là-bas !

Vous m'adorez, ne dites pas le contraire,

gossip girl

c'était trop bien, c'était trop nul

Toujours vêtue de son tailleur Oscar de la Renta en satin blanc parfaitement ajusté, Olivia était assise sur les genoux de lord Marcus, sur une bergère à oreilles en cuir marron dans le salon du Yale Club. Elle était étrangement satisfaite à mesure que les invités affluaient en grand nombre à sa soirée du bac, leurs annuaires sous le bras. Lord Marcus et elle n'avaient pas *encore* eu la chance de consommer son diplôme, mais dès que la soirée battrait son plein, ils s'esquiveraient dans sa suite et le feraient une bonne fois pour toutes. Elle avait déjà rempli la chambre de bougies Diptyque parfumées au bois de santal, à la bergamote et au citron vert et, sous son tailleur, elle portait son ensemble préféré caraco/string Cosabella couleur crème en coton brodé.

Le salon dégageait toujours une ambiance style vieux New York bourru, à l'exception des six écrans plats Pioneer accrochés aux murs aux panneaux de bois, diffusant le dernier film de Vanessa en boucle. Comme tous les personnages du film arrivaient au compte-gouttes à la soirée, on avait l'impression qu'il s'agissait de l'avant-première d'un nouveau documentaire avant-gardiste, et tout le monde se sentait supercélèbre.

— Je vous avais dit que j'étais télégénique, frima Chuck Bass en se regardant à la télé.

Il était arrivé en compagnie d'une suite de garçons coiffés en brosse et en uniforme de flanelle grise, que personne n'avait encore jamais vus.

Parce qu'il avait fait une descente chez les deuxièmes années d'une école catholique lambda près de son appartement de Sutton Place et avait payé les garçons pour qu'ils viennent.

— Ils sont mignons, observa Isabel en matant un gosse particulièrement innocent aux yeux écarquillés qui signait l'annuaire de Riverside Prep de Chuck avec un surligneur jaune.

Isabel avait revêtu un jean Rogan coupé et un T-shirt Juicy couture rouge troué ; elle faisait tellement salope que ça en était indécent.

Le type la mata à son tour. Il n'avait jamais vu tant de peau si bien entretenue aussi exposée. Peut-être était-ce son soir de chance !

— Ils ont genre, treize ans maximum, se moqua Kati en feuilletant son annuaire et en comptant le nombre de personnes qui l'avaient signé.

Elle attendait d'être à la fac pour perdre sa virginité. En gros. Techniquement elle l'avait déjà perdue avec Chuck Bass lors d'une fête chez Serena voilà, quoi, deux ans, mais elle était tellement bourrée qu'elle ne s'en souvenait même pas.

Lord Marcus glissa quelque chose de frais et de merveilleux autour du cou d'Olivia. Celle-ci toucha sa clavicule et baissa les yeux. C'était un collier de perles Bvlgari, exactement le même que celui qu'elle avait emprunté à sa mère pour son audition pour *Diamants sous canopée*, mais dix fois plus beau. Chaque perle sur le fil arborait une forme unique, parfaite et imparfaite à la fois, attaché par un fermoir en or orné, en forme de O.

— Félicitations, mon O, mon O-nyx, murmura-t-il en l'embrassant dans la nuque.

Mon O-nyx??

Olivia avait toujours désiré un surnom. Elle releva le menton pour l'embrasser sur la bouche, ivre de bonheur et de toute la vodka qu'elle avait consommée avec Vanessa entre la remise des diplômes et la soirée. Elle possédait une nouvelle voiture follement adorable, un nouveau petit copain follement canon et elle entrait à Yale à l'automne. Les perles n'étaient que des accessoires à sa vie déjà parfaite.

Eh bien, si ce n'est pas de la suffisance?

— J'adorerais que tu viennes en Angleterre cet été, chuchota lord Marcus, effleurant ses cheveux des lèvres. Ma famille meurt d'envie de te rencontrer. Tu pourrais séjourner à la maison. Et nous pourrions même aller à Paris en avion pour voir ton père tant que tu seras en Europe.

Le souffle d'Olivia se coinça dans sa gorge. Elle se retourna et le regarda en cillant comme une princesse ahurie de dessin animé qui venait de se réveiller après le sortilège d'une sorcière. Il lui avait seulement demandé de venir le voir, mais cela ressemblait tellement à une… *demande en mariage*. Il était son prince, son chevalier, enfin pas tout à fait, mais un lord, c'était presque pareil. Il avait sauté sur son cheval blanc, l'avait enlevée et voilà qu'il voulait l'emmener chez lui pour la présenter à ses parents parce que, très bientôt, voire cet été, il lui offrirait une bague en diamants rares, s'agenouillerait devant elle et lui demanderait de l'épouser.

Ah bon parce qu'il avait parlé mariage? Et quand au juste avait-il été question du cheval blanc?

— Oui, répondit-elle d'un air béat. Oh oui !

C'était davantage une réponse à la demande en mariage dans sa tête qu'à la proposition initiale de lord Marcus, mais, dans le monde selon Olivia, elles étaient intrinsèquement liées : elle irait en Angleterre et reviendrait fiancée à lord Marcus.

Même si elle n'avait que dix-sept ans et que sa mère ne l'avait même pas rencontré. Non pas qu'elle ait jamais eu l'intention de présenter délibérément sa maman au jeune homme. Ils pourraient faire connaissance au mariage. Ou peut-être pourraient-ils s'enfuir dans une île lointaine du Pacifique Sud et organiser des noces intimes sur la plage avec les autochtones et personne d'autre en guise de témoins. Ils mangeraient de la chèvre rôtie sur le feu et danseraient pieds nus dans le sable.

Souvenez-vous, tout peut arriver sur l'île d'Olivia.

Elle n'avait encore rien de prévu pour l'été, sachant qu'il lui faudrait deux mois et demi rien que pour faire les magasins et ses bagages pour Yale. Elle avait même envisagé de rendre visite à son père en Europe – mais surtout d'y faire des courses, car dans les boutiques new-yorkaises, la mode d'automne n'était jamais présentée avant septembre, et elle devait être à New Haven fin août pour l'orientation. Comment donc pourrait-elle arriver à Yale avec les bons pulls en cachemire, les bonnes bottines et vestes ajustées, à moins de les avoir achetés directement chez Prada à Milan, ou Burberry, à Londres ?

Voilà que son été devenait moins flou. Elle pourrait faire du shopping, se fiancer puis refaire du shopping.

— Je ne peux pas croire que ce soit notre dernière soirée ensemble, se lamenta Marcus en l'embrassant derrière l'oreille. Cela me réchaufferait le cœur de savoir que tu viendras me voir dans deux semaines.

Olivia aurait bien fermé les yeux, l'aurait bien embrassé avant de murmurer qu'elle avait vraiment besoin de s'allonger et de lui demander de l'accompagner dans sa suite pour qu'elle arrache ses vêtements afin qu'ils puissent consommer leur mariage avec un peu d'avance. Mais Serena et Nate arrivèrent alors d'un pas nonchalant derrière un groupe de filles de l'École, qui fumaient toutes des Gauloises, portaient des dos-nus Marni au crochet et des sandales Gucci or avec une lanière à l'orteil parce que Pru, ce top model français, exhibait le même dos-nu Marni et les mêmes sandales Gucci sur la couverture du numéro de juin du *Vogue* français. Serena s'était changée – heureusement ! Sinon Olivia aurait cassé son nez aristocratique parfait.

— Je croyais que tu m'avais dit qu'ils avaient cassé, lança Tina Ford, fraîchement diplômée de Seaton Arms, à Isabel Coates. (Elle mordit dans un glaçon qui trempait dans de l'Absolut Citron.) N'est-ce pas pour cela qu'ils ont tous les deux loupé la remise des diplômes ?

— Il paraît qu'ils ne sont jamais véritablement sortis ensemble, roucoula Kati Farkas en guise de réponse, bien que Tina Ford ne lui parlât même pas. Nate est gay. Il a fait son coming-out la semaine dernière. Et il a des tonnes de problèmes. Ses parents le renient. Ils ne vont même pas payer ses études à Yale.

— Alors pourquoi Serena fait-elle toujours semblant de sortir avec lui ? demanda Isabel en soulevant légèrement son T-shirt rouge déchiré et en dévoilant son ventre, histoire de donner des émotions à ce garçon innocent de l'école catholique que Chuck avait amené avec lui.

Les autres filles roulèrent des yeux.

— Oh, tu sais comment elle est. Il faut toujours qu'elle soit *gentille* avec tout le monde, se plaignit Rain. Le père de Nate l'a sûrement *embauchée* pour qu'elle flirte avec lui et qu'il ne soit plus gay !

En fait, c'était tout à fait le genre de chose que ferait le capitaine Archibald, c'était clair.

Quand elles étaient sorties de Brick Church en file indienne, et juste avant que leurs familles ne les rattrapent, Serena avait tenté d'expliquer à Olivia pourquoi elle avait failli louper la cérémonie, mais celle-ci avait fait mine de ne pas l'entendre. À l'évidence, la deuxième audition de Serena pour *Diamants sous canopée* comptait dix fois plus qu'écouter son discours ou récupérer son diplôme. Au moins, elle avait la satisfaction de savoir que Serena ne décrocherait jamais le rôle. Elle était beaucoup trop grande, trop blonde et trop-yeux-bleus – carrément pas faite pour le rôle.

— J'ai le rôle ! hurla Serena à tue-tête, tellement excitée qu'elle se fichait bien de savoir qui écoutait. (Elle attrapa Nate et le serra avec ses longs bras parfaitement bronzés). Ken Mogul vient de m'appeler. J'ai le rôle !

Olivia faillit tomber des genoux de Marcus. Elle re-re-détestait déjà Serena pour avoir loupé son discours de remise des diplômes et pour avoir porté exactement le même tailleur qu'elle. Et évidemment, elle la maudissait encore en secret pour sortir avec Nate. Il lui avait semblé impossible de la haïr davantage – jusqu'à maintenant. Mais Olivia avait déjà recommencé à lui adresser la parole – elle avait même passé son examen de chimie à sa place, bon Dieu, et se retrouvait donc coincée avec le choix gênant de passer brusquement pour une salope sans raison aucune devant lord Marcus, ou de jouer les faux-culs et les gentilles afin que celui-ci ne la prenne pas pour une salope et ne change pas d'avis à propos du mariage.

Comme s'il n'avait pas déjà remarqué son côté salope.

Nate se tenait au côté de Serena comme un époux-trophée célèbre, recruté pour l'occasion. Il se frotta les yeux et sourit à Olivia et Marcus, le regard trouble. Pour la première fois depuis très longtemps, Olivia se demanda alors ce qu'elle avait bien pu lui trouver. En dépit de leurs nombreuses ruptures, Nate avait toujours tenu le premier rôle dans ses fantasmes-où-tout-est-bien-qui-finit-bien, mais voilà qu'une nouvelle star, en beaucoup mieux, lui avait ravi la vedette. Elle s'appuya contre le torse de Marcus, signifiant clairement qu'elle était extrêmement bien sur ses genoux et que la nouvelle de Serena ne la perturbait aucunement. Elle avait un peu chaud avec son tailleur ajusté dans la pièce mal aérée, mais il lui allait si bien qu'elle s'en fichait.

Brusquement, un autre couple, aussi beau mais plus petit, se planta aux côtés de Serena et Nate et passa nerveusement la salle en revue, comme s'il craignait qu'on lui crie dessus pour s'être incrusté à la fête. Olivia se rassit et déboutonna sa veste Oscar de la Renta avant de la jeter par terre, dégoûtée. Le mâle du nouveau couple n'était autre que Tyler, son frère de douze ans, qui se la jouait rock-star avec une veste de smoking Armani vintage, sur un T-shirt noir déchiré à l'effigie d'AC/DC. À son bras, la fille maigrelette tout en fossettes portait le même tailleur blanc à la con qu'Olivia. Et les mêmes Manolo Blahnik à la con. Ses putains de cheveux étaient de la même couleur et coupés en dégradé court, comme elle. Elle plissa les yeux. Elle n'avait jamais vu cette putain de nana de sa vie, mais, sauf erreur de sa part, elle arborait aussi le même putain de brillant à lèvres Stroppy de Chanel, son putain de préféré.

Grrrrr.

Olivia remonta les bretelles de son caraco Cosabella crème totalement transparent. Sans lord Marcus, elle aurait pris la fille par la peau du cou et l'aurait foutue dehors.

— Salut, frangine, dit Tyler d'une fausse voix de défoncé en gonflant les épaules pour paraître plus grand. Voici Jasmine. Jazz, voici ma sœur, Olivia.

— Cool, répondit nonchalamment le clone d'Olivia aux joues fardées.

Comme si elle n'avait pas passé toute la journée à essayer de s'habiller exactement pareil.

Olivia fronça son petit nez mutin.

« J'ai le rôle ! » entendit-elle Serena hurler à l'autre bout de la salle, pour ce qui lui semblait être la millième putain de fois. Elle s'empara de son fume-cigarette, attendant que Marcus lui donne du feu.

— Enchantée, répondit-elle, de sa meilleure imitation d'Audrey-Hepburn-toujours-gracieuse-sous-la-pression, soufflant de la fumée par-dessus la tête de son frère et de sa petite amie débile.

Serena avait peut-être décroché le rôle, mais Olivia le *vivait*, tous les jours.

ma meilleure ennemie

C'était presque surréaliste comme le bac avait changé tout et tout le monde. La soirée revenait à assister à des retrouvailles, sauf qu'ils avaient reçu leur diplôme pas plus tard que le matin même. Certaines filles portaient encore leurs robes blanches de cérémonie avec des tongs en plastique, toutes décoiffées, telles de jeunes mariées en cavale. Les garçons avaient remonté les revers de leurs treillis bien repassés, et leurs cravates d'école pendillaient de guingois sur leurs torses nus baignés de soleil, de sorte qu'ils ressemblaient à des top models pour une campagne de pub Ralph Lauren, habillés pour des cocktails mais assis sur un dock, les pieds dans l'eau, comme s'ils préféraient boire des bières entre eux plutôt que retourner à la soirée guindée.

Serena se trouvait émotive. Le célèbre créateur Les Best avait même baptisé un parfum Les Larmes de Serena après l'avoir surprise en train de pleurer dans la neige lors d'une séance photo à Central Park. Elle avait toujours cru qu'elle ne serait qu'un paquet de nerfs pendant la remise des diplômes. Après tout, elle avait grandi avec ces gens, partagé les mêmes hauts et bas, les mêmes déceptions et succès. Mais voilà qu'elle était follement heureuse, ni plus ni moins. Même l'inclination de Nate à être ailleurs et à broyer du noir ne parvenait pas à la déprimer parce *qu'elle avait le rôle* !

Oui, c'est bon, on a compris.

Dans son genre prétentieux et allumé bien à lui, Ken Mogul n'avait même pas regardé sa seconde audition. Il était resté le dos tourné, tâchant de s'assurer qu'elle irradiait l'énergie correspondant au rôle. Lorsqu'elle eut terminé de réciter son texte, il ne s'était pas retourné, avait simplement levé la main et dit : « Merci. »

La seconde audition avait eu lieu dans un vieil entrepôt du Meatpacking District, à l'opposé de Brick Church, à l'autre bout de Manhattan. Serena portait déjà sa robe de cérémonie et avait promis au chauffeur de taxi de le payer généreusement s'il l'attendait devant. En quelques secondes, elle filait en trombe vers l'est sur la 14e Rue, priant pour que Mme M ne lui fît pas redoubler sa terminale et réalisant, trop tard, qu'elle avait oublié ses chaussures.

Après la cérémonie, lors du déjeuner à la Tavern on the Green, sa mère avait été bien plus fâchée que sa fille ait oublié ses Jimmy Choo que par le fait qu'elle ait failli louper la cérémonie.

— Quel genre fille se balade pieds nus ? avait voulu savoir Mme van der Woodsen.

Puis Ken Mogul avait appelé Serena sur son portable.

— Je n'aime pas le bronzage ni les taches de rousseur, alors essaie de ne pas prendre le soleil, s'il te plaît. Nous commencerons le tournage chez Fred's le mois prochain, annonça-t-il d'un ton bourru.

Serena resta assise, le téléphone à l'oreille, tâchant de comprendre de quoi il parlait. Puis elle pigea. *J'ai le rôle ! J'ai le rôle !*

Ouh ouh ? Peut-on changer de sujet maintenant ?

Ses parents estimaient que jouer dans un film était quelque peu déclassé, mais moins de neuf mois après s'être fait virer du pensionnat, leur fille avait été admise à Yale, Harvard, Brown et Princeton et allait jouer dans un remake de *Diamants sur canapé*. Difficile de se plaindre.

« *J'ai le rôle ! J'ai le rôle !* » Serena n'arrêtait-elle pas de crier en elle-même. Son premier vrai rôle dans son premier vrai film. Pour la première fois de sa vie, elle comprit que c'était quelque chose qu'elle *désirait* vraiment. Et cela ne s'était pas passé comme ça en claquant des doigts. Elle *l'avait fait* se produire. Heureusement qu'elle se trouvait à une soirée parce qu'il y avait une petite fille surexcitée en elle qui ne cessait de faire des bonds sur un trempoline.

Bong !

— Il paraît que Ken Mogul et elle se sont shootés hier soir, et qu'elle l'a carrément convaincu de lui donner le premier rôle dans son film. Il devait prendre quelqu'un de plus âgé et engager Natalie Portman, mais Serena lui a fait un lavage de cerveau, murmura quelqu'un.

— Elle a même essayé de faire engager Nate pour jouer son partenaire, mais il est toujours tellement raide qu'il a oublié son texte lors du casting, répondit quelqu'un d'autre à voix basse.

— Et vous ne savez pas ? Nate a carrément pas eu le bac. Il s'est fait virer pour avoir volé des anti-douleurs à l'infirmerie de son école, et maintenant il doit se rendre dans une espèce de prison de désintox, dans le *mauvais* coin des Hamptons, *tout l'été*, lança Rain Hoffstetter à ceux qui écoutaient.

Elle avait fait des trucs avec Charlie Dern lorsque leurs parents s'étaient retrouvés garés côte à côte à un cinéma en plein air du cap le week-end dernier. Depuis, ils se téléphonaient tous les soirs et ses informations sur Nate étaient forcément à jour.

Nate était ravi de jouer les trophées muets de Serena. Il avait l'impression d'être enfermé dans quinze centimètres de plastique transparent. Toutes les voix lui paraissaient étouffées et distantes. Cela n'aidait pas qu'Olivia eût l'air aussi rayonnante sur les genoux de lord Marcus, que Serena n'eût clairement pas besoin de petit ami en ce moment, ou qu'il fût extrêmement déchiré.

— Olivia ?! Tu as entendu ? J'ai le rôle ! s'écria Serena en se précipitant vers son amie et Marcus, entraînant Nate avec elle. (Elle serra les épaules d'Olivia avec exubérance.) Tu ne m'en veux pas, n'est-ce pas ?

Moi, t'en vouloir ? Olivia lui adressa un sourire tendu, toujours bien résolue à ce que sa nature douce et indulgente impressionne Marcus.

Ha !

— Tu es une si bonne actrice, finit-elle par dire poliment à son ex-amie. Tu le mérites, c'est clair.

Le sourire jusqu'aux oreilles de Serena s'évanouit légèrement. Elle connaissait trop bien Olivia pour savoir qu'elle était loin d'être ravie-ravie et plus qu'énervée. Qu'elle était compliquée ! Mieux valait s'enfuir lorsqu'elle était versatile.

— Vanessa est dans le coin ? J'ai hâte de le lui annoncer. Je vais convaincre Ken Mogul de l'embaucher pour tourner le film !

Sans expression, Olivia lui montra du doigt Vanessa assise dans un coin, avec sa propre bouteille de Stoli, signant gaiement tous les annuaires de tous les non-terminales de la soirée qui la trouvaient plus que cool.

— Vanessa Marigold Abrams ! cria-t-elle en traversant la pièce à toute allure, abandonnant Nate.

Celui-ci resta planté devant Olivia et lord Marcus, bien pelotonnés dans leur bergère à oreilles. Les mains dans les poches, il avait l'impression d'être un pauvre mec.

— Comment tu te sens ? demanda lord Marcus en tendant la main pour serrer celle de Nate.

Nate ignorait qui était au courant du malaise concernant son diplôme et ne voulait pas trop en parler.

— Je suis content que ce soit terminé, marmonna-t-il.

Lord Marcus avait l'air plus grand que dans ses souvenirs, et bien que ce fût un mec, Nate n'avait aucun mal à apprécier sa beauté. Olivia avait vraiment tiré le gros lot.

— Moi aussi, acquiesça celle-ci avec un sourire guilleret.

Elle leva la main et caressa nonchalamment la nuque musclée et bronzée de lord Marcus, montrant bien que cela ne la gênait pas le moins du monde de discuter avec Nate tout en restant assise sur les genoux de Marcus.

Soudain Nate se ragaillardit, se rappelant la raison pour laquelle il était venu à la soirée à la base.

— Olivia, je peux te parler une minute ? demanda-t-il, bien qu'il eût l'impression de dire : « De qui elle est gaga ? »

Olivia avait toujours été celle qui manquait d'affection dans leur relation merdeuse, de fait c'était nouveau de voir Nate s'approcher d'elle, l'air mal à l'aise et quelque peu désespéré, quelque chose d'encombrant fourré sous le bras. Allait-il lui offrir un cadeau ? se demanda-t-elle. Dieu savait qu'elle lui en avait fait suffisamment quand ils sortaient ensemble, et lui, pas grand-chose, à part des fleurs de temps en temps quand il y pensait.

— Ne pars pas. Je reviens de suite, murmura-t-elle à Marcus.

Elle descendit doucement de ses genoux, le gratifiant d'un regard sensuel signifiant : « Je ne supporte cette soirée qu'une demi-heure de plus et ensuite je t'arrache tes vêtements. » Puis elle suivit Nate dans un coin à moitié calme de la salle bondée, tentant d'avoir l'air impatiente et indifférente, alors que son cœur tonnait si furieusement dans sa poitrine qu'elle n'aurait pas été surprise que cela se voie sous son caraco crème presque transparent.

Nate extirpa le truc de sous son bras, un sac de courses Gap bleu marine plié en deux. Olivia fut légèrement épouvantée. Il lui avait acheté un cadeau chez Gap ?

— Tiens, murmura-t-il en sortant quelque chose du sac.

Olivia le reconnut immédiatement : le pull en V en cachemire vert mousse qu'elle lui avait offert voilà un an.

— Mais tu adores ce pull, se plaignit-elle en cherchant le cœur en or qu'elle avait cousu dans la manche gauche avant de le lui donner pour qu'il porte toujours son cœur dans sa manche. Il ne s'y trouvait pas. Elle chercha dans la droite, bien qu'elle fût sûre et certaine de l'avoir cousu dans l'autre. Rien. Où était-il passé, bordel de merde ?

— Je me suis dit que je n'avais pas le droit de le garder, répondit Nate, solennel.

Il cilla dur, adjurant les larmes de ne pas couler. Il se

demanda si elle se souvenait même du cœur en or, qui se trouvait désormais dans un cendrier en verre bleu et vert en forme de voilier à côté de son lit, lui rappelant en permanence l'échec de leur histoire.

Hé, il devrait peut-être parler à Les Best d'une nouvelle eau de Cologne pour homme – Les Larmes de Nate !

— Ce n'est qu'un pull, insista Olivia, totalement confuse.

Pourquoi ne pouvait-il pas se comporter normalement et lui offrir une chaînette Tiffany gonflante ou autre chose en guise de cadeau de bac ? Était-ce sa façon de s'excuser ou de lui dire qu'il voulait la récupérer ? C'était un peu tard.

— S'il te plaît, garde-le.

— Je ne peux pas, haleta Nate, bouleversé.

Il aurait bien voulu se confier à elle, lui avouer qu'il avait fait foirer le bac, tout fait foirer en général. Mais il ne s'était jamais vraiment épanché auprès d'elle et ce n'était sûrement pas le meilleur moment pour commencer.

— Bien.

Elle plia soigneusement le pull et le déposa dans un coin, sur un fauteuil bleu Yale rembourré. Elle mit les mains sur les hanches, bien résolue à ne pas flancher. Elle avait un nouveau petit copain. Bien, bien mieux.

— C'était tout ?

Nate opina en signe d'assentiment. Puis il avança d'un pas, ferma ses yeux vert émeraude et déposa un baiser prudent sur sa joue douce et lisse. Il ouvrit les yeux.

— Félicitations.

Olivia resta plantée un moment, les bras croisés sur

la poitrine, ignorant les regards fixes de ses camarades de classe qui chuchotaient.

Ce n'est qu'un pull, répéta-t-elle silencieusement en elle-même.

Ouais, très bien.

rappelle-moi combien je t'aime

Dan garda sa cravate vert chasseur de Riverside Prep pour la fête d'Olivia. Il tenait à être le plus beau du monde lorsqu'il annoncerait à Vanessa qu'il avait reporté son entrée à Evergreen et voulait passer l'an prochain, voire le reste de sa vie, avec elle. Dès qu'ils arrivèrent à la soirée, Jenny fila droit au bar se procurer une coupe de champagne, mais Dan traîna près de la porte, les bras chargés de roses rouges, cloué sur place en voyant combien Vanessa était resplendissante dans sa robe blanche de cérémonie sexy et décolletée et ses chaussures blanches à semelles compensées supertendance. Ses joues arboraient un éclat rose et ses yeux marron foncé étincelaient alors qu'elle papotait avec Serena van der Woodsen. Cette dernière était toujours aussi sublime, sa crinière blonde tombant en cascade entre ses clavicules nues et ses jambes interminables, mais en la voyant, Dan n'était pas aussi excité qu'en voyant Vanessa.

— Hé, beau gosse, amène tes fesses par ici ! lui cria Vanessa depuis l'autre bout de la salle.

Elle était soûle depuis une heure de l'après-midi, et voir Dan les bras chargés de roses était moins excitant qu'une révélation. Une révélation alcoolisée.

Ce matin, elle avait failli partir avec le mauvais garçon. C'était Dan qu'elle aimait. Comment pourrait-il en être autrement ? – avec son look débraillé, ses poèmes pondus à grand-peine et sa façon de débarquer inopinément sur son toit, dans le plus simple appareil.

Alors que Dan approchait, elle tenta de se hisser hors de la bergère à oreilles à rayures blanc et bleu Yale où elle était assise, mais abandonna et retomba dedans.

— J'essaie de te serrer dans mes bras, expliqua-t-elle en se moquant d'elle-même.

Elle est ivre, réalisa-t-il.

Serena l'attrapa et l'embrassa sur la joue, puis le poussa sur les genoux de Vanessa.

— Tu es toujours si mignon, roucoula-t-elle en ébouriffant ses cheveux châtain clair en bataille.

Les roses rouges tombèrent et s'éparpillèrent à leurs pieds.

Vanessa le chatouilla sous les bras et il chassa ses doigts agaçants d'un coup d'épaule. Il avait subitement l'impression d'être davantage le mignon petit frère de quatre ans de quelqu'un que l'irrésistible petit copain de Vanessa.

— Alors, l'événement du jour, c'est que Serena va devenir une star du cinéma et que je vais l'aider à tourner son film ringard à gros budget, parce que si nous renions nos principes, grâce à nous, renier ses principes deviendra cool, lui annonça Vanessa avec une excitation bourrée.

Les filles se tapèrent dans la main en signe de victoire comme deux vieux joueurs de foot de la même équipe. Puis Serena remplit son verre du magnum de Dom posé par terre à côté de la chaise de Vanessa, et tendit à Dan la flûte remplie à ras bord.

— À Hollywood ! cria-t-elle avec jubilation, attendant que le jeune homme la descende d'un trait.

Il se percha sur le genou pâle et nu de Vanessa, tâchant de ne pas renverser son champagne. Il avait préparé un poème d'amour de Pablo Neruda, mais peut-être n'était-ce pas le bon moment pour le réciter.

— Croyez-vous que je devrais leur demander de monter la musique pour que l'on danse ? rota bruyamment Serena.

— À fond ! répondit Vanessa en exécutant des petits bonds sur le coussin, faisant dégringoler Dan par terre. Dan dansera avec nous, pas vrai, Dan ?

Celui-ci se releva non sans mal, pressé que Serena le laisse seul avec Vanessa.

— Bien sûr.

Serena partit à toute allure, une vision de soie jaune et de cheveux dorés. La salle était bondée et l'air, imprégné d'odeurs de parfums et de fumée de cigarette. Tout le monde faisait la fête depuis ce matin et tout le monde avait l'impression qu'il était quatre heures du mat et non vingt-deux heures. En souvenir du passé, un groupe de filles de Seaton Arms et de Constance jouaient au jeu de la bouteille[1] avec un groupe de garçons de Riverside.

— Moi d'abord ! gazouilla Chuck en s'agenouillant pour faire tourner énergiquement la bouteille de Stoli vide.

Classique.

— Papa était vraiment en colère contre moi aujourd'hui, avoua Dan. (Il se percha sur le bras du fauteuil

1. Jeu dans lequel une personne fait tourner une bouteille et embrasse celui sur qui son goulot est dirigé quand elle s'est arrêtée de tourner. *(N.d.T.)*

de Vanessa, brusquement si nerveux qu'il ne pouvait pas boire son champagne. Elle ne le regardait pas, mais il espérait qu'elle écoutait.) J'imagine que j'aurais dû le prévenir avant de faire mon discours.

Vanessa observait Serena flirter avec Jarvis Cocker – le D.J. britannique trop cool aux platines à l'autre bout de la salle et qui portait un haut-de-forme noir. Elle était obligée d'admirer Serena qui n'avait absolument pas honte. Elle ferait n'importe quoi tant que ce n'était pas trop illégal ou humiliant, tout simplement parce que cela l'amusait. Ce que Vanessa admirait le plus, en revanche, c'était que Serena n'était pas vaniteuse. Elle était simplement *Serena*. Et visiblement elle n'avait besoin de personne pour être Serena. Être elle-même lui convenait parfaitement.

— Tu vois, j'ai un peu changé d'avis pour Evergreen, poursuivit Dan. En tout cas, je n'y irai pas tout de suite.

Vanessa, qui sentait que le jeune homme la fixait, réalisa qu'il essayait de lui dire quelque chose d'important et qu'elle en avait loupé la moitié.

— Attends. Quoi ?

Il glissa du bras du fauteuil, s'agenouilla sur le sol en bois ambre lustré et prit ses mains dans les siennes.

— « *Je t'aime parce que je t'aime et voilà tout* », récita-t-il.

Vanessa était ravie que la salle soit si bondée, sinon elle aurait été quelque peu embarrassée.

— Je me vois mal ne pas respirer le même air que celui que tu respires, vivre à des kilomètres de toi, poursuivit-il sérieusement, avec ses propres mots cette fois. Comme je l'ai dit dans mon discours, je peux entrer à la fac quand je veux, mais pour l'heure je suis amoureux de toi. Et la seule chose que je souhaite, mon seul besoin, c'est être avec toi.

Le visage de Vanessa s'échauffa et la piqua. Oui, elle l'aimait, mais était-il obligé d'être aussi sacrément mélo ?

— Alors tu... commença-t-elle avant que sa voix ne s'estompe, hésitante.

— Reste ici, compléta Dan en posant ses yeux marron remplis d'adoration sur elle. Avec toi.

D'un seul coup, le nouveau tube de OutKast que nul ne pouvait écouter sans se lever d'un bond et trémousser le cul brailla des enceintes, dix décibels plus fort que le doux morceau de R&B qui passait juste avant. Serena arriva en bondissant, prit la main de Vanessa et la tira de son fauteuil.

— Allez, *groovy girl*, l'amadoua-t-elle. Montre-moi ce que tu sais faire.

Vanessa avait toujours détesté danser, du moins en public, mais elle avait besoin de s'éloigner de Dan et de son intensité. Serena lui donna un coup de hanches et elle rit en la cognant à son tour. Elle sentait que Dan ne les quittait pas des yeux mais ne se retourna pas. La musique était bonne, elle se sentait belle et pleine de vitalité dans sa robe blanche Morgan Le Fay glissante et chatoyante. Dan avait dû être fou de croire que c'était une bonne idée de ne pas entrer à la fac l'an prochain. Bien sûr qu'il y irait, mais ils pourraient passer l'été ensemble à trouver une solution. La musique était de plus en plus forte ; Vanessa leva ses bras nus en l'air, dansant en rythme. Dan était complètement taré, mais elle aussi, pour avoir un jour déclaré qu'elle ne dansait pas.

la traînée de larmes de n

Nate, assis au bord d'un des tapis orientaux du salon du Yale Club, feignait de regarder la partie du jeu de la bouteille. Lexie, cette hippie française qui l'avait suivi partout des semaines durant en prétendant être folle amoureuse de lui, et ses copines de l'École étaient assises en petit cercle, à quelques mètres, toutes vêtues de dos-nus au crochet révélant leurs petits ventres maigres, et fumant des Gauloises comme des accros. Il espérait qu'elle ne le verrait pas.

Trop tard.

— Nate ? fit Lexie en s'accroupissant, faisant ressortir son ventre bronzé et maigre d'une façon qu'elle devait trouver irrésistible.

Elle s'était fait faire un piercing au nombril, tout nouveau tout rose.

Euh…

Elle étira ses longs bras nus au-dessus de sa tête, offrant au reste de la salle une jolie vue du soleil, de la lune et des étoiles de son tatouage sur sa clavicule droite.

Ooh là là !*

Nate sourit, faisant comme s'il venait seulement de la remarquer.

— Hé Lexie! lança-t-il en agitant prudemment la main et en serrant les genoux pour montrer qu'il n'avait nullement l'intention de la rejoindre.

Lexie roula ses yeux marron foncé et fit passer sa longue queue-de-cheval couleur corbeau par-dessus son épaule.

— Salaud, rétorqua-t-elle avec un accent très français et un faisage de gueule très français lui aussi. Tu m'as brisé le cœur.

Quelque chose d'excitant venait de se produire dans la partie du jeu de la bouteille et tout le monde se mit à crier et à applaudir. Nate fit de même – tous les prétextes étaient bons pour éviter une confrontation avec Lexie.

Serena et cette bizarre nana au crâne rasé de Constance, avec qui Olivia était censée vivre et soi-disant avoir une aventure lesbienne, dansaient comme des divas de la disco, complètement parties, en plein milieu de la salle, l'air bourrées et au septième ciel – comme on est supposé l'être le jour de la remise des diplômes du bac.

À condition, naturellement, que vous ayez reçu votre diplôme ce jour-ci, contrairement à une certaine personne que nous connaissons.

Nate eut un flash soudain de déjà-vu, ou peut-être s'agissait-il d'ennui. Quoi qu'il en fût, c'était quelque chose de triste, de très français. Il se rappelait avoir été ivre à une fête parmi tant d'autres, chez ce type, Daniel Humphrey, dans le West Side, en troisième ou en seconde. Il avait laissé Olivia et Serena dessiner un visage sur son ventre nu au marqueur noir indélébile. Elles avaient appelé le visage Nu-comme-un-ver et chaque fille avait embrassé Nu-comme-un-ver tout au long de la soirée, même une fois que Nate s'était endormi, ivre mort.

C'était la belle époque.

Brusquement, il fut terrifié. Et s'il avait déjà vécu tous les bons moments qu'il était censé vivre ? Et si après cela, tout allait de mal en pis ?

Et s'il était devenu de plus en plus bête à chaque année de lycée au lieu de devenir plus intelligent ? Ce sont des choses qui arrivent quand vous êtes déchiré la majeure partie de votre vie.

Des larmes se mirent à ruisseler lentement sur ses joues dorées. Tout le monde à la soirée semblait si heureux, si emballé par son avenir ; quant à lui, il ne savait plus trop s'il devait espérer quelque chose.

j envisage de la perdre avant le pensionnat

Jenny avait toujours trouvé les soirées impressionnantes – notamment celles où la majorité des filles exhibaient une poitrine normale, étaient plus grandes, plus jolies et plus sûres d'elles. Mais maintenant qu'elle entrait au pensionnat, elle avait le sentiment que les possibilités – du moins, les *siennes* – étaient infinies. Elle n'était plus obligée d'être la toute petite Jenny Humphrey, l'artiste frisée aux genoux noueux et aux gigantesques amortisseurs. L'an prochain, à Waverly, elle pourrait être Jennifer Humphrey, l'aimant à garçons outrageusement sûre d'elle, la fille la plus cool de la classe de seconde, voire de toute l'école.

Pourquoi pas.

Et si elle devait changer son image, il lui semblait conseillé d'entreprendre quelque chose de radical, du style perdre sa virginité.

Waouh.

Voilà un moment qu'elle observait Nate Archibald. Il avait l'air différent de la fois où il lui avait brisé le cœur, au Nouvel An. Il pleurait, d'une part, et ses épaules étaient affaissées, comme s'il ployait sous le poids d'une mauvaise nouvelle. Même l'éclat semblait avoir disparu de ses yeux vert émeraude. Elle avait bien du mal à résister au besoin urgent de le serrer dans ses bras.

— Salut, Nate, lança-t-elle d'une voix perçante en le touchant effrontément à l'épaule. Tu te souviens de moi ?

Avec une poitrine comme ça ? Même le mec le plus défoncé aurait du mal à oublier.

Nate passa les mains sur son visage barbouillé et ébaucha un sourire.

— Bijour Jennifer, répondit-il avec le genre de gaieté fatiguée de celui qui a passé une sale journée et qui n'a pas franchement envie de papoter.

— Alors le lycée et tout ça, c'est fini ? insista-t-elle.

Elle était pleinement consciente que, de là où il se trouvait, Nate levait les yeux sur les dessous en forme de saillie de ses seins gigantesques, coincés dans un dos-nu Anthropologie en stretch noir, avec soutien-gorge en lycra intégré. Il ne pouvait probablement même pas voir son visage. Elle s'accroupit à côté de lui, vacillant légèrement sur ses mules BCBG bleu clair aux talons bobines.

— Je rentre au pensionnat à Waverly Prep l'an prochain, lâcha-t-elle étourdiment. J'ai trop hâte !

Nate était quelque peu surpris que la collégienne veuille lui parler, mais il lui en était reconnaissant car cela signifiait qu'il ne serait plus obligé d'éviter Lexie.

— C'est une bonne école.

— Ouais, et je ne devrai plus jamais porter l'uniforme débile de Constance Billard, ajouta-t-elle, tout excitée, regrettant déjà combien elle avait l'air gamin et irrité.

Puis elle se rappela quelque chose qui ne la ferait pas du tout passer pour une gamine. Elle se rapprocha un tout petit peu de l'oreille de Nate. Il sentait le linge fraîchement lavé et cette délicieuse eau de Cologne Hermès à vous arrêter le cœur qu'il portait tout le temps.

— J'ai un comprimé d'X dans mon sac. Quelqu'un me l'a donné à Croton School quand je suis allée la visiter. Je ne sais même pas si l'on peut couper un comprimé en deux mais…

Elle lui adressa son sourire de supersainte-nitouche signifiant : « Viens donc par là, mon chéri ».

Quelle aguicheuse, quelle preneuse de risque, que la nouvelle Jenny-Humphrey-en-route-pour-le-pensionnat !

Nate cilla. Jennifer ne faisait pas que lui parler, elle flirtait avec lui – *grave*. Qu'est-ce qu'elle croyait, qu'il allait gober un comprimé d'X et coucher avec elle en plein milieu du salon du Yale Club, sous les yeux de tous ceux qu'il connaissait, y compris Olivia son ex-petite copine, et Serena dont il-n'était-pas-sûr-mais-imaginait-qu'elle-ne-tarderait-pas-à-devenir-son-ex ?

Cela l'avait-il déjà arrêté ?

Nate n'avait pris de l'ecstasy qu'à deux reprises avec Charlie, Anthony et Jeremy, mais, les deux fois, il s'était superbien éclaté. Rien de tel que cette supersensation d'ecsta trop top, jusqu'à ce qu'elle ne fasse plus effet, que vous soyez crevé et déshydraté et désiriez une seule chose : flotter dans un seau de Poland Spring. Il se sentait clairement plus déprimé qu'il ne s'était jamais senti de toute sa vie. Peut-être qu'un peu d'X avec la petite Jenny Humphrey – qui manifestement devenait de plus en plus mignonne avec l'âge – était juste ce dont il avait besoin.

Jenny voyait que Nate était tenté. Motivée par son aptitude à faire craquer des mecs canons plus âgés grâce à ses charmes irrésistibles, elle souffla vigoureusement à son oreille : « Allons le faire aux toilettes ! »

Ouh ouh ? Ne se rappelle-t-elle pas ce qui s'est passé la dernière fois qu'elle s'est retrouvée seule aux toilettes avec un mec plus âgé bien chaud ?

ce que l'on décide de ne pas entendre ne peut pas nous faire de mal

Olivia se trouvait dans l'un des W.-C. des toilettes pour dames impeccables et élégantes du Yale Club, accentuées de dorures, et s'interrogeait sur le fait qu'elle ne s'était pas fait vomir depuis un mois lorsqu'elle entendit les premières rumeurs flippantes.

— Il paraît que ce n'est même pas un vrai lord. C'est juste un Anglais qui est venu ici et se la joue gros aristocrate. Je parie qu'il ne va pas à la chasse au renard, ne porte pas de haut-de-forme et de queue-de-pie pour dîner, tout ça, quoi, jacassait Laura Salmon à tort et à travers dans la cabine à côté de celle d'Olivia.

— Moi, je trouve ça dégueulasse de sa part. C'est vrai, quoi, s'il est fiancé à une fille en Angleterre, ça veut dire qu'il les trompe toutes les deux, répondit Kati Farkas avec insouciance en vaporisant sur ses cheveux du spray Frederic Fekkai d'un échantillon pour la troisième fois de la soirée. J'adore l'odeur de ce truc ; pas toi ? J'en mets même sur mes vêtements parfois, même si c'est un peu dégueu, je sais. C'est vrai quoi, c'est du spray !

Olivia remonta la jupe plissée en satin blanc de

son tailleur Oscar de la Renta pour que les filles ne la reconnaissent pas. *Parlaient-elles de lord Marcus ?*

— Je crois que quelqu'un devrait le lui dire, déclara Laura avant de tirer la chasse. (Elle ouvrit la porte des W.-C. et se lava les mains avec la crème moussante pour les mains L'Occitane aux zestes de citron fournie par le Yale Club.) Pas toi ?

— À fond, acquiesça Kati.

Comme si elles en avaient le courage.

Olivia attendit qu'elles soient parties avant de sortir des toilettes. Son estomac bouillonnait à cause de toute la vodka et du champagne qu'elle avait bus ces dernières heures, mais elle n'allait pas dégueuler et risquer d'éclabousser la jupe de son tailleur exquis.

Que savent-elles sur Marcus ? fulmina-t-elle. Leur jalousie mesquine était tellement flagrante que cela la rendait encore plus nauséeuse rien que d'y penser. Évidemment qu'il était lord. N'avaient-elles pas remarqué ses merveilleuses chaussures Church's sans aucune éraflure ? Sa coupe de cheveux parfaite ? Les coutures sur mesure de ses chemises Savile Row ? Ne l'avaient-elles pas entendu l'appeler *darling* et *gorgeous* et vu lui baiser la main, comme s'il s'agissait de la chose la plus naturelle au monde ? Lorsque Olivia l'avait Google-isé, elle n'avait pas trouvé la moindre trace d'une fiancée. C'était clair, bordel de merde, il n'était pas fiancé – à personne à part elle. Elle ferma les yeux, rêveuse. Lady Olivia Rhodes – ça sonnait bien, en effet.

La porte des toilettes s'ouvrit à la volée et Isabel Coates surgit d'un pas furieux, l'air à bout de nerfs parce que sa barrette Dior en satin blanc s'était détachée quand elle dansait. Isabel était toujours tellement obsédée par ses cheveux qu'Olivia se demandait pourquoi elle ne les coupait pas tout simplement.

— Oh, tu es là, observa Isabel, signifiant clairement qu'elle venait de participer à la dissection de Marcus qu'avaient faite Kati et Laura. J'imagine que c'est à moi de te le dire. (Elle baissa la voix pour lui montrer que ce qu'elle avait à lui confesser était d'une importance capitale.) Avant que tu ne souffres.

Comme si elle en avait quelque chose à foutre.

Olivia plissa ses yeux bleus, dardant un regard glacial sur le reflet d'Isabel dans le miroir doré.

— Me dire quoi ?

Isabel plaça des mèches châtains éparses derrière ses oreilles puis fronça les sourcils et arracha la barrette d'un coup, recommençant tout à zéro. Olivia trouvait que son jean coupé et son T-shirt Juicy Couture rouge déchiré lui donnaient l'air vulgaire et désespéré, comme Paris Hilton.

— Ce lord Marcus est marié, lui annonça-t-elle sans ambages, grimaçant d'effort lorsqu'elle essaya de lisser complètement sa queue-de-cheval et d'aplatir les bosses.

Olivia étala du gloss Stroppy de Chanel sur ses lèvres pour la septième fois en cinq minutes. Elle était tellement furieuse qu'elle se dit qu'elle pourrait vomir, après tout.

— *Conneries.*

Isabel roula ses yeux marron aux cils recourbés et soupira comme si le sujet la gonflait déjà complètement.

— Enfin *presque*. Il est fiancé. Il est fiancé depuis qu'il a genre dix ans. Tu sais, comme lady Diana et le prince Charles ?

Olivia tournoya sur elle-même, les poings serrés pour ne pas étrangler le cou d'autruche d'Isabel.

— Et où, au juste, as-tu entendu cela ?

Isabel haussa les épaules, exaspérante.

— Tout le monde le sait. C'est genre, un *fait*.

Tout dépend de votre définition du mot *fait*.

— J'ai rien entendu de plus débile, riposta Olivia, prête à défendre l'honneur de lord Marcus, puis elle s'arrêta.

Ils étaient jeunes, ils s'aimaient – qu'en avaient-ils à faire de ce que tout le monde pensait ? Même s'il *existait* une Anglaise gonflante que lord Marcus était censé épouser, elle devait probablement ressembler à la reine Victoria, et devait être assise sur son gros cul dans son château à manger des *crumpets* toute la journée et à se demander pourquoi lord Marcus ne l'appelait pas.

Isabel sourit à son reflet, enfin satisfaite.

— Je me suis juste dit que tu devrais le savoir, reprit-elle en haussant les épaules et en arquant ses sourcils hyperépilés à l'intention d'Olivia. Tu veux venir fumer une cigarette avec nous ? proposa-t-elle, comme si elles avaient encore treize ans et ne fumaient qu'en groupe.

— Non, rétorqua Olivia en la bousculant pour sortir des toilettes.

Elle jeta un coup d'œil dans le salon follement bondé, mais le fauteuil où lord Marcus et elle étaient assis était à présent occupé par Jeremy, le pote lourdingue, maigre et défoncé de Nate, et par une poufiasse française qui tentait de lui apprendre à souffler des ronds de fumée en forme de cœur. Lord Marcus demeurait introuvable. Olivia caressa du doigt le collier de perles Bvlgari et descendit le couloir en chancelant jusqu'à l'ascenseur.

Toute la soirée, elle avait voulu être seule avec lord Marcus dans sa suite. La voilà sa chance !

d reconsidère ses projets d'été

La main avec laquelle Dan tenait sa cigarette trembla violemment lorsqu'il observa sa sœur disparaître dans les toilettes pour hommes, suivie par Nate Archibald, ce prince arrogant et fumeur de shit de l'Upper East Side. À l'évidence, Jenny s'enhardissait et prenait de plus en plus confiance à mesure que l'année s'écoulait, alors que lui-même semblait régresser et redevenir le gros nul sans petite copine et sans ami qu'il était jusqu'à cette année. Elle avait même réussi à entrer au pensionnat après la clôture des inscriptions alors qu'il avait revu ses options à la baisse, voire à zéro.

La musique était désormais assourdissante et Vanessa et Serena avaient inspiré la moitié de la salle qui s'était levée pour danser. Vanessa avait ôté ses compensées d'un coup de pied, dévoilant ses orteils vernis de noir et ses pieds pâles fortement arqués. Dan adorait embrasser ses voûtes plantaires. Il pourrait écrire des sonnets dessus. Mais c'était à l'époque où Vanessa ne buvait pas, ne dansait pas et ne portait que des jeans noirs, des chaussettes noires au genou et des Doc Martens. Elle semblait tellement différente à présent – s'il devait écrire un poème sur elle, il ne voyait pas par où commencer.

Elle s'approcha de lui en dansant et entortilla ses bras autour de son cou. Sa peau pâle était moite et glissante, et ses paupières, lourdes de toute la vodka qu'elle avait consommée.

— Je t'aime sincèrement, Dan. Vraiment, souffla-t-elle chaudement dans son oreille avant de repartir dans un petit shimmy, le corps rayonnant.

Dan la fixa, croyant honnêtement qu'elle l'aimait. Elle n'avait simplement pas besoin qu'il soit auprès d'elle, pas tout le temps. Elle était trop occupée à se défaire de son cocon noir plein de bourrelets pour se transformer en papillon de nuit chatoyant aux ailes blanches.

Mais il avait déjà différé son admission à Evergreen. Qu'était-il supposé faire à présent ?

Il alluma une Camel et songea à débouler dans les toilettes pour hommes pour sauver Jenny, en souvenir du bon vieux temps, et parce qu'un acte aussi noble pourrait l'aider à se sentir mieux, mais il en avait marre d'être toujours le grand frère responsable. Pourquoi ne le sauverait-on pas *lui*, pour changer ?

OK.

— Fiston ? Puis-je te parler un moment ?

Dan fit tomber sa cigarette sur le tapis oriental bordeaux et or, et faillit sauter de ses Vans bleu délavé de surprise. C'était son père, dans son pantalon de jogging préféré en coton pourpre et en T-shirt noir des Mets, tout rougeaud pour avoir abusé du vin rouge.

— J'imagine, répondit-il lentement.

La musique dans le salon était absurdement forte. Dan entraîna son père au-dehors. Sur Vanderbilt Avenue, l'air était embué et les trottoirs scintillaient de noir. En face, Grand Central Station ressemblait à une relique géante du passé. Une Buick Skylark '77 bleu métallisé – une autre relique du passé – stationnait devant le Yale Club, détonnant complètement. Deux filles maigres de l'École, assises sur le trottoir, se disputaient pour savoir laquelle était la plus jolie ou fumait des Gauloises avec le plus de panache. Derrière elles, leurs sandales Gucci or gisaient, abandonnées en tas. Soudain, elles se mirent à s'embrasser.

— Nom de Dieu ! marmonna Rufus, en tirant sur sa barbe poivre et sel emmêlée qui ressemblait à un tampon à récurer usé.

— Quoi, papa ? gémit Dan, impatient.

C'était plus ou moins gênant de se trouver devant une fête avec son père. Il avait l'impression d'avoir onze ans.

Rufus fourra ses mains dans la ceinture étirée de son pantalon de jogging pourpre. Dan tressaillit tant ce geste était antisexy.

— Après ton départ, tu as reçu un appel d'un professeur grec d'Evergreen, un fou furieux. Au début, il délirait sur le fait que tu étais censé dormir dans son hamac et manger des feuilles de vigne avec lui, mais ensuite il s'est mis à philosopher sur les gosses de ton âge qui ne savent pas faire la différence entre le sexe et l'amour. Apparemment, il est expert en la matière.

« Enfin bref, je lui ai parlé un moment, et voici ce qu'il en est ressorti. Il va leur demander de te garder ta place pour la rentrée a) parce que je le lui ai demandé et b) parce qu'il était censé être ton conseiller et veut que tu l'aides à rédiger son livre et c) nous t'aimons tous les deux, même si tu es un crétin fini.

Dan ne supportait pas le ton affectueux et vaguement condescendant de son père.

— Tu n'as pas le droit de me dire ce que j'ai à faire,

rétorqua-t-il en croisant les mains sur sa poitrine, semblant immédiatement plus jeune. Tu n'as pas le droit.

— C'est vrai, acquiesça Rufus. (Il désigna la Buick d'époque cool garée devant le Yale Club.) Mais je t'ai déjà acheté la voiture. Le moins que tu puisses faire, c'est de me laisser t'apprendre à la conduire cet été, puis te barrer d'ici.

Dan avait lu des choses sur les révélations et avait écrit sur les révélations, mais n'en avait jamais vécu pour de vrai. Il avait été reçu dans presque toutes les universités où il avait posé sa candidature. Il avait eu un poème publié dans le *New Yorker*. Et qu'allait-il faire l'an prochain – travailler dans une librairie ou jouer les serveurs pour s'occuper pendant que Vanessa irait en cours ?

— Je pourrais profiter de l'été pour réfléchir, concéda-t-il, refusant que son père croie qu'on pût le persuader aussi facilement.

Vanessa et lui pourraient passer l'été ensemble à traîner quand elle ne serait pas occupée à bosser sur son film et lui, à faire des virées en ville au volant de cet… aimant à gonzesses. Qui savait ? Il y avait peut-être d'autres nanas à aimer à part Vanessa – il n'avait qu'à passer son permis et partir à l'ouest pour le savoir.

Rufus voulut lui assener une tape dans le dos, mais Dan ouvrit les bras et l'étreignit.

— Cette soirée était nulle, de toute façon, avoua-t-il. Rufus grommela avant de l'entraîner vers la voiture qui baignait dans sa propre coolitude sous un lampadaire au bord du trottoir.

— Et si je te donnais ta première leçon de conduite ? Waouh. Les happy ends, vous aimez ça, pas vrai ?

sex, drugs and rock'n'roll

Jenny verrouilla la porte des W.-C. réservés aux handicapés dans les toilettes pour hommes et se demanda si elle devait se déshabiller ou pêcher le comprimé d'ecsta dans son sac. Les narines de Nate se dilataient d'impatience, mais elle ne savait pas ce qu'il désirait en premier : sexe ou drogue ?

Elle dézippa son sac LeSportsac noir orné de chats persans blancs et ouvrit d'un coup son porte-monnaie assorti.

— Le voilà.

Elle enleva précautionneusement le petit morceau de film alimentaire qui protégeait le comprimé.

Nate regarda derrière son épaule d'un air interrogateur.

— Tu veux le prendre ou c'est moi ?

Jenny n'en voulait pas, mais lui, si, à l'évidence.

— Prends-le.

Elle tendit la paume et il attrapa le comprimé entre le pouce et le majeur. Il ouvrit la bouche, ferma les yeux et tira la langue, colla le comprimé dessus avant de rouvrir les yeux et de refermer la bouche. Comme ça, il n'était pas vraiment sexy, mais Jenny avait tout de même l'intention de baisouiller avec lui. C'était son chant du cygne, sa dernière occasion de se forger ses propres souvenirs et de ne pas se faire oublier.

Oh, mais aucun risque, on ne l'oubliera pas.

— Ça a un goût? demanda-t-elle, sincèrement curieuse.

— Aucun, répondit-il en souriant.

Plus il passait du temps seul avec Jennifer, plus il avait le sentiment de redevenir lui-même. Tout ce qu'elle souhaitait, c'était une éclate de fin d'année sans attente ni obligation avant de se barrer pour le pensionnat ou où qu'elle aille cet été, et c'était justement sa spécialité. Il se pencha et l'embrassa délicatement sur les lèvres, comme s'il mordait dans quelque chose de trop chaud pour le manger.

— Mais toi, si, ajouta-t-il.

Jenny adorait l'idée de se servir de Nate et le fait qu'il *veuille* qu'elle se serve de lui lui procurait de grands frissons. Il caressa ses cheveux châtains frisés; elle releva le menton et le fixa dans ses sublimes yeux verts.

— Tu te souviens quand j'étais tellement amoureuse de toi?

Nate sourit et l'embrassa de nouveau. Il continua pendant un moment, sourit et l'embrassa, comme s'il léchait un délicieux cône glacé.

— Tu as une peau comme… comme… des *pétales*, observa-t-il alors que l'ecsta commençait à faire effet. (Il frotta le bout de son nez contre sa tempe.) Grrr.

Jenny gloussa. C'était incroyable de se retrouver de nouveau si proche et si bien avec lui. Il était ridiculement beau, et ses baisers, vraiment, vraiment agréables. Mais Nate commençait à triper, et elle ne tenait pas à perdre sa virginité avec un garçon qui se prenait pour un bébé labrador. Pas question.

Eh bien, il lui reste au moins un minimum d'intégrité.

Toutefois, c'était sa dernière soirée de folie avant de prendre l'avion pour Prague pour l'été. Elle n'était pas tout à fait prête à en rester là.

Nate frotta son menton contre ses sourcils marron foncé soigneusement épilés, et elle leva le sien pour lui voler un autre long baiser vorace. Son frère se plaignait constamment que sa vie craignait. Mais elle n'était absolument pas de son avis. Elle n'avait pas prévu que la vie soit aussi palpitante. Elle l'était, voilà tout.

rien de tel qu'un peu de mystère

— Marcus, *darling* ? cria Olivia d'une voix hésitante derrière la porte en bois blanc moulé de la suite de son petit ami. (Elle ne l'avait jamais appelé « *darling* », mais cela devenait son petit nom préféré.) Es-tu là ?

Elle envisagea de se dévêtir carrément dans le couloir pour ne plus porter que ses perles Bvlgari, mais le Yale Club était overbondé, et si un professeur de Yale en nœud-pap's la voyait nue ce soir et si elle finissait par l'avoir en introduction au droit ou dans un autre cours de première année l'an prochain ?

Eh bien, cela rendrait sûrement le cours plus intéressant.

— Marcus ? répéta-t-elle en collant son oreille à la porte, tout ouïe. (Rien. Elle essaya la poignée. Elle n'était pas fermée à clé. Elle la poussa de quelques centimètres et passa la tête à l'intérieur.) Marcus ?

Toujours rien. Elle l'ouvrit en grand.

Les tiroirs de l'armoire d'époque en chêne étaient tirés et une serviette humide, en vrac sur le lit. L'air embué sentait l'eau de Cologne pour hommes Caroline Herrera de Marcus. Le placard était grand ouvert, les cintres à costumes en cèdre tous vides. Marcus était parti.

Oups.

Olivia s'assit lourdement sur le lit. Elle avait l'impression d'être l'une des héroïnes plaquées mais magnifiques des films épiques qu'elle avait temporairement arrêté de regarder dans sa tête. Elle avait renoncé à ses énormes lunettes de soleil Jackie O, à son foulard de tête siglé Hermès, à son trench Burberry parce que l'héroïne, amoureuse et en couple, n'en avait plus besoin. Mais maintenant elle voulait les récupérer.

Comment cela avait-il pu se passer ? Son seul but dans la vie était-il de se faire baiser et de servir de paillasson pour que des types comme Nate et lord Marcus essuient les semelles de leurs chaussures Church's of London de menteurs et de traîtres ?

Toute retournée, elle se releva et courut dans sa suite, la porte à côté, totalement déterminée à se faire vomir dès lors qu'elle parviendrait aux toilettes. Calée sur le bureau, une grande enveloppe crème arborant les mots *My Darling O*, griffonnés dans l'écriture tout en volutes de Marcus, ainsi qu'une petite boîte en velours noirs agrémentée de l'inscription BVLGARI en or. Olivia résista à ouvrir la boîte et déchira l'enveloppe. À l'intérieur, un mot de Marcus écrit sur une carte de visite Crane couleur crème, ornée de LORD MARCUS BEATON-RHODES imprimé à l'encre bleu Yale, accompagné d'un billet d'avion de la British Airways.

La jeune fille resta debout en dévorant le mot, tâchant d'ignorer les petites explosions dans son ventre, comme des bulles de savon qui éclatent.

Ma très chère Olivia darling, mon O, mon O-nyx,

Comment aurais-je pu savoir, lorsque j'ai planifié une brève visite à New York après avoir terminé mes études à Yale, que je rencontrerais une fille et que je tomberais amoureux ? Et pas n'importe quelle fille, toi. Décrire mes sentiments serait impossible, alors je suis parti en vitesse et t'ai acheté deux petits quelque chose pour aller avec le collier. Promets-moi de les porter la prochaine fois que je te reverrai, dans quelques semaines seulement si tu as l'amabilité de mettre ta splendeur dans l'avion pour lequel je t'ai, si présomptueusement, réservé un billet – en première classe, naturellement. C'est dans deux semaines, ce qui te donne largement le temps de renouveler ta garde-robe, de te faire une série de masques ou de séances bronzage en institut, quoi que tu veuilles pour rester splendide, comme toujours. Désolé de t'avoir abandonnée ainsi, mais ce soir, c'est ta soirée de bac, la seule que tu ne vivras jamais, et je ne voulais pas la gâcher en te disant au revoir. Bien, je me sauve. S'il te plaît, viens en Angleterre. Tu vas me manquer.

Affectueusement
pour toujours,
Marcus

Olivia attrapa d'un coup la boîte en velours noir sur le bureau peint en blanc et l'ouvrit en faisant levier. Deux énormes perles rondes parfaites rutilaient, pendillant chacune sur un O en cursive or – les boucles d'oreilles assorties au collier. Elle arracha ses perles chiantes qu'elle remplaça par les Bvlgari.

O. Mon O-nyx.

Il semblait peu probable que Marcus fût fiancé à une duchesse obèse au gros nez et au sang noble, s'il lui avait acheté un billet pour venir rencontrer sa mère en Angleterre. À en juger par son papier à lettres impeccable, lord Marcus était également un lord authentique.

Et à en juger par le mot, le billet d'avion et les perles, il l'aimait sincèrement.

Elle ouvrit le tiroir du haut du bureau et rangea le billet d'avion avec son balconnet La Perla noir préféré.

Contrairement à la croyance populaire, rien de tel qu'un départ mystérieux pour piquer l'intérêt d'une fille.

tu m'adores, ne dis pas le contraire

Les cheveux blond clair de Serena étaient emmêlés de sueur et sa robe Tocca jaune lui collait à la peau comme un mouchoir en papier mouillé. Elle dansait depuis une heure et ne tenait presque plus sur ses jambes. Vanessa, adossée au mur, buvait du Perrier à même la bouteille, les joues rouges d'épuisement. Serena la rejoignit, s'empara de la bouteille dans les mains de son amie et en versa dans sa gorge.

— Tu n'as pas vu Dan, n'est-ce pas ? demanda Vanessa, essoufflée.

Maintenant qu'elle ne dansait plus, ce serait sympa de se trouver un petit coin tranquille dans le club pour faire des trucs avec lui un petit moment.

— Non, répondit Serena.

Les deux filles passèrent la salle en revue, les yeux piquants du sel de leur transpiration. Un groupe de garçons de seconde en uniforme gris d'une école catholique formait une pyramide humaine avec Chuck Bass au sommet, bien qu'il pesât bien plus lourd qu'eux tous mélangés. L'une des filles de l'École avait ôté son dos-nu et dansait toute seule dans un coin, fumait un joint et grattait une guitare, un soleil, une lune et des étoiles tatoués sur sa clavicule.

— Cette soirée est bizarre, observa Vanessa.

— As-tu vu Nate ? s'enquit Serena.

Elle se souvenait vaguement être arrivée avec lui, mais depuis elle ne l'avait pas vu. Elle plissa les yeux, s'attendant à moitié à le trouver en train de pleurer au bar, mais elle ne le vit nulle part.

Olivia s'éloigna du bar, une nouvelle flûte de champagne plein de bulles à la main, et une clope pendillant du fume-cigarette antique en ébène et nacre entre ses lèvres glossées, l'air tout droit sortie d'un vieux film. Serena se détacha du mur pour aller la rejoindre.

— J'adore tes perles.

Olivia décida de ne pas lui cracher à la figure ni de lui arracher ses yeux bleu foncé.

— C'est Marcus qui me les a offertes.

Serena opina du chef, sur le point de lui dire que c'était un mec génial, mais elle était distraite.

— Tu n'as pas vu Nate, par hasard ?

Olivia sirota une longue gorgée de champagne et souffla de la fumée. Elle avait été débordée à recevoir des cadeaux de son mystérieux petit ami royal. Elle n'avait pas le temps de surveiller les faits et gestes brumeux de Nate.

— Pas vraiment.

Serena passa la salle en revue.

— Il se comporte bizarrement en ce moment, observa-t-elle en mâchouillant l'ongle de son pouce. Tu ne trouves pas ?

Une fois de plus, Olivia n'avait pas vraiment d'avis sur le sujet. Le pull vert mousse se trouvait où elle l'avait laissé, plié sur une chaise, dans un coin.

— J'imagine, concéda-t-elle.

Cette petite troisième aux gros seins, Jenny Humphrey, sortit de l'alcôve abritant les toilettes pour hommes, ses cheveux frisés foncés légèrement en vrac et la bouche rouge et gonflée par trop de baisers. Elle marqua une pause et tendit la main, comme à un enfant. Puis Nate apparut, l'air joyeusement paumé. Jenny passa son bras autour de sa taille et il se retourna pour l'embrasser avidement sur la bouche, comme si ses lèvres étaient en chocolat, genre.

— Oh ! s'exclama Serena.

On aurait dit que l'on venait de la pincer.

Elle cligna ses yeux bleu foncé, histoire de s'assurer si elle était blessée ou simplement surprise. Ça ne l'avait jamais fait, qu'elle et Nate sortent ensemble. Et mieux valait qu'elle soit célibataire cet été pour se concentrer sur le film. Au moins, voilà qu'elle n'aurait pas à se prendre la tête pour rompre avec lui. Non pas qu'ils aient vraiment été ensemble.

Non, pas vraiment.

— Typique, railla Olivia. (Elle sortit une Merit ultralight de son paquet et la tendit à Serena.) Ne lui en veux pas. C'est plus fort que lui.

Serena prit la clope et la fourra entre ses lèvres, attendant que son amie la lui allume.

— Je ne lui en veux pas, soupira-t-elle, soulagée. (Pour une fois, Olivia et elle redevenaient amies grâce à Nate, au lieu de se disputer à cause de lui. Pour un changement, il était bienvenu.) Alors, vas-tu me le prêter pour le film ? s'enquit-elle en désignant son fume-cigarette. Mais bon, je mettrai probablement le feu à mon cul si j'essaie de m'en servir. Je suis tellement brise-tout !

Olivia adorait que Serena se rabaisse. Cela lui donnait de l'espoir.

— Bien sûr.

Instinctivement, les deux filles se retournèrent lorsque

quelqu'un caréna vers elles depuis l'autre bout de la salle. Le visage de Nate était flasque, ses yeux verts gigantesques, et son corps semblait plus agile que d'habitude. Il s'approcha d'elles les bras ouverts, attrapa Serena et l'entraîna dans un baiser encore plus baveux que celui qu'il venait de donner à Jenny. Serena gloussa et le repoussa.

— Natie!

Mais il restait imperturbable. Il relâcha Serena pour attraper Olivia, colla ses lèvres mouillées sur les siennes et, en gros, engloutit sa bouche entière.

— C'est quoi, ce bordel? s'exclama Olivia en reculant d'un pas pour se libérer.

Nate resta planté entre les deux filles, souriant comme le garçon le plus veinard au monde.

— Nous sommes tous si beaux, dit-il en guise d'explication. Je ne peux pas m'arrêter de nous embrasser.

Olivia croisa le regard de Serena. Oui, Nate se comportait bizarrement. Il était dans les vapes, quoi. Toutefois, son exubérance de chiot dégageait quelque chose de contagieux. Ils venaient d'être diplômés aujourd'hui. Pourquoi ne pas se comporter un peu bizarrement? Et pourquoi ne pas embrasser tout le monde? Pour certains, ils ne se reverraient peut-être plus jamais.

Et pour certains, ils se verraient plutôt pas mal.

— Tu veux voir quelque chose de vraiment cool? demanda Olivia en arquant son sourcil droit, d'une façon que toutes les secondes et les premières de Constance avaient passé des heures à essayer d'imiter.

Elle avança d'un pas et posa les mains sur les épaules nues de Serena. Immédiatement, celle-ci comprit ce qu'elles allaient faire. Les deux filles sourirent et rapprochèrent de plus en plus leurs têtes comme au ralenti.

— Tu m'adores, ne dis pas le contraire, murmurèrent-elles à l'unisson avant que leurs lèvres ne se scellent dans un baiser.

La salle devint nettement silencieuse. Tous cessèrent leurs activités et se retournèrent pour les regarder, mais les deux filles continuèrent à s'embrasser. Était-ce une espèce de gag ? se demanda tout le monde. Un ultime canular de terminale ?

Peut-être que oui. Ou peut-être que non.

gossipgirl.net

thèmes ◄précédent suivant► envoyer une question répondre

Avertissement : tous les noms de lieux, personnes et événements ont été modifiés ou abrégés afin de protéger les innocents. En l'occurrence, moi.

Salut à tous !

BONJOUR, LES DIPLÔMÉS !

N'avez-vous pas trouvé votre visage un tantinet différent ce matin – ou cet après-midi, plutôt, vu que personne n'est allé se coucher avant ce matin ? Hier était totalement surréaliste, mais oui, cela s'est bel et bien passé. Nous l'avons fait et maintenant, c'est *fini* !

LES JOURNÉES SONT COURTES ET LES NUITS SONT LONGUES, TRÈS LONGUES

C'est mardi après-midi – presque le soir, en fait – et je suis toujours au lit. La première chose que j'ai faite quand je me suis réveillée ? Jeté ma tenue de remise des diplômes au fond de mon armoire et balancé mes uniformes-d'école-que-je-ne-porterai-plus-jamais-de-ma-vie dans le vide-ordures de mon immeuble. J'ai ensuite envisagé de faire des projets compliqués, style emmener un tas de potes à la plage à Sag Harbour dans ma nouvelle voiture exquise importée d'Europe. Mais ensuite j'ai changé d'avis. Nul besoin de se précipiter. Nous pourrons le faire demain ou après-demain, ou après-après-demain. J'ai donc commandé le petit déjeuner chez EAT, me suis recouchée illico, et me voilà, totalement satisfaite. Je vais rester au lit encore une demi-heure minimum – jusqu'à ce qu'il soit l'heure de me préparer à ressortir. Quant à batifoler au soleil toute la journée, laissez tomber ! Pour cela, il faut se lever tôt. Ce qu'il y a de cool dans l'été, ce sont clairement ces longues, longues nuits dehors…

YALE ADOPTE UNE NOUVELLE POLITIQUE DE FÊTE

Douze heures plus tard, ils sont encore en train de décoller des gens des tapis orientaux du salon et de les ficher dans des taxis. Après le mélange de la nuit dernière de filles topless, de garçons en pyramides humaines, de filles qui s'ébattent entre filles et de garçons qui s'ébattent entre garçons, la disparition du drapeau de Yale accroché au-dessus de la porte d'entrée et des invités qui se plaignent de la musique trop forte et de la fumée de cigarette, le club se devait simplement d'agir. À partir de dorénavant, les membres du Yale Club sont les bienvenus s'ils veulent organiser des soirées, mais uniquement avec d'autres membres du Yale Club et leurs familles. Aucun invité extérieur autorisé. On dirait qu'un certain trio en route pour Yale a intérêt à rester en bons termes s'il veut un jour s'éclater de nouveau ensemble.

ON DIRAIT QUE CE SERA L'ÉTÉ DE L'AMOUR

O + S.
V + D.
D + lui-même.
V + elle-même.
S + elle-même.
J + un artiste tchèque lambda mais canon qui ne parle pas anglais.

N + lui-même.

O + **lord M**... *et* elle-même, bien sûr.

MAIS CELA SOULÈVE FORCÉMENT D'AUTRES QUESTIONS :

S et **O** sont-elles amies à présent, ou amoureuses ? En d'autres termes, la vieille rumeur du jacuzzi est-elle fondée ?

N survivra-t-il à son été de dur labeur et de piété dans les Hamptons, notamment sans **S** et **O** ?

V décrochera-t-elle le job de cinématographie de *Diamants sous canopée* ? Comment supportera-t-elle le réalisateur fou ?

V et **D** sont-ils réellement ensemble ? Si oui, vont-ils passer l'été, voire plus ?

D apprendra-t-il à conduire sa Buick d'époque ou ses mains seront-elles trop moites pour tenir le volant ?

O rendra-t-elle visite à son superbe lord en Angleterre ? Reviendra-t-elle couronnée ? Reviendra-t-elle tout court ?

S fera-t-elle passer Audrey Hepburn pour une amateur ? Et surtout, qui sera son premier rôle masculin ?

Aurons-nous encore des nouvelles de **J**, même lorsqu'elle se trouvera en Europe ? Et quand elle sera entrée au pensionnat... ?

C'est clair, vous aurez des nouvelles de tout le monde. La rétention d'informations, ça n'a jamais été mon truc.

NE PAS DÉPÉRIR

Au cas où vous vous le demanderiez : d'accord, je viens d'obtenir le bac et d'accord, j'entrerai à la fac à la rentrée, mais je ne risque pas pour autant de me volatiliser ni de dépérir. Il y a tant de choses à raconter. Et il y en aura toujours…

Vous m'adorez, ne dites pas le contraire,

gossip girl

Fleuve
Noir

Achevé d'imprimer sur les presses de

BUSSIÈRE

GROUPE CPI

à Saint-Amand-Montrond (Cher)
en mars 2007

FLEUVE NOIR
12, avenue d'Italie
75627 Paris Cedex 13

— N° d'imp. : 70469. —
Dépôt légal : avril 2007.

Imprimé en France